ハヤカワ文庫 NV

〈NV1524〉

ウィキッド

誰も知らない、もう一つのオズの物語

〔下〕

グレゴリー・マグワイア

市ノ瀬美麗訳

早川書房

9062

WICKED

The Life and Times of the Wicked Witch of the West

by

Gregory Maguire

Translated by
Mirei Ichinose
Published 2024 in Japan by
HAYAKAWA PUBLISHING, INC.
This book is published in Japan by
arrangement with
KIAMO KO LLC
c/o JOHN HAWKINS & ASSOCIATES, INC.
through THE ENGLISH AGENCY (JAPAN) LTD.

ウィキッド

誰も知らない、もう一つのオズの物語

〔下〕

もくじ

上巻もくじ

クオックス へ
スカルプ山地
グリカス
大ギリキン
森林地帯
グリカス運河
ファー・アップルルー
トラウム
ブロックスホール
テニケン
マドレーヌ山脈
モス湖
ドラゴン・カバード
センター・マンチ
チョージ湖
ネバーデイル
コーン・バスケット
コルウェン・グラウンド
マンチキン
ネスト・ハーディングズ
スリー・デッド・ツリーズ
マンチキン川
ラッシュ・マージンズ
ウェンド・ハーディングズ
イルズ湖
ストーンスパー・エンド
リンスター
クロースの丘
カドリング・ケルズ山地
クホイエ
オッベルズ
記号
エメラルド鉱山
森林地帯
農地
大ギリキン鉄道
黄色いレンガの道
カドリングの沼地
山地・丘陵地
砂漠

フリアン へ
ランシブル山
ウガブ
ギリキン
パーサ・
ヒルズ
フロッティカ
ウィッティカ
セッティカ
レッドサンド
ディキシー・
ハウス
ウィッカサンド分岐点
サースク
砂漠
ギリキン川
シズ
ヴィンカス
(「ウィンキーの国」)
キアモ・コ
エメラルド・シティ
未踏査の国境
ヴィンカス川
ケルズ湖
大ケルズ山脈
レスト湖
千年平原
ヴィンカス外縁部
カンブリシア山道
小ケルズの丘
不毛砂丘
クヴォン・
オルター
カドリング
イブへ続く砂漠
THE LAND OF
OZ
オズの国

登場人物

エルファバ（エルフィー）……緑色の肌をもつ女性
オーツィー……………………エルファバと旅をする案内人
リア……………………………エルファバと旅をする少年
ナストーヤ……………………ヴィンカスのスクロウ族の姫
フィエロ………………………ヴィンカスのアージキ族の王
サリマ…………………………フィエロの妻。アージキ族の皇太后
アージ
マネク ｝…………………フィエロの息子
ノア……………………………フィエロの娘
ツー
スリー
フォー
ファイブ
シックス ｝…………………サリマの妹
フレックス……………………エルファバの父。ユニオン教の牧師
ネッサローズ（ネッサ）………エルファバの妹。現スロップ総督
シェル…………………………エルファバの弟
ばあや…………………………エルファバたちの子守役
グリンダ………………………エルファバの元ルームメイト。ギリキンの魔術師
ボック…………………………エルファバの幼なじみ
アヴァリック…………………ギリキンの辺境伯
タートル・ハート……………カドリング人のガラス吹き
ヤックル………………………年老いた修道女
オズの魔法使い………………オズの国の権力者
マダム・モリブル……………シズ大学の元学長。魔法使いの助言役
ドロシー………………………カンザスから来た少女

第四部　ヴィンカスの地で

旅立ち

1

七年間修道女として過ごした女が出発する日、出納係《すいとうがかり》の修道女が大きな鉄の鍵を胸元から取り出し、倉庫を開けて言った。「お入りなさい」それから黒いゆったりしたワンピースを三着と、下着を六枚、手袋、ショールを棚から引っぱり出した。次いで、ほうきも女に手渡す。最後に、いざという時に役立つ薬を詰めたかご。薬草の葉や根、チンキ、ヘンルーダ、軟膏《なんこう》や香油などが入っている。

紙も少しばかり、いろんな形や厚さのものが十数枚。オズではどこでも、紙が手に入りにくくなる一方だった。「長持ちするように、大切にお使いなさい」と出納係。「あなたは優秀な方です。いつも不機嫌そうに黙りこんではいますけれど」ペンもあった。不死鳥の羽根でできており、羽軸が丈夫で長持ちすることが特徴だ。それに、蠟《ろう》でしっかり封をした黒インクの瓶《びん》が三つ。

回廊では、オーツィー・マングルハンドが年老いた修道院長と一緒に待っていた。今回、修道院からオーツィーにかなりの額の報酬が支払われることになっており、オーツィーにとっては願ってもない話だ。だが、出納係が連れてきた無愛想な女の様子が気に食わなかった。「この方をお願いしますよ」と修道院長が言う。「シスター・セント・アルファバです。何年間も病人の世話をしながら、独り静かに過ごしてきました。世間話をしなくなってから久しくなります。けれどももう新しい人生を歩みだすときですし、またきっと歩みだせることでしょう。ご迷惑はおかけしませんよ」

オーツィーは客をちらりと見て言った。「我が〈草原横断の旅〉では、お客さんの命は保証できませんよ、院長様。ここ十年かそこらで二十回あまりこの旅の案内をしてますが、こんなこと言いたかないですけど、事故にあう人が結構多いもんですから」

「この方は、自らの意思でここを去るのです」と修道院長。「本人が途中で戻ってきたくなったら、いつでも受け入れるつもりですよ。私たちの仲間ですから」

何の仲間にも見えないがね、とオーツィーは思った。人間でも鳥でもなさそうだし、まぬけでも利口でもなさそうだ。シスター・セント・アルファバは床を見つめているだけだった。年の頃は三十といったところか。けれど血色が悪く、まだ年端のいかない小娘のようにも見える。

「それから、あちらに荷物があります。運べそうですか」修道院長が、ちりひとつない修道院の前庭にまとめてある少しばかりの荷物を指した。そして、旅立とうとする修道女のほうを向く。「名もなき神の愛《いと》し子よ、私たちのもとを去り、罪をあがなうよう努めなさい。罰を受けずに心の平安は見出せない。それはあなたもお感じのことでしょう。修道院の沈黙の掟《おきて》は、もはやあなたには必要ありません。自分自身に立ち返るのです。それでは、愛をこめてお送りします。ご健闘をお祈りしています《ゴッドスピード》よ。神のご加護がありますように」

旅立つ女は、目を地面に向けたまま答えない。

修道院長はため息をついた。「祈りの時間です。行かなければ」そしてヴェールの隅から丸めた紙幣を取り出し、何枚かオーツィー・マングルハンドに差し出した。「これだけあれば、足代にはことたりるでしょう。残りは何かの足しにでもしてくださいな」

かなりの額だ、とオーツィーは思った。この無口な客を連れてケルズを抜けるだけでこんな大金が手に入るとは、しめたものだ。ほかの乗客から受け取った金を全部合わせたよりも多い。「これはずいぶんご親切なことで、院長様」オーツィーは丈夫なほうの手で金を受け取り、利かないほうの手で拝むような仕草をした。

「どんな善行も、十分であることはないのです」院長はにこやかに答えると、あれよという間にすばやく修道院の扉の奥に消えていった。「これからは自分の道を行くのですよ、シスター・エルフィー。旅の間、星という星があなたに微笑みかけますように！」出納係がそう言葉をかけ、同じく姿を消す。オーツィーが馬車に荷物や必需品を運びこもうとすると、トランクの陰でずんぐりしたみすぼらしい身なりの小柄な少年が眠りこんでいた。「おどき！」と声をかけたオーツィーに、少年はもごもごと答えた。「ぼくも行くんだよ、そうするように言われたんだ」シスター・セント・アルファバはこれに対して肯定も否定もしない。オーツィーは、この緑の肌をした修道女を連れていくのにあんなに気前のよい報酬があったのはどうしてか、ようやくわかってきた。

聖グリンダ修道院は、エメラルド・シティから南西に十二時間ほど離れたシェール・シャローズという地にあった。この修道院は辺境の分院で、町にある本院の庇護《ひご》を受けている。シスター・セント・アルファバは二年間を本院で、五年間をここ分院で過ごしたと、修道院長は言っていた。「まだシスターとお呼びしたほうがいいかね、もうあの聖なる牢《ろう》獄《ごく》からは出たわけだけど」ムチを鳴らして馬を進めながら、オーツィーは尋ねた。

「エルフィーで結構です」と客は言った。

「で、そっちの坊やの名前は？」

エルフィーは肩をすくめた。

数キロ進んだところで、一緒に旅をする仲間と合流した。馬車が全部で四台、乗客は合わせて十五人。エルフィーと少年が最後の客だ。オーツィー・マングルハンドは、予定している道順をざっと説明した。ケルズ湖の岸に沿って南へ進み、カンブリシア山道を通って西へ向かい、千年平原を北東へ進み、キアモ・コに立ち寄る。それからもう少し北東に進んで冬を越す。ヴィンカスは未開の地で、いろんな部族がいるから用心しないといけないよ、とオーツィー。ユナマタ族に、スクロウ族に、アージキ族。獣や亡霊もいる。みんな一団となって行動するように。お互いの信頼が肝心だよ。

エルフィーはオーツィーの話にはまったく耳を傾けず、不死鳥の羽根ペンをもてあそびながら、足元の土に渦巻きのような絵を描いている。のたうちまわるドラゴンか、立ちのぼる煙みたいだ。少年は二、三メートルほど離れたところにしゃがみこみ、何かを警戒しているかのように心を閉ざした様子。この子はエルフィーに仕える小姓らしく、荷物を運んだり用事を片づけたりしているが、二人は互いに目を合わせることも、口をきくこともない。まったく、なんて変わった二人だろうね、悪いことが起こらなければいいけど。

〈草原横断の旅〉の一行は日没とともに出発すると、わずか数キロ進んだ先の川辺で最初の野営をした。乗客のほとんどはギリキンの出身だった。オズの中心地にいれば安全なものを、こんな荒野まではるばる旅をするなんてずいぶん思いきったことをしたもんだと、そわそわしながらも感心した様子で、口々に話し合っている。参加した理由はさまざまだった。商売のため、家族のため、借金を返すため、敵討《かたきう》ちのため。ヴィンカスは辺境もいいところ、野蛮で血に飢えたウィンキーのやつら、屋内水道の引き方も礼儀作法もご存じない――そんなことをみんなで戯《ざ》れ歌にして楽しんでいる。オーツィーもその浮かれ騒ぎにしばらくの間加わったが、彼女にはよくわかっていた。一行の一人残らず全員が、このままここにとどまっていられたらどんなにいいか、ヴィンカスの奥地に行くなんてまっぴらごめんだと思っていることを。まあ、ずっと一人でむっつりしているエルフィーは別かもしれないが。

一行は、ギリキンとの境界を越え、豊かな土地をあとにした。ヴィンカスに入るとまず、細かい砂利が散らばる茶色い湿地が広がる。夜にはトカゲ座が方角を示してくれる。向かうは南。大ケルズ山脈の山すそに沿ってひたすら南下し、カンブリシア山道の険しい渓谷へ向かう。土手という土手には、松や黒いスターサップの木がまるで歯のようにずらりと並んでいる。昼間の木々は旅人たちを快く迎え入れ、木陰を提供したりもする。だが、夜になると塔のようにそびえ立ち、ドロボウフクロウやコウモリの隠れ家となる。

エルフィーはたいがい、夜中になっても起きていた。ようやく思考力が戻ってきたのだ。鳥たちの声が空から降ってくるように聞こえ、流れ星が夜空に予言を記す。果てしなく広がるこの空間の下、思考が解放されていくような気がした。そんなときは、不死鳥の羽根ペンで何か書きとめようとしてみたり、じっと座ったまま、紙には書かずに頭の中で言葉を紡ぎ出したりした。

修道院に入る前の人生は、雲で覆われているみたいにぼんやりとしか思い出せない。これまでの七年間の出来事も、すでに記憶の隅に追いやられつつあった。単調に過ぎていくあの時間。バケツの水に手を浸さないようにしながら、テラコッタの床を掃除したっけ。ひとつの部屋だけで何時間もかかったものだ。どんなに掃除したって前よりきれいになりはしないのに。ワインをつくり、病人を受け入れ、療養所で働く生活は、クレージ・ホールをふと思い起こさせた。修道服のありがたいところは、個性を発揮しようと骨を折る必要がないことだ——名もなき神や自然の営みが、果たしてどれほど多くの個性を生み出せるというのだろうか。単調な生活の中に自己を埋没させることもできるし、苦労せずとも自分の道を見つけられることもある。赤い鳥が窓辺を訪れるようになったら春、テラスの落ち葉を掃除しなければならなくなったら秋。そんなわずかな変化があれば十分だった。最初の三年間は完全な沈黙のうちに過ごし、次の二年間はささやき声で話すことが許され、それから院長のお達しでもっと重要な仕事を任されると、外界とも接触できるようになり、最後の二年間は、病棟で回復の見込みのない病人たちの世話をすることになった。

星空の下、エルフィーは誰かに語って聞かせるかのように当時を思い起こす。九カ月の間、死期の迫った病人や、うまく死にきれない人の世話をした。そのうち、死に方にもパターンがあって、それなりに美しいことがわかってきた。何かに邪魔されないかぎり、人間も葉っぱみたいに、決まった手順を経て死んでいく。最初はこう、次はああで、最後にこうなるといった具合に。あのまま一生、病人の世話をして過ごすことになっていたかもしれない。患者が快適なように、糊《のり》のきいたシーツの上に置かれた手の位置を変えてあげたり、聖典に書かれた無意味な言葉を病人のために読みあげたり。死にゆく人々の世話ならお手の物だった。

そして一年前。力なく青ざめたティベットが、〈治らざる者たちの家〉に運ばれてきた。重病といってもまだ気はしっかりしていて、エルフィーの顔がヴェールで隠れていても、言葉を交わさなくても、誰なのかがちゃんとわかっていた。すっかり弱っていて自分だけでは用を足すこともできず、皮膚はぼろ布か羊皮紙のように垂れ下がっていた。けれどもエルフィーよりはずっと、生きるということがどんなことか理解していた。エルフィーのことを勝手に一人の人間として扱い、名前で呼びかけてくる。冗談を言ったり、思い出話をしたり、自分を見捨てたかつての仲間たちを批判したりした。また、エルフィーが日によって少しでも違った行動や考え方をすると、決まって気がつくのだった。確かにわたしは自分なりに思考している。ティベットと話しているうちに、エルフィーはそう実感した。病身のティベットにあれこれやかましく言われるうちに、エルフィーは心ならずも、人格を持った個人として生まれ変わったのだ。たとえ完全にではないにしても。

やがてティベットは息を引き取った。すると修道院長が、ここを出て、犯した過ちを償《つぐな》うときが来ましたよと言った。といっても、エルフィーがどんな過ちを犯したのかは院長も知らなかったのだけれど。償いが終わったら？　そうしたら、まだ若いのだから家庭を築くこともできるでしょう。ほうきを持っておいきなさい。従順を、そして神の神秘を忘れてはなりませんよ。

「眠れないのかい」星空の下でじっとたたずんでいるエルフィーに、ある晩オーツィーが声をかけた。

心には複雑にからみ合った考えが次から次へ浮かんでいたけれど、いざ言葉にしようとするとうまくいかない。エルフィーはただ、うめくような声を出しただけだった。オーツィーが冗談をいくつか口にしたので、エルフィーは笑顔を見せようとした。が、オーツィーはたっぷり二人分笑っている。腹の底からの大きな笑い声。そのせいでエルフィーはなんだか疲れてしまった。

「あの料理人、とんでもないやつだろう」オーツィーはそう言って、料理人にまつわる噂《うわさ》話《ばなし》をいくつか話してくれた。どうにもくだらない内容だったが、話している本人は高笑い。エルフィーも会話を楽しもう、笑顔を見せようとしてみる。頭上では星が少しずつ姿を現しはじめ、最初は塩の粒ほどの大きさだったのが、きらきら輝く無数の魚の卵みたいに見えてきた。星たちは、ぶつくさ言うような、きしむような音を立てて自転しているみたいだ。その音が聞こえればいいんだけど。でも、何も聞こえやしない。オーツィーがやかましくおしゃべりを続けていたから。

この世は本当にうんざりするものばかり。愛すべきものだって多すぎるほどなのに。

やがて、一行はケルズ湖の端にやってきた。湖はまるで雷雲の切れ端が地面に落ちているかのようで、見るからに恐ろしい。湖面は見渡すかぎり灰色で、輝きもまったくない。オーツィーが言う。「だから馬たちも旅人も、ここの水を飲もうとしないのさ。ここからエメラルド・シティに水が引かれることがなかったのも、そういうわけ。よどんだ水なんだ。こんなの今まで見たことないだろう？」旅人たちはさも感心した様子だ。湖の西岸には、薄紫色をした山々がそそり立っている。大ケルズが姿を現したのだ。ヴィンカスの地をオズの国の他の地域から隔てているこの山脈は、ここからだともやのようにおぼろげに見える。

オーツィーが、霧を呼ぶ呪文を唱えてみせた。ユナマタ族の狩人の一団が襲ってくる場合に備えてだ。「ぼくたち、襲われるの？」エルフィーの小姓らしき少年が聞く。「なあに、誰も気がつかない間に、あたしが皆殺しにしてやるよ」少年はおびえ、その気持ちがほかの人にも伝染した。「たいていはうまくいくもんだよ」とオーツィー。「ちゃんと心構えしてればいいのさ。あちらさんと仲良くだってなれる。こっちが仲良くしようとすればね」

昼の間、旅の一行はばらばらになって進んだ。四台の馬車がぽつぽつと間を空けて進み、馬九頭、牝牛《めうし》二頭、牡牛《おうし》一頭、若い牝牛一頭、そして似たり寄ったりのいろんな鶏が何羽か、そのあとに続く。料理人がキリージョイという名の犬を飼っていたが、エルフィーにとっては、〝喜びを殺す《キリージョイ》〟というよりは〝喜びを生む《メイクジョイ》〟犬だった。息を弾ませ、鼻をくんくん鳴らしている。乗客の中には、こいつは本当はただの犬のふりをした〈犬〉なんじゃないかと疑う者もいたが、すぐにその考えを捨てた。「ふん」とエルフィーはほかの乗客に言う。「〈動物〉に話しかけたことがほとんどないから、見分けがつかない？」そう、キリージョイはただの犬だ。実にすばらしい、犬らしい犬で、怒れば手がつけられなくなり、なつけば大げさなほどに愛情を示しもする。もともとは山岳犬で、リンスターコリーと、レンクステリアと、おそらく狼《おおかみ》の血も混じっているようだ。鼻はくるりと巻いたバターのように上を向き、背中と脇腹のあたりは濃灰色《のうかいしょく》の毛で覆われている。隙さえあれば狩りをしていたが、獲物を捕まえるのは下手だった。夜になると、馬車は一箇所に四角く並んだ。その内側で調理用の火をおこし、外側では動物たちがくつろぐ。夜もふけて歌が始まる頃になると、キリージョイは馬車の下にもぐりこむのだった。

あるときオーツィーは、あの少年が犬に自分の名前を教えているのを耳にした。「ぼくはリア。ぼくの犬になってもいいんだよ」オーツィーは思わず微笑む。あのぽっちゃりした子は友達を作るのが下手だからね。ひとりぼっちの子には犬が必要だよ。

一行はケルズ湖をあとにした。湖面がすっかり見えなくなると、乗客の何人かはほっとした。刻一刻と大ケルズ山脈が迫り、はっきりと目に見えるようになってきた。今ではバターデューメロンの皮のような茶色だ。道は相変わらずくねくねと谷に沿って進み、右手にはヴィンカス川、その向こうには山脈が見える。オーツィーは川を渡れる浅瀬をいくつか知っていたが、はっきりとした目印があるわけではなかった。浅瀬を探しているうちに、とうとうキリージョイが危険なドクタニネズミを捕まえた。だが毒にやられてしまい、血を流してくんくん鳴きながら、手当てをしてもらった。リアがキリージョイを腕に抱えて運ぶのを見て、エルフィーはかすかな嫉妬を覚えた。わたしにも嫉妬みたいな古めかしい感情があったのか。そう思ってふとおかしくなった。

キリージョイが飼い主よりもほかの人間になついたことに腹を立て、料理人が頭の上でひしゃくを振りまわす。星空に住まう料理の守護天使たちに向かって、天罰を下してくれと呼びかけているかのようだ。エルフィーは彼を肉屋みたいだと思っていた。ウサギを撃ち殺して食べることに何のためらいも感じないらしい。「〈ウサギ〉じゃないって、どうしてわかる?」エルフィーはそう言って、ひと口も食べようとしなかった。

「うるせえな、黙らねえと、あのガキを料理してやるぞ」と料理人は言い返す。

エルフィーはオーツィーを説き伏せて料理人をクビにしてもらおうとしたが、オーツィーは耳を貸そうとしない。「もうすぐカンブリシア山道だ。それどころじゃないね」

あたりの風景には、不気味ななまめかしさが漂っているような気がしてならなかった。東から近づくと、カンブリシア山道は、まるで仰向けに横たわった女が両脚を開いて待ち受けているような姿にも見える。

斜面を登っていくと松の枝が日の光をさえぎり、野生の梨の枝がくんずほぐれつといった様子でからまり合いながら伸びていた。にわかに空気が湿っぽくなり、あたりの雰囲気ががらりと変わる。樹皮は湿っていて、大気は生乾きのタオルのように肌に重たくまとわりつく。いったん森に入ると、もう山は見えなくなった。どこもかしこも羊歯《しだ》やフィドルの葉のにおいに満ちている。小さな池のほとりに、枯れ木が一本立っていた。蜂のすみかとなっているらしく、蜂たちが羽音を響かせながら忙しそうに蜜を集めている。

「この蜂たち、一緒に連れていきたい」とエルフィー。「一緒に来てくれるかどうか聞いてみよう」

クレージ・ホールの菜園にも、シェール・シャローズの聖グリンダ修道院にも、蜂がいた。エルフィーはすっかり蜂に夢中になっていたが、リアは怖がり、料理人も反対して脅してきた。蜂が同行するんだったら俺は消えるよ、そしたらこんな荒野で最高級のベシャメルソースにゃもうありつけなくなるぞ。そこで話し合いが行われた。真夜中に見た幻に従って西方に死に場所を探しにきた老人が、恐る恐る意見を述べる。蜂蜜が少しばかりありゃ、まずいスパローリーフ・ティーも美味しく飲めるんじゃないかね。夫の顔も知らずに嫁《とつ》がされるグリカスの娘がそれに同意する。オーツィーも思いがけず熱心な様子で賛成にまわった。そういうわけでエルフィーが木に登って話しかけると、蜂たちは群れをなしてついてきた。しかしほとんどの乗客は、ほこりが肌に触れただけでも蜂かと思って急にびくびくしだし、蜂のいない馬車に閉じこもってしまった。

一行はラフィキと呼ばれる案内人を呼び寄せるために、太鼓や霧を使って合図を送った。ヴィンカスの地にはさまざまな部族が暮らしている。現地の者との交渉役として、許可を得たり料金の相談をしたりしてくれるラフィキを連れずに旅することは許されていないのだ。ある晩のこと。退屈しきった旅人たちは、暗がりの中、カンブリシアの魔女の伝説についてあれこれと議論を始めた。妖精の女王ラーラインと、カンブリシアの魔女。いったいどちらが先にこの世に現れたのだろうか。

病身の老人イゴが、叙事詩『オジアッド』の一節を引用しながら、世界の始まりについて改めて皆に語り聞かせる。まず、〝時を刻むドラゴン〟により太陽と月がつくられた。ラーラインは太陽と月に呪いをかけ、生みの親が誰か、その子供たちが知ることがないようにした。それからカンブリシアの魔女が現れると、洪水が起こり、戦いが起こり、世界中に悪がまき散らされた。

オーツィー・マングルハンドが反論する。「ばかなことをお言いでないよ。『オジアッド』なんて、昔からある恐ろしい伝説を、気取った言葉で飾り立てて書き直しただけじゃないか。民衆の間で語り継がれてきたことのほうが、芸術家ぶった詩人なんかの言葉よりよっぽど真実に近いね。民話じゃ、いつだって善玉より悪玉のほうが先なんだから」

「本当かね」と、イゴは興味を示す。

「こんなふうに始まる童話がいくつもあるじゃないか。『むかしむかし、森の真ん中に、年を取った魔女が住んでいました』とか、『ある日悪魔が歩いていると、一人の子供に出くわしました』とかね」オーツィーは、肝っ玉だけでなく教養もあるところを示そうとしていた。「みじめで貧しい民衆にとって、どこで悪が生まれるかなんていう起源についての物語なんて必要ないんだよ。悪はただ現れるもの。最初から存在してるってわけさ。魔女がどうして悪いやつになったか、それが魔女にとって正しい選択だったのかなんて、知りようもない。そもそも、悪い魔女になるってことが正しい選択でありうるのか。悪魔がなんとか改心しようとするなんてことがあるのか。そしたら悪魔じゃなくなるのか。つまるところ、悪をどう定義するかってことさ」

「確かにカンブリシアの魔女についての話は多いな」とイゴも認める。「それに比べるとほかの魔女はどれも名ばかり、せいぜい娘とか、妹とか、落ちぶれた子孫といったところだ。カンブリシアの魔女は、遡るのが不可能なほど昔に生まれた原初の存在なんじゃ」

エルフィーは、カンブリシアの魔女らしき人物の絵が描かれた怪しげな巻物を思い出した。やっぱりあれがカンブリシアの魔女なのだろうか？　何年も前の夏に、スリー・クイーンズの図書館で見つかった絵。輝く靴を履いて大陸をまたぐようにして立っていた。その腕に抱えている動物をいたわっているのか、殺そうとしているのか、よくわからなかったけれど。

「カンブリシアの魔女なんて信じねえよ。カンブリシア山道にだっていねえさ」料理人がうそぶいた。

「〈ウサギ〉の存在だって信じてないくせに」エルフィーは不意に腹立たしくなって、けんか腰で言葉を放つ。「カンブリシアの魔女のほうは、果たしてあんたって存在を信じてるのかね」

「かっとしなさんな」オーツィーがそう言って、『かっとしなさんな』の歌を歌いだす。

エルフィーはどすどすと足を踏み鳴らしてその場を去った。子供の頃と同じだ。父さんとネッサローズと三人で、悪の始まりについて議論したときもこうだった。そんなこと、はっきりとわかるわけないのに！　父さんは聴衆をなんとか悔い改めさせようと、悪についての証拠をしきりに並べ立てていたな。シズ大学に通ううちに、エルフィーはこう考えるようになっていた――女が香水をつけるように、男は証拠を身につける。自分という存在を確かなものにするために、またそうすることで自分の魅力を高めるために。でも、悪は証拠を超えた存在なのではないだろうか。そう、カンブリシアの魔女が、既知の歴史ではとらえきれないように。

2

ラフィキがやってきた。頭のはげかかった細身の男で、体には戦いの傷跡がいくつも残っている。どうやら、今年はユナマタ族がもめ事を起こすかもしれないという。「皆さんが来る前に、エメラルド・シティの騎馬隊がひどい略奪を行いましてね。ウィンキーたちが結集しています」いまいましげな口ぶりだ。酔った兵士がヴィンカスの娘に乱暴したために批判の声が沸き起こっていることを言っているのか、奴隷貿易や土地を追われた者たちの収容所のことを言っているのか、どうもはっきりとはわからなかったが。

一行は出発の準備をして湖をあとにし、静かな森の中を半日進んだ。時折日光が木の梢《こずえ》から差しこんでくる。といっても、光は卵黄のような色をしていておぼろげで、しかも決まって脇にそれてしまうため、ちっとも行く手を照らしてはくれない。どうにも薄気味が悪かった。まるでカンブリシアの魔女が招かれざる客のように一行につきまとい、こっそりと木から木へ移り、岩の背後にすべりこみ、陰に潜んで待ち伏せしては、じっと様子をうかがい、耳をそばだてているような気がする。病身の老人がめそめそ泣き言を言い出し、こんなところに魂が永遠に閉じこめられるのはごめんだ、死ぬ前にどうかこの森から出られますように、と祈っている。リアが女の子のように泣きじゃくる。料理人がニワトリの首を絞める。

蜂たちでさえ、すっかり静かになってしまった。

その晩、料理人が姿を消した。皆大騒ぎしたが、エルフィーだけは気にもかけなかった。さらわれたのか、夢遊病か、はたまた自殺か。怒れるユナマタ族が近くで見張っているのだろうか。それとも、カンブリシアの魔女がおもしろ半分に話題にされたことに腹を立てて、目にもの見せてやろうとしたのだろうか。さまざまな憶測が飛び交う。朝食の卵はぐちゃぐちゃで食べられたものではなかった。

犬のキリージョイはといえば、飼い主が消えたことに気づきもしない。ぐっすり眠ったまま歯を見せて笑い、リアに体をすり寄せた。


蜂たちはどういうわけか、一種の冬眠状態に陥ったようで、居心地がいいようにと持ってきた木の節の中でおとなしくしている。キリージョイも、まだドクタニネズミの毒が抜けきらないらしく、一日のうち九割がたは眠りこんでいる。乗客たちは盗み聞きでもされたらいけないと、いっさいおしゃべりをしなくなった。

夕暮れが近づいた頃、ようやく松がまばらになりはじめた。代わりに雄鹿の角のような枯れ枝を張った樫《かし》の木が多くなり、その広がった枝の間から空が見えるようになった。薄暗く黄ばんではいたが、ともかく空が見えたのだ。木々の先は崖になっている。気がつかないうちにこんなに高いところまで登っていたらしい。見下ろせば、カンブリシア山道がさらに先へ伸びている。あそこまで四、五日はかかるだろう。そいつを越えれば、いよいよ千年平原だ。

やっと空がひらけると、あたりの明るさや開放感に誰もがほっとした。エルフィーでさえ、思わず心が躍った。

その日の夜もふけた頃、ユナマタ族がやってきた。干した果物を手土産に、部族の歌を歌い、踊ってくれそうな者たちを引っぱり出してきては踊らせる。てっきり襲われるものと思いこんでいた旅人たちは、この歓迎ぶりにかえっていっそう恐れをなした。

エルフィーの思っていたとおりだった。ユナマタ族はいかにも穏やかでおとなしそうな部族で、怖いところも大胆不敵なところもない。少なくとも、そう見える。お祭り騒ぎが好きで、何にでも一家言を持つ民。エルフィーは、少女時代をともに過ごしたカドリングの人たちを思い出した。民族的にはどこかでつながりがあるにちがいない。長いまつげ。ほっそりした肘。赤ん坊のようにしなやかな手首。長細い頭に、薄く引き締まった唇。話す言葉は違っても、エルフィーは懐かしくてほっとした気分になった。

朝になると、ユナマタ族は帰っていった。朝食の卵が柔らかすぎると無遠慮にぶつぶつ言ってはいたものの、ラフィキが言うには、ユナマタ族はもうこれ以上面倒はかけてこないそうだ。せっかく雇われたのに何の役にも立たなかったとでもいうように、ラフィキ自身もがっかりした様子だ。

料理人については、何の消息も聞くことはなかった。ユナマタ族も何も知らないらしかった。

一行がさらに道を下っていくと、また空が見えてきた。からりと晴れた秋空が広がる。まるでどこまでも続く悔いの念のように、広く。ここも空、あそこも空！　とうていひと目では見渡せないほど。眼下に広がる平原は、山脈と比べると湖のように平らだ。風に吹かれ、草原が揺れる。まるで風が曲線や筋を描きながら言葉をつづっているようだ。この距離からでは野生動物は見当たらないが、部族がおこしている焚《た》き火があちこちに見える。

一行はカンブリシア山道をあとにしようとしていた。

そのとき、今通ってきたばかりの山道から、ユナマタ族の伝令が強靭《きょうじん》な足ですばやく駆けてきた。崖の下で死体が見つかったというのだ。おそらく料理人だろう。男性のようだが、皮膚は傷だらけで体中腫れあがっていたため、はっきりとはわからないらしい。「蜂のしわざに決まってる」と、怒りに満ちた声がする。

「へえ、本当に？」とエルフィーは落ち着き払って言い返す。「蜂たちはずいぶん長いこと眠ってる。それに、真夜中に蜂に襲われたら悲鳴をあげるはず。それとも、まずのどを刺して、声帯が腫れて声を出せないようにしたってこと？　ずいぶん頭のいい蜂だねえ」

「蜂のしわざだ」とぶつぶつ言う声。何を言いたがっているのかは明らかだ。おまえがいい、いらせたんだ。

「ああ、人間の想像力が果てしないってこと、忘れてた」エルフィーは皮肉たっぷりに言った。「まったく、驚くべき想像力ね」

だが、エルフィーは本気で怒ったわけではなかった。キリージョイがようやく元気になったし、蜂たちも目を覚ましたところだったのだ。カンブリシア山道をずいぶん高いところまで登ったから、あんなふうに眠ってしまったのだろう。エルフィーは、ほかの乗客たちといるよりもキリージョイや蜂たちと一緒にいるほうがずっとましだと思いはじめていた。高度が下がるにつれて動物たちが目を覚ます。それと同時に、自分の意識もますます研ぎ澄まされていくのを感じた。

ラフィキが地平線を指さした。見ればとぐろを巻くように煙が幾筋か立ちのぼっている。

一行はてっきり竜巻か何かかと思ったのだが、オーツィーが旅人たちを落ち着かせつつ、こう警告した。あれは夕食の焚き火さ。スクロウ族が大勢、野営してるんだよ。ちょうど秋の狩猟の季節だからね。獲物といっても、野ウサギか草原ギツネ(波打つ黄金の野に映えるふさふさしたブロンズ色の大きな尾に、黒いストッキングを履いた小間使いのような足をしたキツネ)ぐらいがせいぜいだけど。すると獲物にお目にかかれると思ったキリージョイが、興奮してはしゃぎだした。その晩はなかなか寝つけず、やっと眠っても、狩りの夢を見ているのか、体がぴくぴく動いていた。

旅人たちは、ユナマタ族以上にスクロウ族を恐れた。ラフィキも気休めになるような言葉はあまり口にしない。最初に会ったときと比べて遠慮がちになったようだ。疑い深い人たちと交渉するには用心深くしなければならないのだろう。リアは、会ってからわずか数日で、このラフィキをたいそう慕うようになっていた。その様子を見て、エルフィーは思う。子供って、本当にばかみたい。みっともないったらありゃしない。恥ずかしいからとか、愛されたいからとかいう理由でどんどん変わってしまう。動物なら、生まれたら生まれたで、その事実をそのまま受け入れる、ただそれだけ。人間よりずっと平和に暮らしている。

スクロウ族に接近しているのだと思うと、エルフィーの胸はうれしい期待で膨らんだ。

期待に心が躍るときの気持ちなど、ほかのたくさんのものと一緒にとっくに忘れたと思っていたのに。夜になり、誰もが恐れと興奮で緊張しているようだった。夜がふけてもなお、空は青緑色にきらめいている。星の光と彗星《すいせい》の尾に照らされて、果てしなく広がる草原の葉先が銀色に染まる。まるで礼拝堂にともされた何千本もの小さなろうそくが、炎を吹き消されたあともなお、ほのかに光を放っているように。

草の中で溺れ死ぬことができたら、それが一番いい死に方じゃないだろうか、とエルフィーは思った。

3

昼頃、一行はスクロウ族の野営地の近くにやってきた。部族の何人かが、砂色のテントの並ぶ野営地を出て、まだ踏みしだかれていない草が広がっているところで待ち受けていた。青いリボンと象牙の腕輪を身につけた男女が七人か八人、馬にまたがっている。さらに、見るからに身分の高そうな恰幅《かっぷく》のいい老女が、かごのようなものに乗って運ばれてきた。かごのまわりには、小太鼓やチリチリと鳴るお守りが吊《つ》るされ、紗《しゃ》のヴェールで覆われている。老女の合図で、ラフィキと部族の者たちが、挨拶なのかののしりなのか、ともかく言葉を交わす。しばらくすると老婆はくぐもった声で命令を下し、外が見えるように垂れ幕を上げさせた。老女の上唇は垂れ下がってほとんど二つ折りになっており、まるで水差しの注ぎ口を逆さにしたようだ。目には墨で縁取りを入れている。両肩にはこわもてのカラスが一羽ずつ。金の足輪をつけられて、老女の飾り襟につながれている。その襟元はべとべとだった。旅人の到着を待っている間に食べた果物の汁が垂れたのだ。しかも、肩にはカラスの糞《ふん》でしみができている。

「ナストーヤ姫です」ようやくラフィキがそう告げた。

これほど薄汚れて教養のなさそうな姫はほかにいないだろう。だが、どこかしら威厳を感じさせるところがあり、一行の中でもずいぶん熱心に万人平等を支持していた者でさえひざまずく。姫はしわがれ声でひと笑いすると、かごの担ぎ手たちに向かって、もっとおもしろい場所に連れておいきと命じた。

スクロウ族の野営地は、姫のテントを中心にして同心円状に広がっていた。姫のテントは、全体を何枚もの色あせた縞模様《しまもよう》の布で美しく覆われていて、絹と綿のモスリンでできた風通しのいい小さな宮殿といったところ。姫の相談役と内縁の夫たちは、そのすぐ外を取り囲むようにして並んだテントで暮らしているようだ(ずいぶん貧相な夫ばかりじゃないかとエルフィーは思ったけれど、もしかすると、控えめでやせぎすだからこそ、夫に選ばれたのかもしれない。姫がいっそう大きく見えるように）。姫のテントのまわりには四百ものテントが並んでいるので、全部でおそらく千人は暮らしているのだろう。男も女も同様に、みんなサーモンピンクの肌、潤んで突き出た目（慎ましく目を伏せて視線を合わせないようにしていたけれど）、形のよい大きな鼻、大きな尻、そして肉づきよく丸々とした腰つきをしている。

旅人のほとんどは馬車の扉に張りついて外をのぞいているばかりで、その先に少しでも足を踏み入れたらどんな目にあうかわからないと震えあがっている。だがエルフィーは、見たこともない光景を目の当たりにして、いてもたってもいられなくなった。エルフィーが歩きだすと、まわりで息をのむ音が聞こえ、大人たちがおずおずと道を空ける。けれども十分もしないうちに、六十人もの子供たちが小さな羽虫のように群がり、がやがや騒ぎながら、あとからついてきたり前を走ったりした。

危険だからキャンプにお戻りなさい、とラフィキ。しかし、子供時代をカドリングの沼地で過ごしたエルファバは、大胆さだけでなく好奇心も持ち合わせていた。上からあれこれ指図されるまでもなく、生きていく方法はいろいろあるのだ。

夕食のあと、年配のいかめしい長老たちがスクロウ族の代表として〈草原横断の旅〉の一行のもとを訪れ、ラフィキと長々と言葉を交わした。話が終わると、ラフィキが伝言を訳して伝える。数名がスクロウの社《やしろ》に来るよう招かれた——というより求められたというのだ。スクロウの社まではラクダで一時間ほどの距離だ。肌の色が違うせいか、それともスクロウ族の居留地を一人で歩きまわるという度胸を見込まれたのか、ともかくエルフィーが指名された。ほかに招待されたのは、オーツィー、ラフィキ、そして高齢であることを買われてイゴ、それから金儲《かねもう》けのためには手段を選ばぬピンチウィードという男。もっとも、しみったれ野郎《ピンチウィード》というのは意地の悪いあだ名かもしれないが。

サルヤナギの木でつくったたいまつの明かりの中、一行はきらびやかに飾ったラクダの背に揺られ、踏みならされた道を進んだ。階段の上り下りをいっぺんにしているような乗り心地だ。エルフィーがラクダの背から見下ろすと、きらめく広大な草原が一望のもとに見渡せた。海というものは神話の上だけの存在で、それがどんなものか想像をめぐらすことしかできなかったけれど、その話がどこから生まれたかわかるような気がした——時折、波間から魚が飛び出すように小さなトンボが飛び立ち、蛍を捕らえてしっかり抱えこむと、水に飛びこむように草の中に姿を消す。コウモリたちもバサバサと音を立てて現れては、ヒュッと姿を消す。平原そのものが夜の色をつくりだしているようだ。赤紫、黄褐色がかった緑、赤や銀色の筋の入った灰褐色と、刻一刻と色が変わっていく。月が昇る。冷酷にきらめく母なる三日月の刃から光を放つ、オパール色に輝く女神。これ以上何を望むことがあるだろう。夜の淡い色あいや、安心できる空間に囲まれて、エルファバは不思議なくらいの喜びを感じていた。自分の心にまだこれほどの感応力があることがわかっただけでも十分だ。でもいけない、まだ先へ進まなくては。先へ。

そうするうちに、植林地が見えてきた。この圧倒的に広い平原の中で、木々が丹念に育てられているのだ。まず目についたのは、吹きつける風を受けてねじれた形で立っているトウヒの低木――樹皮はひび割れ、針のように細い葉はヒューヒュー音を立て、樹液は異教めいた怪しげな香りを放っている。その先にはもっと丈の高い生垣があり、そのまた向こうにはさらに高い木が並ぶ。ちょうどスクロウ族のテントのように、幾重かの輪になって植えられているのだ。一行は黙ったまま林を抜けた。迷路を通り抜けるように、ざわめく木々の間をくねくねと進み、外側の輪から内側の輪へ足を踏み入れていく。彫刻を施した柱に灯油ランプが打ちつけられており、その明かりが道を照らしている。

林の中心部にたどり着くと、ナストーヤ姫が革と草でできた民族衣装を身にまとって待っていた。どこかの旅行者から手に入れたとおぼしき紫と白の縞模様のタオル地の布が、いっそう精彩を添えている。姫は立ちあがると、心ここにあらずといった様子で激しく息をつき、頑丈な杖《つえ》で体を支えた。周囲には大きな砂岩がすきっ歯のように並んでいて、まるで石造りの檻《おり》のようだ。姫の大きな体では、通り抜けられないのではないだろうか。

客人たちは姫に招かれ、ともに食事をしたり、酒を飲んだり、カラスの頭の形をしたパイプでタバコを吸ったりした。カラスたちが砂岩の上を飛びまわっている。二十羽、三十羽、いや、四十羽はいるだろうか。エルフィーの頭はくらくらしていた。空には月が浮かび、緑の迷路のような秘密の林からは見えなかった夜の平原が、こまのように回転している。まわっている音まで聞こえそうだ。スクロウ族の長老たちが低い声で詠唱をはじめた。詠唱が終わると、ナストーヤ姫が頭を上げた。

小さなあごの下で、たっぷりとたるんだ肉が震える。体を覆っていた布が地面に落ちる。裸の体は年を重ねてはいるが、がっしりとしている。無気力に見えたのは、実は忍耐強さ、記憶力、自制心だったのだ。姫は頭から髪の毛を振り落とした。髪は背中を転がり落ちて見えなくなった。足は石の柱のようで、その足取りは、しっかりした足場を探すかのようにどっしりと力強い。両腕を地面につき、ドームのような背中をあらわにする。顔は前を向いたままで、目は輝きを増し、鼻はぶるんぶるんと揺れている。そう、姫は〈象〉だったのだ。

〈象〉の女神。畏《おそ》れと喜びでエルフィーの頭の中が真っ白になる。だが、ナストーヤ姫が口を開いた。「そうではない」姫は相変わらずラフィキを通して話していた。酒を飲んでいたせいかラフィキは口ごもってしまい、言葉を捜すのに苦労していたが、以前にもこの場面を見たことはあったようだ。

姫は客人一人一人に旅の目的を尋ねた。

「金と商売のためだ」ピンチウィードは驚きのあまり、つい包み隠さず答えてしまう。金と商売と略奪と搾取のためには、どんな犠牲もいとわない。

「死に場所を求めて来たんじゃよ。安らかに眠れて、魂が自由になれる場所を」イゴも腹をくくったように答える。

「無事に旅を続けること。トラブルに巻きこまれずにね」と、オーツィーが威勢よく言う。ようするに、男たちに邪魔されずに、という意味なのだ。

ラフィキはエルフィーにも答えを促す。

こんな〈動物〉を前にしては、エルフィーもそ知らぬ顔をしているわけにはいかない。そこで、できるだけ正直に答えた。「死んだ恋人の家族の安全を見届けてから、世間を離れて暮らすため。あの人の遺《のこ》された妻、サリマに会って罪を償い、責任を果たしたうえで、この不穏な世界と決別するつもりです」

〈象〉は、エルフィーとラフィキ以外の者たちに席をはずすように命じた。

長い鼻をもたげ、風のにおいを嗅ぐ。老いて潤んだ目がゆっくりとまばたきし、耳が前後に動いて空気をそよがせる。それから、湯気の立つ尿をじょろじょろと勢いよく排泄《はいせつ》したが、そうしながらも悠然とした威厳のある態度で、じっとエルファバを見つめている。

ラフィキを通して〈象〉は言う。「ドラゴンの娘よ、われも呪いを受けた身なのだ。呪いを解くすべは知らぬでもない。だが、われは別の姿で生きる道を選んだ。〈象〉も近頃は追われる身となってしまったが、スクロウ族はこの身を認めてくれる。言葉が生まれる前から、いや、歴史が始まる前から、象を崇拝してきた民なのだ。スクロウの民は、われが女神ではなく獣だと承知している。この屈強な本来の姿のまま、自由だが危険な生活を送るよりも、魔法の力で人間の姿に閉じこめられながら生きていくことを選んだ獣だと。世の中が過酷な試練を迎えているとき、重大な危機に面しているときには、あくまで自分のままであり続ける者たちが犠牲となるのだよ」

エルフィーはただ見つめるばかりで何も言えない。

「だが、自分を救おうとする選択そのものが、命を落とす結果を招くこともある」ナストーヤ姫は続ける。

エルフィーはうなずき、目をそむけ、また視線を戻す。

「そなたの連れとして、カラスを三羽遣わそう」と姫。「今後は姿を隠し、魔女として暮らすがよい。それがそなたの隠れみのとなろう」姫がカラスたちに向かって何かひと言発すると、薄汚い意地の悪そうな三羽が飛んできて、かたわらに控えた。

「魔女？」父さんはいったいどう思うだろう。

「何から身を隠すというのです？」

「我らの敵はひとつ」と姫は答えた。「われにもそなたにも危険が迫っておる。助けが必要なときには、カラスどもをよこすがよい。老いた族長として、あるいは自由な〈象〉として、命のあるかぎり助けに行こう」

「どうしてですか」

「世間からいくら身を隠そうとも、そなたの顔にあるものを隠し通すことはできないからだ」

姫はさらに話を続けた。エルフィーにとって〈動物〉と言葉を交わすのは実に十年以上ぶりだった。誰に魔法をかけられたのか聞いてみたが、ナストーヤ姫は答えようとしない。それは身の安全のためでもあった。呪いをかけた者が死ねば呪いが消えることもあるが、呪いは姫の身を守るものでもあったからだ。

「偽りの姿で人生を送ってまで、生きる価値があるのですか？」エルフィーは尋ねた。

「内面は変わりはせぬ」と姫は答える。「自分で変えようとしないかぎりはな。変わることを恐れずともよい。だが用心せよ」

「わたしに内面などありません」

「何かが蜂どもに料理人を殺せと命じたのだ」ナストーヤ姫の目がきらめく。エルファバは顔から血の気が失せるのを感じた。

「わたしじゃない！　そう、わたしのはずがない。そもそも、どうしてあなたが知ってるんです？」

「そなたのしわざだ、ある意味ではな。そなたは強い。それに、われには蜂の羽音のつぶやきも聞こえておる。地獄耳なものでな」

「このままここにいさせてください」エルファバは言った。「今までずっとつらい思いをしてきたんです。自分にも聞こえないわたしの心を聞き取るなんて、修道院長様でもおできにならなかった。あなたの助けがあれば、この世で何の悪さもせずにすむでしょう。誰にも危害を与えないこと、わたしの望みはそれだけです」

「そなた自身が先ほど述べたように、そなたにはなすべきことがある」姫は鼻を丸めてエルファバの顔を包み、その輪郭とそこに秘められた真実を探った。「行って、おのれの義務を果たすがよい」

「ここに戻ってきてもいいでしょうか？」エルフィーは尋ねた。

だが、姫は答えなかった。疲れていたのだ。〈象〉としても驚くほどの年を重ねていた。鼻が時計の振り子のように前後に揺れている。と、長く大きな鼻を手の代わりに伸ばすと、エルファバの肩に狙いを定めたようにずっしりと乗せ、首のまわりに少し巻きつけるようにした。「いいかね、我が同胞よ。よく覚えておくのだ。人生に星まわりや定めなどない。どんな人生にも。そなたの運命を決めるものなど誰もいないのだよ」

エルファバは答えられなかった。触れられた驚きがあまりにも大きかったのだ。話が終わって後ろに下がったとき、頭の中はほとんど空《から》っぽになっていた。

その後、ラクダの背に乗り、野営地に戻るべく、不気味な色をした夜の草原を進んでいった。つかみどころのないその色は、感覚を麻痺《まひ》させ、気力を失わせるかのようだ。それでもこの夜、確かに天の恵みはあったのだ。けれどもエルファバはそんなことはすっかり忘れてしまった――ほかのたくさんのものと同じように。

4

一行はスクロウ族の野営地をあとにし、ナストーヤ姫のもとを去った。〈草原横断の旅〉は、今度は大きく弧を描いて北へ進んでいく。

とうとうイゴが息を引き取り、砂で作った塚に埋葬された。「イゴの魂が自由に飛びまわれますように」と、エルフィーは追悼の言葉を述べた。

のちにラフィキがこう打ち明けた。ナストーヤ姫に招かれた客のうち、誰か一人が儀式で生贄《いけにえ》にされるものだと思っていたと。以前そんなことがあったのだ。姫は内心の葛藤に耐えながらも、恨みの念を捨てきれていないのだ。おそらくピンチウィードが生贄になるはずだったが、正直に話したので助かったのだろう。あるいは、人間の目にはわからなかったけれど、イゴに死期が迫っていることが見て取れたため、哀れんだ姫が見逃してくれたのかもしれない。

カラスたちは、蜂を追いまわしたり、馬車の中を糞で汚したり、キリージョイをからかったりと、まったくはた迷惑な存在だった。井戸に立ち寄ったとき、グリカス人の娘ラライニーが孤独なやもめ男に見初められ、〈草原横断の旅〉を離れることになった。いかにも頼りなさそうなこの未来の夫は、母なし子をもう六人も抱えていた。子供たちがラライニーを慕ってつきまとう様子は、まるで親をなくしたアヒルの子が農家の犬を追いかけまわしているかのようだった。こうして、残った旅人は十人だけになった。

「この先がアージキ族の土地ですよ」とラフィキが告げた。

アージキ族の一団が初めて近づいてきたのは、それから数日経ってからのことだ。青い入れ墨を入れていたフィエロとは違い、特に目を引くところはない。彼らは遊牧の羊飼いで、大ケルズ山脈の西の山すそにいる羊たちを集めるという、年に一度の大仕事の真っ最中だった。羊の数を確認して、東方に売るのだろう。男たちの整った顔立ちを見ただけで、エルフィーの心は千々に乱れた。この荒々しさ。独特の風貌。わたしは死ぬまでこうして罰を受けることになるのだろうか。

〈草原横断の旅〉の一行は、今ではたった二台の馬車を残すのみとなっていた。一台にはラフィキ、オーツィー、リリア、商売人ピンチウィード、カウップという名のギリキン人の職工。もう一台にはエルフィー、蜂、カラス、キリージョイが乗っている。エルフィーはすっかり魔女扱いされているようだった。確かにそれほど不似合いとはいえない役柄だ。

キアモ・コまで、あと一週間。

一行は東へ進行方向を変え、大ケルズ山脈の急斜面を這《は》う鉄灰色の山道へ向かった。もうすぐ冬が来る。残った旅人たちは、まだ雪が降らずにいることにほっと胸をなでおろしていた。オーツィーは、三十キロほど先にあるアージキ族の居留地で冬を越すつもりだった。春になったらウガブからギリキンのパーサ・ヒルズを抜け、北まわりのルートでエメラルド・シティへ戻る予定だ。エルフィーはふと、グリンダに手紙を書こうかと考えた。あれからもうずいぶん経つけれど、まだ都にいるのだろうか。けれども、どうしても決心がつかなかったので、手紙は書かないことにした。

「明日はいよいよキアモ・コのお目見えだよ」とオーツィーが告げる。「アージキの族長一家が暮らす砦《とりで》さ。準備はいいかね、シスター・エルフィー」

からかうような口ぶりにエルフィーは気を悪くした。「わたしはもうシスターじゃない。魔女だよ」と言い返して、なんとかこの女を懲《こ》らしめる手はないかと考えをめぐらせる。だがオーツィーは料理人よりずっと強者《つわもの》らしく、ただ笑い声をあげて歩き続けた。

一行は山あいの小さな湖のほとりで立ち止まった。皆、ここの水は氷のように冷たいけどさわやかだと口々に言っているが、エルフィーの知ったことではなかったし、気にも留めなかった。湖の真ん中には島があった。マットレスほどの大きさの小島で、葉のない枯れ木が、破れて骨組みだけになった傘のように立っている。

突然、キリージョイが興奮した様子で水に飛びこみ、水しぶきをあげながら小島に向かって泳ぎだした。エルファバにははっきりとわからなかったが——この季節は日が暮れるのが早く、特に山あいではすぐに暗くなるのだ——何か動くものを見つけたか、気になるにおいを嗅ぎつけたかしたらしい。キリージョイはしばらく菅《すげ》の茂みを探っていたが、やがて狼らしい歯をむき出すと、草の中にいた生き物の頭をそっとくわえた。

よくわからないが、赤ん坊のように見える。

オーツィーが悲鳴をあげ、リアはゼリーのかたまりのようにぶるぶると震えた。キリージョイはいったん口を開けたかと思うと、もう一度しっかりとくわえ直した。獲物の頭はキリージョイのよだれにまみれている。

水に入るなんてとんでもない――死んでしまう――

それでもエルフィーは足を踏み出した。

足が水面を勢いよく打つと、水が足を強く押し返す――

エルフィーが走るにつれて、足元の水が凍っていった。急いでひと足進むごとに、その下で氷が張っていく。氷はたちまち銀色の道となり、頑丈な冷たい橋となって島へ伸びていく。

キリージョイを叱りつけて、赤ん坊を助け出せるかもしれない。とうてい間に合いそうには思えなかったけれど。なんとか島にたどり着くと、キリージョイの口をこじ開け、くわえられていた生き物を両手でそっと包んだ。恐怖と寒さに震えている。輝く黒い目は、警戒して見開かれている。非難しようとしているのか、とがめようとしているのか、それとも愛を伝えようとしているのか。大人となんら変わらない、感情豊かなその瞳。

旅の仲間は皆、湖が凍っていく様を見て度肝《どぎも》を抜かれていた。どこかの魔法使いだか魔女だかが、通りすがりに湖に魔法でもかけておいたのだろうか。助け出された生き物を見たときも、それに劣らず驚いた。ユキグニザルと呼ばれる種の、小さな猿だ。母親や群れから捨てられたのか、それともふとしたことで離れ離れになってしまったのだろうか。子ザルはキリージョイを怖がることもなく、馬車の暖かさが気に入ったようだった。

キアモ・コに向かう険しい斜面を半分ほど登ったところで、一行は野営することにした。暗い岩の上には、城が黒い影となってそそり立っている。エルフィーの目には、翼をたたんだワシがとまっているようにも見えた。円錐形《えんすいけい》の屋根がついた塔に、銃眼のある胸壁、張り出しやぐら、落とし格子、矢狭間《やざま》――もともとは治水工事の拠点として建てられたものだが、その面影はまったくない。眼下にはヴィンカス川の支流が滔々《とうとう》と流れている。かつて、摂政オズマ《オズマ・リージェント》がこの川にダムを建設してオズの都心部に水を引こうとした。干魃《かんばつ》が特にひどかった時代のことだ。包囲戦を経て砦を攻略したフィエロの父が、ここをアージキ君主の居城とした。父が死ぬと、部族の統治は一人息子の手に託された――エルファバの記憶では、たしかそういう話だった。

エルフィーはわずかばかりの荷物をまとめた。蜂たちは軽く羽音を立てている（その羽音は週を追うごとにだんだん明るくなっていく）。キリージョイはせっかくの獲物を横取りされ、まだご機嫌斜めのようだ。カラスたちは変化の兆しを嗅ぎつけたのか、餌を食べようとしない。子ザルは、その鳴き声からチステリーと名づけられ、今ではもうすっかりぬくぬくとくつろいで、キーキー、キャッキャと騒いでいる。

焚き火のまわりでおのおの別れの言葉を述べ、杯《さかずき》を交わす。別れを惜しむ者さえいた。空はますます暗くなっていく。まわりの山々が真っ白な雪を戴いているため、よけいにそう見えるのかもしれない。そこへリアが着替えの包みと何やら楽器らしき物を持って現れ、皆に別れの挨拶をした。

「それじゃ、あんたもここで旅をやめるつもり？」エルフィーは尋ねた。

「うん。一緒に行く」とリア。

「カラスと、猿と、蜂と、犬、それに魔女と一緒に？」とエルフィー。「わたしと一緒に？」

「ほかにどこに行けっての？」

「そんなこと、知るもんですか」

「犬の世話をするよ」リアは淡々とした調子で言う。「蜂蜜だって集めてあげる」

「そんなの、別にどうでもいいけど」

「わかった」リアはそう答えると、父の城に入る支度をした。

キアモ・コの碧玉《へきぎょく》の門

1

「サリマお姉様」と一番下の妹が言った。「ねえ、起きて。お昼寝の時間は終わりよ。夕食にお客様が来るんだけど、雌鶏をつぶしたほうがいいかしら。だいぶ数が減ってきたから、お客様にお出しすると、冬の間卵が足りなくなりそうなんだけど……どう思う？」

アージキ族の皇太后はうめき声をあげた。「いちいち細かいことを聞かないでちょうだい。いつになったら自分で決めてくれるの？」

「あっ、そう」と妹はぴしゃりと言い返す。「じゃあ自分で決めるわ。その代わり、朝ごはんの卵がひとつ足りないときは、お姉様が我慢してよ」

「シックスったら、本気にしないで。寝ぼけてただけよ。お客様って、どなた？　どこかの息の臭い長老が、五十年前のくだらない狩りの思い出話でもしに来たの？　そんなの願い下げだわ」

「女の人よ。まあ、あんまりそうは見えないんだけど」とシックス。

「そんな言い方ないでしょ！」サリマは体を起こした。「わたしたちだって、もう昔みたいに花も恥じらう乙女じゃないんだし」こう言いながら、部屋の向こうにある衣装だんすの鏡に映った自分の姿に目をやった。ミルクプディングのような青白い顔。まだきれいではあるが、すっかりぶくぶく太ってしまい、脂肪が自らの重みで垂れ下がっている。「自分が一番若くて、まだ腰がくびれているからって、意地悪言わなくてもいいでしょう」

シックスは口をとがらせる。「そう、じゃ、ただの女の人。それで、鶏はどうするの？今決めてくれれば、フォーに言って、つぶして羽根をむしらせるけど。でないと、晩ごはんは真夜中までおあずけになるわよ」

「果物とチーズとパンと魚を出せばいい。生簀《いけす》に魚がいるでしょう？」確かにそのとおりだ。シックスはさっさと立ち去ろうとしたが、思い出して言った。「甘いお茶を一杯持ってきてあげたの。そこの化粧台の上よ」

「ありがとう。ねえ、お願い。皮肉はやめて教えて。お客様って本当はどんな方？」

「緑色で、やせていて、体が曲がってて、わたしたちより年上。年寄りの修道女みたいな黒い服を着てるけど、そんなに年がいってるわけじゃない。そうね、三十か、せいぜい三十二ってところかしら。名前は教えてくれないの」

「緑色？　素敵ね」

「どこが素敵なのよ」

「嫉妬で緑になるっていう例えじゃないの？　まさか、本当に緑なの？」

「まあ、もしかしたら嫉妬のせいかもしれないけど、本当に肌が緑なのよ。間違いなく、草みたいな緑」

「あらまあ。それじゃ、今夜は白い服にしましょう。それなら色がかち合わないもの。その方、お一人？」

「昨日、谷にキャラバン隊がいるのが見えたでしょ。その中にいたんですって。獣のお仲間を引き連れてきたのよ。狼みたいな犬に、蜂の群れに、男の子に、カラスに、それから猿の赤ちゃん」

「冬にそんな顔ぶれで山の中にやってくるなんて、いったいどういうつもりかしら」

「自分で聞いたら？」シックスは鼻の頭にしわを寄せる。「あの人、なんだかぞっとするのよ」

「あなたは固まりかけのゼリーを見たってぞっとするんでしょ。今夜の食事は何時？」

「七時半。あの人を見てると、胃がむかむかしちゃう」

嫌悪感を表す言葉がそれで尽きたのか、シックスは出ていった。サリマはしばらくベッドでお茶を飲んでいたが、尿意を催して床を出た。シックスは、火が長持ちするように灰をかぶせて、カーテンを引いていってくれたのだが、サリマはカーテンを開けて中庭を見下ろした。キアモ・コは、山の岩肌が巨大な円形状に突き出た部分に建っており、大小の塔を備えているのが自慢だった。アージキ族は、治水工事の拠点だったこの建物を奪取したのち、防衛のために銃眼がぞろりと並んだ胸壁を建て増した。いろいろと手を加えてあるとはいえ、建物の構造は単純だ。全体的にはU字型をしていて、中央広間とそこから細長く伸びた両翼からなり、建物に囲まれた中庭はかなりの角度で傾いている。雨が降ると、水が玉石の上を勢いよく走り、碧玉《へきぎょく》をはめこんで彫刻を施したがっしりしたオーク材の門扉の下を抜け、城の外壁にもたれるように力なく寄り集まっている民家の前を通って流れていく。今の時間、中庭は木炭のような灰色をしていた。寒々として、風に運ばれてきた干し草のくずや枯れ葉が散らかっている。古い石造りの小屋からは明かりが漏れていて、煙突から煙が立ちのぼっている。煙突はどう見ても修理が必要だが、それはこの崩れかけた城のどこをとっても同様だった。客人はまだ正式に城内を案内されていない。そう思うとサリマはうれしくなった。旅の方にキアモ・コの私室をご案内するのは、アージキ族の皇太后であるわたしの特権なのだから。

風呂に浸かってから、白い縁飾りのついたゆったりとした白いドレスに着替え、美しい首飾りを身につけた。亡夫からの贈り物であるこの首飾りは、あの恐ろしい事件から数カ月後に、まるであの世《アザー・ランド》からの便りのように届いたのだった。サリマはいつものように、宝石がはめこまれたパーツが連結した平らな首飾りをつけた自分の姿にうっとりしながら、涙ぐんだ。盛装して迎えなくてもいいような客だったら、ナプキンをかけて隠してしまえばいい。相手から見えなくても、わたしにはそこにあることがわかっているのだから。涙が乾かないうちに鼻歌がこぼれる。久しぶりにお客様に会うのが楽しみだわ。

階下に行く前に、子供たちの様子をのぞいてみた。みんなそわそわしている。客が来ると、いつもこうなのだ。アージとマネクはそれぞれ十二歳と十一歳で、意地悪なおばたちが住みついているこの館からそろそろ逃げ出したくなる年頃だ。アージはおとなしくて泣き虫だが、マネクは小さい頃から腕白だった。夏の移動の時期に部族の者たちと一緒に平原に行かせていたら、二人ともものどをかき切られてしまったかもしれない。部族の中には、自ら支配者の座に就こうとする者や、自分の子供をその座に据えようともくろんでいる者たちが大勢いるのだ。だから、サリマは息子たちを手元から離そうとしなかった。

娘のノアは、ひょろ長い脚をして、九歳になってもまだ指をしゃぶっていたし、誰かに膝の上であやしてもらわないと眠れなかった。サリマは食事のために着替えたあとだったので、今夜はあやさないつもりだったが、結局は折れた。ノアはちょっと舌足らずなところがあって、「どしゃぶりの中を走る」と言うところを「どちゃぶりの中をはちる」と言うのだった。ノアのお気に入りの友達は、石やろうそく、そして窓枠の石の隙間から自然の摂理に逆らうように生えてくる草だった。ノアはため息をつき、顔を母親の首飾りにすり寄せて言った。「男の子もいるんだよ、ママ。水車の庭で、一緒に遊んだの」

「どんな子だった？　その子もやっぱり緑なの？」

「ううん、その子は普通だよ。大きな赤ちゃんみたい。太ってて強そう。マネクが石を投げつけて、体に当たった石がどこまで跳ね返るか試したんだけど、それでもじっとおとなしくしてた。あれだけ太ってると、石が当たっても痛くないのかな」

「そんなことないと思うわ。名前はなんていうの？」

「リアだって。変な名前」

「よその国の名前でしょうね。お母さんの名前は？」

「知らない。あの人、お母さんじゃないと思う。リアに聞いたけど、答えてくれなかった。アージは、おまえは落とし子だろって言ってた。リアは、それがどうした、だって。いい子だよね」ノアは右手の親指を口に入れ、左手でサリマの首飾りの下のところからドレスの布地をなではじめ、乳首を探り当てると、小さな生き物をかわいがるように親指で優しくなでた。「マネクはね、その子のズボンを脱がせて、あそこが緑じゃないかどうか確かめたの」

サリマは眉をひそめた。ほかのことはさておき、お客様にそんなことをするなんて。だが聞かずにはいられなかった。「それで、どうだった？」

「そんなの、わかってるくせに」ノアは母親の首に顔をすり寄せると、くしゃみをした。サリマがあごの肌をすりむかないようにつけていた白粉をうっかり吸いこんでしまったのだ。「男の子のあれって、変てこだよね。マネクやアージのよりちっちゃかった。でも、緑じゃなかったよ。つまんなかったから、あんまりよく見なかったけど」

「そうね、見るべきじゃないわね。そんなことしたら、失礼でしょう」

「あたしじゃない。マネクがやったの！」

「さあ、おしゃべりはもうおしまい。おやすみの前に、お話をしてあげる。ママはすぐ下に行かないといけないから、短いのにしましょう。どのお話がいい、おちびさん？」

「魔女と子ギツネのお話がいい」

サリマは、いつもより細かいところを省いて話してやった。魔女が三匹の子ギツネをさらって檻に閉じこめ、チーズと一緒に鍋料理にして食べるために太らせる。それから魔女はお日様のところへ行き、子ギツネを料理する火を取ってくる。だが、父なる炎をやっと手に入れた魔女がくたくたになって洞穴に戻ってくると、子ギツネたちが相手の裏をかき、魔女に子守唄を聞かせて眠らせてしまう。魔女の腕がだらりと垂れて、太陽の火が檻の扉に燃え移り、子ギツネたちはまんまと逃げ出す。それから子ギツネたちはお月様に呼びかけて降りてきてもらい、洞穴の入り口をしっかりふさいでもらう。話の最後は、お決まりのやりとりだ。「そうして、年を取った悪い魔女は、ずうっと洞窟に閉じこめられてしまいましたとさ」

「魔女はそこから出てきたの？」今にも眠りこみそうになりながら、ノアはいつものように聞く。

「いいえ、まだですよ」とサリマは答え、娘の手首にキスをして軽く噛《か》み、二人で一緒にくすくす笑った。そして明かりを消した。

サリマの部屋から中央広間に向かう階段には手すりがなかった。階段はひとつの壁に沿って端から端まで延び、突き当たりで折れて、また次の壁に沿って延びている。サリマは落ち着いて優雅に最初の階段を下りていった。白いドレスは風をはらみ、柔らかい色あいの高価な首飾りが首元で輝く。顔には努めて歓迎の微笑みを浮かべている。

踊り場から見下ろすと、客人がアルコーブの腰掛けに座ってこちらを見あげていた。

サリマは階段を下りきって広間の敷石の上に立った。フィエロのことを想い続ける一方で、心の奥ではやりきれない思いが渦を巻く。わたしときたら出っ歯だし、かつての美貌も失われてしまったし、こんなに太ってしまった。一族の長だといっても、手のかかる子供たちと陰口ばかりの妹たちにあれこれ指図するだけ。権威なんて名ばかりで、現在や未来、そして過去への恐れさえ隠すことはできない。

「はじめまして」サリマはなんとか挨拶した。

「サリマさんですね」客は立ちあがり、鍾乳石《しょうにゅうせき》みたいに細く尖《とが》ったあごを、腐ったカブのように突き出した。

「そのとおりです！」と答えながら、サリマは思う。首飾りをしてきてよかった。この人のあごに心臓を突き刺されないように、盾となって守ってくれるだろう。「ようこそお越しくださいました。ええ、わたくしがサリマ、キアモ・コのあるじです。どちらからいらっしゃったのですか？　お名前は？」

「風の向こうからまいりました。名前ですが、何度も捨ててきましたから、今さらここでお伝えしようとは思いません」

「そうですか。とにかく、よくいらっしゃいました」サリマはできるだけさりげなく言った。「でも、お名前でお呼びできないんでしたら、おばさまとでもお呼びするしかなさそうですね。お食事でもご一緒にいかがですか？　もうじき用意ができますから」

「お話しするまで食事はいただきません」と客は答えた。「ひと晩たりとも、自分を偽ったままあなたのお城に滞在したくはありません。そうするくらいなら湖の底に沈んだほうがましです。サリマさん、あなたのことはうかがっています。わたしはフィエロと同じ大学に通っていました。もう十数年、あなたのことを存じあげていることになります」

「ああ、そういえば」サリマの頭の中で、はっとひらめくものがあった。夫の人生についての大切な思い出が一気によみがえる。「もちろんですとも、フィエロから聞いております。妹さんのことも。ネッサ、でしたかしら。そうそう、ネッサローズ。それから、麗しのグリンダ。夫はグリンダにちょっと気があったようでした。それから、陽気な男色二人組に、アヴァリックに、例のまじめなボック！　学生時代の幸せな思い出は、あくまでも夫個人のものであって、わたくしはいわば部外者にすぎなかったんですけれどもね。よく来てくださいました。わたくしもシズ大学で一学期か二学期ほど過ごせたらよかったんですけれど、あいにくそれほど頭がよくありませんでしたし、うちにはそんなお金もありませんでしたから。あなたのこと、その肌の色を見てすぐに思い出せたはずですのに。ほかにそんな方いらっしゃいませんでしょう？　それとも、わたくしが世間知らずなだけでしょうか？」

「いいえ、こんな肌はわたしだけです」と客は答えた。「意味のない挨拶を続けるのはお互いにやめましょう。お話ししなければならないことがあるんです。フィエロが亡くなったのはわたしのせい――」

「そうおっしゃるのはあなただけじゃないんですよ」とサリマは口を挟む。「このあたりでは、自分が王族の死に責任があると考えるのが気晴らしのようなものなんです。大っぴらに嘆き悲しんで罪を償う機会としてね。皆さん、そうしながら実はちょっぴり楽しんでいるのではないかって、ひそかに思っているんですけれど」

客は指をねじり合わせた。サリマの言葉に割りこむ隙をつくろうとでもいうように。

「聞いてください、お話ししなければ――」

「わたくしが聞きたいと思うまではだめです。それがわたくしの特権ですわ。ここはわたくしの家ですから、何を聞くかはわたくしが決めます」

「どうか聞いてください。許していただきたいんです」女はこう言うと、見えないくびきから逃れようとする獣のように、肩をあちこちに揺り動かした。

サリマは自分の家で不意を突かれるのが好きではなかった。今いきなり言われても困る、じっくり考えなければ。心構えができるまで。それまではだめ。主導権を取るのはわたくし、よ、と自分に言い聞かせた。そうすれば、寛大に振る舞える。

「わたくしの思い違いでなければ」――記憶が次から次へとよみがえってくる――「あな

たがあの方ね、フィエロが話していた、そう、エルファバさん。魂の存在を信じない方だとか。いろいろ覚えていますけど、別に許すことなんてありませんわ。長旅でお疲れでしょう。ここまで来て疲れないはずはありませんからね。温かく美味しい料理を食べて、何日かゆっくりお休みになって。来週のどこかの午前中にでもお話ししましょう」

サリマはエルファバと腕を組み、言った。「でも、お望みならあなたのお名前は内緒にしておきますよ」エルファバを連れて大きなゆがんだオーク材の扉をくぐって食堂に入り、妹たちに呼びかける。「あなたたち、お客のおばさまがいらしたわよ」妹たちは自分の椅子の脇に立ち、お腹をすかせながらも、好奇心でうずうずしていた。フォーはスープの入った器をひしゃくでかきまわしている。シックスは近寄りがたい暗褐色のドレス姿。双子のツーとスリーは、祈禱《きとう》の言葉が書かれたカードを信心深い様子で見つめている。ファイブはタバコの煙で輪をつくり、地下の湖で捕ってきた目のない黄色い魚に吹きかけている。

「ねえ、うれしい知らせよ。フィエロの昔からのお友達が来てくださったの。思い出話でもして、一緒に楽しく過ごしましょう。この方をわたくしだと思って歓迎してあげて」こう言ったのは、まずかったかもしれない。妹たちはサリマを嫌って軽蔑しているからだ。いったいどうして、お姉様は早死にするような人と結婚したのかしら。おかげで、わたしたちは結婚もできないし、こんな貧乏生活をしながら誰からも見放されて暮らす羽目になってしまった。

食事の間、エルファバはひと言も口をきかず、皿から目を上げもしなかった。ただ魚を、それからチーズや果物を、がつがつと食べている。きっと食事中は黙っているように言われて育ったのね。サリマはその食べ方を見ながらそう思った。だから、あとになって、修道院にいたと聞いたときも特に驚かなかった。

食事が終わると、全員で音楽室に移って取っておきのシェリー酒を飲み、シックスがノクターンをたどたどしく弾いて聴かせた。お客のみすぼらしい様子が、妹たちをいい気にさせた。サリマはため息をつく。このお客についてはっきり言えるのはただひとつ、わたしより年上だということだけ。たぶん、しばらくここに滞在すれば、このむっつりした客人も打ち解けて、わたしがどんなに苦労の多い生活をしてきたか、話を聞いてくれるようになるでしょう。家族以外の人とおしゃべりできるなんて、なんて素敵なのかしら。

2

一週間経ってから、サリマはスリーにことづけた。「お客のおばさまに伝えてちょうだい、明日十一時に太陽の間《ま》でお会いしたいって」そろそろエルファバにもここのやり方がわかってきただろう。悩める緑の女性は、持病でもあるのか、ゆっくりとしか動けないようだ。ぎこちない動作で中庭を歩きまわるし、食堂に入ってくるときの足音ときたら、靴のかかとで床に穴が開きそうだ。肘をいつも直角に曲げ、手を握ったり開いたりしている。

サリマはいつになく少しだけ強くなったような気がしていた。同じ年頃の人がそばにいるというのは励みになるものだ。まあ、エルファバは話をはぐらかされておもしろくない様子だけれど。妹たちはサリマがお客に親切なのが気に入らなかったが、冬の山道はもう閉ざされていた。よそから来た人を、何が起こるかわからない谷間に追い出すわけにはいかない。妹たちは応接間に集まり、貧民どもにはもったいないラーラインマスの贈り物をするため、見るのもいやな灰色の鍋つかみをせっせと編みながら、おしゃべりしていた。

あの人、絶対に病気よ。のろまで粗野だし（自分たち以上に、というのが暗黙の了解で、そう考えるとこのうえなくせいせいした気分になった）、本当に鼻持ちならない。それに、あのぶくぶく太った坊やはあの人の子供なのかしら、奴隷なのかしら、それとも使い魔の一人ってわけかしら？　妹たちはサリマに内緒で、石造りの小屋に住んでいるこの客を、カンブリシアの古い伝説にちなんで〝魔女おばさん〟と呼んでいた。ケルズ周辺では、伝説の魔女は非常に邪悪な存在として、オズの中でも特に根強く語り継がれているのだ。

サリマの子供たちの中では、真ん中のマネクが一番好奇心が強い。ある朝、男の子たちは胸壁の上から外へ向けて立小便をしていた（ノアは、かわいそうに、興味のないふりをするしかなかった）。マネクが言った。「おばさんにションベンかけてやったらどうなるかな？　大騒ぎすると思うか？」

「そんなことしたら、ヒキガエルに変えられちゃうよ」リアが言った。

「そうじゃなくて、おばさんが苦しむかってこと。水に触ると、痛がったり怖がったりするみたいじゃないか。水を飲むことあるのか？　飲んだら腹痛《はらいた》でも起こすのかな？」

リアはあまり注意深く見ているたちではなかった。「飲まないと思うな。時々洗濯はするけど、棒とかブラシを使ってる。おしっこなんて、かけないほうがいいよ」

「蜂や猿なんか飼って、どうするつもりなんだろう。あいつら、魔力があるのかな」

「うん」とリア。

「どんな？」

「わかんない」男の子たちが目もくらみそうな胸壁から離れると、ノアが駆け寄ってきた。「ほら、魔法のわらだよ」手には茶色くて細長いものを持っている。「魔女のほうきから抜いてきちゃった」

「あれ、魔法のほうきなのか？」マネクがリアに聞いた。

「うん。床をあっという間にきれいにするんだよ」

「魔法がかかってるのかな？　しゃべるのか？　どんなこと話すんだ？」

兄妹が興味津々に身を乗り出し、その勢いに押されたリアの顔がぱっと赤くなる。「言えないよ。秘密なんだもん」

「おまえを塔から突き落としてやってもか？」

リアはちょっと考えた。「それ、どういうこと？」

「教えてくれなければ、塔から突き落としてやるってことさ」

「そんなことするなよ、ばーか」

「あれが魔法のほうきなら、飛んできて助けてくれるだろ。それに、おまえデブだから、どうせポンと跳ね返ってくるぜ」

これを聞いて、アージとノアが思わず笑いだす。その姿を想像したらおかしくてたまらなくなったのだ。

「ほうきが何て言ったか知りたいだけだよ」マネクはにやりとした。「教えろよ。さもないと突き落としてやる」

「意地悪はやめなよ、友達でしょ」とノア。「ねえ、倉庫に行ってネズミでも見つけて、みんなで遊ぼう」

「すぐ行く。リアを屋根から落としてやったらな」

「やめて」ノアは泣きだした。「あんたたち男の子って、ほんっとに意地悪なんだから。ねえ、リア、あれが魔法のほうきだって本当なの?」

だが、リアはもう何も言おうとしない。

マネクは小石を胸壁の上から落とした。だいぶ経ってから、ようやくコツンという音が聞こえた。

リアの顔がみるみるうちに青ざめ、目の下にくまが浮かぶ。両手はだらりと脇に垂れ、裏切り者として軍法会議にかけられている兵士のようだ。「魔女がかんかんになるぞ。あいつに憎まれてもいいのかよ」

「それはどうかな」とマネクは言って、一歩前に踏み出した。「気にしないと思うぜ。おまえより猿のほうが好きなのさ。おまえが死んだって気づくもんか」

リアはあえいだ。さっき用を足したばかりなのに、だぶだぶのズボンの前が濡《ぬ》れ、しみが広がる。

「見ろよ、アージ」マネクが言い、兄のアージも目を向けた。「生きてたってろくなことができやしないんだ。いなくなったって、たいしたことないさ。さあリア、教えろよ。あのくそったれのほうき、なんて言ってたんだ?」

リアの胸が、ふいごのように激しく上下した。やっとの思いで声を絞り出す。「ほうきはね、あの……えーっと……こう言ってた。おまえたちはみんな死ぬって！」

「なーんだ、それだけか」とマネク。「そんなの、とっくに知ってるよ。誰だって死ぬんだ。あたりまえじゃないか」

「そうなの？」リアはそんなこと知らなかった。

アージが言った。「ほら、行こうよ。倉庫でネズミを捕まえて尻尾をちょん切って、ノアの魔法のわらで目をほじくり出してやろうぜ」

「だめよ！」ノアが叫んだが、アージは妹の手からわらを取りあげる。マネクとアージはがやがやと騒ぎながら、操り人形のように手足をばたつかせ、手すりを伝って階段を下りていった。リアは悲しい気持ちで大きなため息をつくと、気を取り直して服を整え、エメラルドの鉱山での強制労働の刑を受けた小人のように、二人のあとに続いた。ノアはその場に残った。むしゃくしゃした気分で腕を組み、あごをいらいらと動かす。それから、胸壁の外へつばを吐き捨てると少しすっきりした気分になり、男の子たちのあとを追った。

午前も半ばを過ぎた頃、シックスが客を太陽の間に案内した。おばさんの後ろで笑みを浮かべながら、石のように硬い小さなビスケットがのったお盆を、茶色く変色して模様も消えてしまった絨毯《じゅうたん》をかけたテーブルの上に置いた。サリマは日課にしている精神の清めをできるかぎり済ませて、心の準備をしていた。

「あれから一週間になりますけれど、もうしばらくここにいらっしゃることになりそうですね」とサリマは言って、シックスにゴールの根のコーヒーを注がせ、部屋から下がらせた。「北の道はもう雪で通れなくなっているでしょうし、ここから平原までの間に安全な避難場所はありません。山の冬は厳しいものです。自分たちの蓄えや家族だけでなんとかやっていけますけれど、何か目新しいことがあるのはありがたいことですわ。ミルクはいかが？　そもそも、あなたはどうされるおつもりだったのでしょうか。わたくしたちを訪ねてくださったあとで、ということですけれど」

「ケルズのこのあたりには、洞窟があるそうですね」エルファバは、サリマに話しかけるというよりは独り言のように言った。「わたしはエメラルド・シティのはずれ、シェール・シャローズにある聖グリンダ修道院に何年かおりました。偉いお役人もよく訪ねてきました。わたしたちは沈黙の誓いを立ててはいましたけれど、人は自分の知っていることを話したがるものです。修道院の中でもね。それでこう思ったんです。ここでの用事が済んだらどこかの洞穴を見つけて、そして――」

「そこで暮らす」とサリマはさりげなく言った。結婚して子供を育てるのと同じで、何も珍しいことではないとでも言うように。「そうする人もいるようですね。この近くにブロークン・ボトルという山があるんですけど、そこの西の斜面に年を取った隠者がおりましてね、もう何年もそこで暮らしていて、昔ながらの自然の生活にすっかり立ち返ったということです。その人、その人なりの自然、ということですけれど」

「言葉のない暮らし、ですね」と言ってエルフィーはコーヒーを見つめたが、飲もうとはしない。

「この隠者は、衛生観念をすっかりなくしてしまったんですって。男の子たちが数週間お風呂に入らなかったら、ものすごく臭くなるでしょう。そう考えると、獣から身を守るための自然の策なのかもしれませんね」

「こんなに長居をするつもりはありませんでした」エルフィーはオウムのように首をまわし、サリマを妙な顔で見つめた。気をつけなければ、とサリマは身構える。この客を気に入ってはいるのだが。用心しなくちゃ。この人、自分の思いどおりに話を進めようとしている。そんなことはさせない。けれども、客は話を続けた。「ひと晩か二晩、せいぜい三晩泊めていただいたら、冬が始まる前に洞穴を見つけて、そこにこもるつもりでした。でも、季節を読み違えていたようです。冬の兆しや時期を、ついシズやエメラルド・シティを基準にして考えてしまいました。ここでは六週間くらい早いんですね」

「秋は六週間早く、春は六週間遅いんですよ。まったく」サリマは言った。そして足をクッションから床に下ろしてきちんとそろえた。こちらの真剣さを示すためだ。「さて、お友達として、お話ししておかなければならないことがあるのです」

「わたしからもお話があります」とエルフィーは言ったが、今度はサリマがさえぎった。

「わたくしのことを無教養な女だってお考えでしょう。確かにそのとおりです。そう、わたくしが幼な妻に選ばれると、ギリキンから優秀な家庭教師が雇われて、わたくしと妹たちに、正しい言葉遣いやサラダ用のフォークの使い方などを教えてくれました。それから最近は、読み方も習いはじめたんですよ。でも、礼儀作法については、大学から戻ってきたフィエロに教わっただけです。きっと、はたから見れば失礼なこともしているでしょうね。ですから、わたくしのことをあざ笑いたくなるのも当然です」

「わたしは人をあざ笑うことなどしません」エルファバはきっぱりと言った。

「そうかもしれませんね。それでも、わたくしには自分なりの意見がありますし、学校教育は受けていなくても、いろんなことを見て取っているんですよ。確かに世間から離れて暮らしていますし、ご存じかもしれませんけど、七歳で嫁いできてからずっと城壁の中で育てられてきました。でも、自分の判断を信じていますし、他人の意見に影響されたりはしません。ですからこのまま聞いてください」サリマは、エルファバが口を挟もうとしたのを制して話を続ける。「時間はたっぷりありますし、ここは日当たりもいいでしょう？

わたくしだけのささやかな隠れ家ですの。

あなたがここにいらしたのは――そうですね――悲しい用事か何かを片づけて心を軽くしたいからではないかしら？　そんな雰囲気ですよ。そんなに驚かないで。わたくしにだって、何か重荷を背負った人の顔ぐらいは見分けがつきます。来る年も来る年も、妹たちの話を聞かされてきましたから。あの子たちったら、どんなにわたくしを嫌っているか、ご丁寧にもことあるごとに伝えてくるんです。その理由もね」我ながらなかなかうまいことを言うわ。サリマはおかしくなって微笑んだ。「ご自分の重荷を下ろしたいのでしょう。わたくしの足元に下ろすか、わたくしに肩代わりさせるかして。ちょっと涙を流したら、さようならと言って立ち去る。ここを去って、きっぱりと俗世間に別れを告げるというわけです」

「そんなことはしません」とエルフィー。

「いいえ、そうなさるわ。ご自分ではわかっていらっしゃらなくてもね。そうすれば、あなたはこの世に未練も縁も何もなくなるでしょう。でもね、わたくしは自分の限界を知っているんですよ、お客のおばさま。あなたがどうしてここに来たのかも、ね。話してくださいましたね、あの広間で、フィエロが死んだのは自分のせいだと」

「わたしは――」

「おやめになって。お願い。ここはわたくしの家です。皇太后などというくだらない肩書は名目だけですが、何を聞いて何を聞かないかを決める権利はあります。お客様の気持ちを楽にするためだとしてもね」

「あの――」

「何もおっしゃらないで」

「でも、あなたに重荷を押しつけるつもりはないんです、サリマ。真実を話して、あなたの心を軽くしてさしあげたいんです。わたしを許してくだされば、あなたは今よりももっと大きく、もっと軽くなれるはず。許すことは、許された側だけでなく、許した側にとっても恵みとなるんです」

「もっと大きく、という言葉は聞かなかったことにしましょう」とサリマ。「それでも、選択権はわたくしにあります。わたくしを傷つけるおつもりなんでしょう。傷つけようとしているのに、ご自分ではそう気づいていらっしゃらない。何か理由があって、わたくしに罰を与えたいと思っている。たぶん、フィエロにとってあまりいい妻ではなかったからじゃないかしら。相手を傷つけようとしているのに、ご自分ではそれが癒しの良薬だとでも思いこんでいらっしゃるんだわ」

「フィエロがどんな最期を遂げたかは、ご存じなんですか？」

「むごい殺され方をしたそうですね。遺体が見つからなかったとか、あいびきの場で殺されたとも聞いています」サリマの決意が少し揺らいだ。「誰のしわざか知りたいとは思いませんが、あの腹黒いサー・チャフリーの悪い噂は聞いておりますから、きっと――」

「サー・チャフリーですって！」

「もうやめて。もうたくさんです。さて、わたくしからご提案があるんですよ、おばさま。受け入れるかどうかはあなた次第ですけれど。あの坊やと一緒に、南東の塔に移ったらどうでしょう。大きな丸い部屋がいくつかあって、天井も高く、日当たりもいいですし、あの隙間風の吹く石造りの小屋よりずっと暖かいですよ。専用の階段で中央広間に出入りできますから、妹たちとも顔を合わせずにすみますし、あの子たちに煩わされることもないでしょう。冬の間ずっとあの小屋にいるなんて、とんでもない。あの坊や、すっかり顔色が悪くなって、むくんできたようじゃありませんか。きっと、ずっと寒い思いをしてるんじゃないかしら。ただし、その部屋を使うなら、わたくしの出す条件を受け入れてください。そう、夫や夫の死にまつわることについて、いっさいわたくしと話をしないこと」

エルファバは愕然《がくぜん》として打ちのめされたようだった。「とりあえずは、受け入れるしかありませんね。でも申しあげておきますけど、あなたの心を完全に打ち解けさせてみせます。そうすればお考えも変わるでしょう。それに、話をお聞きになって、話し合うべきです。わたし自身もそうする必要があるように。あなたから固い約束をいただくまでは、ここを出て荒野へ行くわけにはーー」

「もうたくさん！　門番を呼んで、お荷物を塔に運ばせましょう。さあ、ご案内します。コーヒー、お飲みにならなかったのね」サリマは立ちあがった。一瞬気まずい雰囲気になり、互いへの敬意と懐疑心が半々に混じり合って絨毯の上で揺らめく。まるで日射しの中を舞うほこりのように。「いらっしゃい」サリマは声を和らげる。「せめて暖かくしなくては。キアモ・コの田舎ネズミだとはいえ、お客様にそれくらいのおもてなしはできますのよ」

3

これこそ魔女の部屋だ。エルファバは大喜びだった。おとぎ話に出てくる善い魔女の部屋のように、壁は塔の形に沿って丸くなっている。それに、大きな窓がひとつ。東向きで風の当たらない側だから、掛け金をはずして窓を開け放っても、人や物が風に吹かれて雪の積もる谷間へ飛ばされる心配もない。窓の外には大ケルズの山々が歩哨《ほしょう》のように立ち並んでいる。冬の朝日の中では紫がかった黒い姿を見せ、太陽が高くなるにつれて色は薄れて青と白の幕となり、夕方には黄金と赤に彩られる。時々、地響きを立てて氷や岩が崩れ落ちた。

　キアモ・コに冬が訪れた。エルファバはすぐに、ほかの部屋が十分暖まっていないかぎりは、自分の部屋でじっとしていたほうがいいと考えるようになった。サリマ以外の住人には会おうとも思わなかった。サリマは子供たち、すなわち息子のアージとマネク、娘のノアと一緒に西翼に住んでいた。サリマの五人の妹は東翼で暮らしている。妹たちはツーからシックスまで、番号で呼ばれていた。かつてはほかの名前があったのかもしれないが、使われなくなるにつれて忘れ去られてしまったのだ。どうせ結婚できやしないんだからと言って、妹たちは一番いい部屋をもらっていた。とはいえ、サリマには太陽の間がある。リアがどこで縮こまって寝ているのか、エルファバには見当もつかなかったが、朝になると決まって姿を現しては、カラスの止まり木の下に敷いてあるぼろきれを取り替えた。それに、エルファバにココアを持ってきてくれもした。

　ラーラインマスが近づくと、古びた飾り物が引っぱり出された。といっても、金めっきはほとんどはげ落ちてしまっている。子供たちは一日がかりで玉飾りやおもちゃを広間のアーチ型の天井から吊るし、大人たちはそこに頭をぶつけては文句を言った。マネクとアージはのこぎりを持ち出し、無断で城を抜け出してトウヒやヒイラギの枝を取りに行った。

ノアは城に残って、魔女おばさんの部屋でリアと一緒に見つけた紙に、城での楽しい暮らしの絵を描いていた。だが、リアは絵なんか描けないと言って、どこかへ姿を消してしまった。おそらくマネクとアージを避けるためだろう。家の中は静まりかえっている。そのとき、突然、調理室のあたりが騒がしくなり、銅の鍋がひっくり返る音が聞こえてきた。ノアは何だろうと思って駆けつけ、リアもどこかの隠れ場所から姿を現した。

原因は猿のチステリーだった。調理台の上の天井から吊り下がった輪に乗って大暴れしているのだ。輪にぶら下げられた料理用具ががらんがらんと音を立てている。ジンジャーブレッドを焼いていた妹たちが、生地を小さく丸めて投げつけ、チステリーを追い払おうとしていた。

「どうやって入ってきたのかな?」ノアが言った。

「追い出して、リア、こいつに止めるように言って!」ツーが叫んだ。けれどもチステリーは、妹たちはもちろん、リアの言うことも聞きはしない。たんすによじ上ると乾物の入った大きな缶に飛びつき、それから引き出しを開けて大切に蓄えてきたレーズンを見つけ、口に詰めこんだ。シックスがノアとリアに命じる。「あなたたち、玄関から脚立を取ってきてちょうだい」しかし二人が戻ってくると、チステリーはまた輪の上に跳び乗って、カーニバルの回転木馬のように、カタカタ音をさせながらぐるぐるまわっていた。

フォーがつぶしたメロンをボウルに入れて、おびきよせようとする。ファイブとスリーはエプロンをはずして広げ、チステリーが下りてきたら捕まえてやろうと身構える。チステリーはまだ物欲しそうにレーズンを見つめている。そこへ、ドアが勢いよく開いて壁にぶつかり、エルファバがひょいと入ってきて怒鳴った。「こんなにやかましくちゃ、おちおちものも考えられない！」けれどもすぐに、急にしおれた様子でばつが悪そうにしているチステリーと、小麦粉まみれのエプロンを手にしてチステリーを捕まえようとしている妹たちの姿が目に入った。

「いったい、いったい全体、どうしたっていうの？」

「怒鳴らなくてもいいじゃない」ツーが低い声でぶつぶつ言いながらも、エプロンを下ろした。

「何があったの？　何なの、この騒ぎは？　あなたたちみんな、キリージョイそっくり。血に飢えたような顔をして！　こんないたいけな動物に対して、そんなに顔色を変えて怒るなんて！」

「顔色が変わったのは怒ってるせいじゃないわ。小麦粉がついているせいよ」とファイブが答えたので、皆くすくす笑う。

「野蛮で汚らわしい人たちね」エルフィーは言った。「チステリー、下りておいで。ほら、早く。あなたたちが結婚しなくて本当によかった。ぞっとするほど野蛮な子供を世の中に産み落とさなくてすむもの。この子に指一本でも触れたら承知しないからね。いい？　いったいどうやってわたしの部屋から抜け出したんだろう？　わたしはサリマと太陽の間にいたのに」

ノアには思い当たることがあった。「あの、ごめんなさい、おばさん。あたしたちのせいなの」

「あなたたちのせい？」エルファバはくるりと振り向き、初めてノアを見たかのように見つめる。ノアはどうにも居心地が悪くなり、後ずさって冷蔵室の扉の陰に隠れた。「わたしの部屋で、いったい何をこそこそしていたの？」とエルフィー。

「紙が欲しかったの」ノアは消え入りそうな声で答えたが、やけくそになって、いちかばちかという気持ちで続けた。「みんなのために、絵を描いてあげようと思って。見せてあげる。一緒に来て」

チステリーを抱いたまま、エルファバはノアのあとについて隙間風の吹きこむ広間に向かった。正面玄関の下から入ってくる風に吹かれて、紙が彫刻の施された石壁にぶつかりながら舞っている。少し離れて、妹たちもあとからこわごわとついてきた。

エルフィーは静かに言った。「これはわたしの紙よ。使っていいなんて言った覚えはない。見て、裏に言葉が書いてあるでしょ。言葉って何か知ってる？」

「知ってるに決まってるじゃない。あたしをばかだと思ってるの？」ノアが生意気な口をきく。

「わたしの紙に触らないで」エルファバはこう言うと、チステリーを連れて階段を駆け上っていき、塔に通じるドアを後ろ手にばたんと閉めた。

「ジンジャーブレッドの生地を伸ばしたい人はだあれ？」痛い目にあわずにすんでよかったと思いながら、今夜は喜ぶと思うわ」子供たちは調理室に戻り、ジンジャーブレッドの生地でいろんな形を作った。人、カラス、猿、犬。蜂は小さすぎて作れなかったけれど。アージとマネクがやってきて、雪にまみれた緑の葉がついた枝を石板の床にどさりと置いた。二人も一緒にジンジャーブレッド作りを手伝ったが、下品な形をつくって下の二人には見せないようにしたり、絶えず生地をつまみ食いしたり、ヒステリックに笑ったりしていたので、みんなうんざりしてしまった。

　朝、子供たちは目を覚ますと、ラーラインとプリネラがちゃんと来てくれたか確かめようと階段を駆け下りた。果たして、そこには緑と金色のリボンのついた茶色い柳のかご

（何年もずっと同じかごとリボンが使われていたが）があり、きれいな色の箱が三つ入っていた。どの箱にも、オレンジ、人形、ビー玉ひと袋、ネズミの形のジンジャーブレッドが入っている。

「ぼくのは？」とリア。

「おまえの名前がついた箱はないみたいだぜ」とアージが答えた。「見ろよ。ア、ア、アージ。マ、マ、ネク。ノア。プリネラはきっと、おまえが前に住んでた家に持ってったんじゃないのかな。どこに住んでたんだ？」

「ぼく、知らない」リアは泣きだす。

「ほら、あたしのネズミのしっぽをあげる。しっぽだけだよ」ノアが優しく言った。「でも、その前にこう言わなきゃだめ。『ネズミのしっぽ、くださいな』

「ネズミのしっぽ、くださいな」とリア。ほとんど聞こえないようなか細い声だ。

「『そしたら、何でも言うとおりにします』」とノアは続けて言う。

リアはその言葉もぼそぼそと繰り返す。こうして取引は成立した。悔しさから、リアは自分が忘れられたことは黙っていた。サリマも妹たちも気づかなかった。

エルファバは一日中顔を見せず、伝言をよこしただけだった。ラーラインマス・イブとラーラインマス当日にはいつも具合が悪くなるので、一人で何日か静かに過ごしたい。食事もいらないし、誰とも会いたくない、そっとしておいてほしい、ということだった。

そこで、サリマは自分専用の礼拝堂でこの聖なる日に亡き夫をしのび、妹たちと子供たちは、声をぞんぶんに張りあげてラーラインマス・キャロルを歌った。

4

それから数週間後。子供たちが雪合戦に興じ、サリマが調理室で薬用酒を調合している頃、エルフィーがようやく自分の部屋から姿を現し、こっそりと階段を下りて妹たちの応接間のドアをノックした。

妹たちは気が進まなかったものの、仕方なく客を迎え入れた。蒸留酒の瓶がのった銀の盆、ギリキンのディキシー・ハウスからロバの背に積まれてはるばると運ばれてきた高価なクリスタル。床に敷かれた絨毯はこの地方で織られたもので、非常に美しく、目にも鮮やかな赤い色をしている。ぜいたくなことに部屋の両端に暖炉があり、どちらでも火が楽しそうに燃えている——もし誰か来るとわかっていれば、もうちょっと控えめにしておいたのだが。そんなわけで、フォーは、朗読していた革表紙の本をソファーのクッションの間に隠した。ハンサムな男たちにつきまとわれる若い娘のちょっときわどい物語だ。以前フィエロがくれたもので、彼からもらった最高の、そして唯一の贈り物だった。

「レモン麦茶はいかが？」シックスが尋ねる。どうせ死ぬまでわたしは召使い役なんだわ。ほかの人がさっさと死んでくれないかぎり。

「ええ、どうも」とエルファバ。

「お座りになって、こちらよ。ここが一番くつろげますわ」

エルフィーはくつろぎたそうな様子ではなかったが、勧められるままに腰を下ろした。キルト張りの繭《まゆ》のようなこの部屋の中で、居心地悪そうに体を硬くしている。出された飲み物も、ほんの一滴すすっただけだった。まるで毒が入っているのではないかとでもいうように。

「チステリーのことで大騒ぎしてしまったこと、お詫《わ》びしなきゃと思って」とエルフィーは言った。「キアモ・コに泊めてもらっている身なのに、つい、かっとなってしまって」

「ええ、本当にそうね」とファイブ。だが、ほかの妹たちが口々に言う。「あら、気にならないで。わたしたちだって、そういうときがあるもの。実を言うと、大体みんな同じ日にいらいらしてしまうの。昔からずっとそんな感じで……」

「本当に厄介なんです」エルフィーは苦労して言葉を継いだ。「何年も沈黙の誓いのうちに過ごしてきましたから、どの程度まで——大声で——話していいのか、どうもわからなくて。それに、言ってみれば、ここは文化も違いますし」

「わたしたちアージキの者は、オズのほかの地からいらした方とお話ができることを、いつだって誇りに思っているんですよ。どこの地域の方でもね」とツー。「南のぼろを着た放浪者みたいなスクロウ族から、東はエメラルド・シティのご高名な方々まで、気楽に打ち解けてお相手することができるんです」といっても、ヴィンカスの外に出たことなどないのだけれど。

「何か召しあがる？」と、スリーが果物の形をしたマジパンが入った缶を差し出す。

「いいえ、結構です。ただ、サリマさんが何をあんなに悲しんでいらっしゃるのか教えていただけませんか」

妹たちは身構えた。話したい気もするが、なぜそんなことを聞くのだろうか。

「サリマさんとは太陽の間でいつも楽しくお話ししているんです。でも、亡くなったフィエロの話になると――ご存じかもしれませんが、わたしはフィエロと知り合いでした――何ひとつ話そうとしなくなるんです」

「ええ、まあ、とても悲しいお話ですからね」ツーが言った。

「悲劇だったわ」とスリー。

「お姉様にとってね」とフォー。

「わたしたちにとってよ」とファイブ。

「おばさま、レモン麦茶にオレンジのリキュールをお入れしましょうか?」とシックス。

「小ケルズのさわやかな丘で作られたもので、かなり高級なものなんですよ」

「ええ、それじゃ、ほんの一滴だけ」とエルフィーは答える。けれどもお茶には口をつけぬまま、肘を膝について身を乗り出した。「サリマさんは、どうやってフィエロの死をお知りになったんですか」

妹たちは黙りこんだ。お互い目を合わせないようにしながら、ひたすらスカートのひだをいじくりまわしている。しばらくして口火を切ったのはツーだった。「悲しい日でした。思い出すと、まだ心が痛むんです」

妹たちは席に座り直すと、ほんの少しだけツーのほうに体を向ける。エルファバは、自身が飼っているカラスのようにぱちぱちと二度ほどまばたきした。

ツーは感情を交えずに淡々と話した。フィエロの仕事仲間の一人、アージキ族の貿易商が、春の雪解けとともにスカークに乗って山を越えてやってきた。サリマに面会を申し入れ、妹さんたちも一緒にこの悲しい知らせを聞いて姉君を支えてあげてほしい、と言った。貿易商の話によると、ラーラインマスの日にいつものクラブへ足を運んだところ、フィエロが殺されたという匿名の手紙を受け取ったという。そこに書いてあった住所はいかがわしい界隈のもので、人が住むようなところですらなかった。そこで、ごろつきたちを何人か雇い、彼らを連れてその住所にあった倉庫の扉を破った。中に入って階段を上ると、小さな隠れ家があった。どうやらあいびきに使われていたようだ(男は、こう語るときも眉一本動かさなかった。権勢を保つためにわざとそうした態度をとっていたのだろうが)。そこには争った形跡があり、大量の血が飛び散っていて、まだ乾ききっていないところもあった。遺体はすでにどこかに持ち去られ、見つけることはできなかったという。

エルファバは話を聞きながら、険しい顔をしてうなずくだけだった。

ツーは話を続けた。「それから一年間、姉はすっかり取り乱してしまって、フィエロの死を信じようとしなかったんです。身代金を要求されても驚かなかったでしょうね。でも、次の年のラーラインマスになっても何の知らせもなかったから、避けられない事実として受け入れるしかなかった。それに、あまり長い間、代理の者たちが急場しのぎで力を合わせて統治しているわけにもいきませんから、誰か一人に決めようという話になって、新しい指導者が選ばれたんです。なかなかうまくやってくれています。正統な後継者であるアージが、成人したら王座を要求するかもしれない。それだけの度胸があればね。でも、あの子はまだそこまで強くない。マネクのほうが王としてはふさわしいんでしょうけど、次男だし」

「それで、サリマさんは、実際には何があったと思っていらっしゃるんです？」とエルファバ。「それに、皆さんは？」

一番話しづらい部分が終わり、もう会話に加わってもいいだろうと考えたほかの妹たちがさっそく口を挟んだ。サリマは長い間、フィエロが学友のグリンダと関係を持っていたのではないかと疑っていたという。その美貌が語り草になっている、ギリキン人の娘。

「語り草？」エルフィーが言う。

「フィエロはよく話していました。グリンダがどんなに魅力的で、どんなに慎ましく、どんなにしとやかで輝いていたか」

「でも、浮気相手のことをそんなふうにあからさまにしゃべったりするでしょうか？」ツーが答えた。「男の人って、言うまでもないけど、残酷で悪賢いのよ。折に触れて相手を大っぴらにほめそやすなんて、これほどうまい手はないわ。だから姉は、ずるいとか自分をだましたとか言ってフィエロを責められなかった。フィエロは姉にはずっと優しくしていたし――」

「冷淡で、むっつり屋で、内気で、気難しい男だったけど、それなりにね」とスリーが口を挟む。

「小説で読むのとは大違い」とフォー。

「小説を読んでいるとすればね」とファイブ。

「わたしたちは読まないけど」とシックスが言い、梨の形のマジパンを口にくわえた。

「それで、サリマさんはフィエロがあいびきをしていたと信じてらっしゃる？　その——」

「その麗しの美女と」とツーが言った。「お知り合いのはずよ。シズ大学にいらしたんでしょ？」

「多少は知っています」エルフィーは答えた。その口はぽかんと開いたままだ。何人もの相手と同時に話すのは大変なのだ。「もう何年も会っていませんけど」

「何が起こったか、姉ははっきりわかってる」とツーが言った。「その頃——わたしの知るかぎりでは今もですけど——グリンダはサー・チャフリーというお金持ちの年配の紳士と結婚していた。その人が、何か怪しいと思って、妻のあとをつけて、真実を探り当てたんでしょうね。それからどこかのろくでなしに頼んで浮気相手を殺させた。そう、かわいそうなフィエロをね。筋は通っているでしょ？」

「ありそうな話ですね」エルフィーはゆっくり言った。「でも、その証拠は？」

「いいえ、証拠なんてひとつもないわ」とフォー。「もしそんなものがあったら、一族の誇りを守るために、報復としてサー・チャフリーを殺さなければならなかったはず。でも、まだあの人はぴんぴんしてるでしょう。そうよ、仮説にすぎないの。姉がそう信じているというだけのこと」

「その説にしがみついているの」とシックス。

「それも当然よね」とファイブ。

「それも姉の特権よ」とスリー。

「何でもかんでも、姉の特権なんだわ」とツーが悲しげに言う。「それに、考えてもみて。もしあなたの夫が殺されたとして、殺されても仕方のない理由が本人にあったはずだって考えるほうが、まだましだと思わない？」

「いいえ、そうは思いませんけど」とエルフィー。

「わたしたちもよ。でも、姉はそう思っているんじゃないかしら」

「じゃあ、あなた方は？」エルフィーは絨毯の模様を見つめながら尋ねた。深紅《しんく》のひし形、棘《とげ》のような縁取り、動物、アカンサスの葉、円形に並んだバラの模様。「あなた方は、どうお考えですか？」

「わたしたちの意見が一致することなんてほとんどないけど」とツーは言ったが、とにかく先を続けた。「わたしたちの知らないところで、フィエロがエメラルド・シティで何らかの政治的な企てに関わっていた可能性はあると思う」

「ひと月だけの予定だったのに、四カ月に延びたしね」とフォー。

「フィエロは政治に関心があったんですか？」とエルファバ。

「アージキ族の王だったのよ」ファイブが改めて指摘した。「人脈、責任、忠誠心――わたしたちにはとても想像もできないけれど、わたしたちが知らなくてもいいようなことまできちんと考えておくのが王としての義務だったの」

「フィエロは魔法使いを支持していたんですか？」

「つまり、あの政治運動に関わっていたんじゃないかっておっしゃりたいの？　あの大虐殺に？　まずカドリング人、それから〈動物〉に対する？」スリーが聞く。「わたしたちがこんなことを知っているのでびっくりなさったようね。ここがオズのほかの地域とそんなに隔絶しているとでも思っていらした？」

「確かに離れてはいるけど」とツー。「それでも話はいろいろと伝わってくるのよ。ここに立ち寄った旅人たちにはおもてなしを欠かしませんから。あちらでは、ずいぶんひどいことになっているらしいわね」

「魔法使いは独裁者よ」とフォー。

「我らが家は、我らが城」同時にファイブが言う。「世間からある程度離れているのはいいことよ。健全な考えを保って暮らしていけるもの」

これを聞いて、皆、誇らしげな笑みを浮かべた。

「それで、フィエロは魔法使いについて何らかの見解を持っていたんですか？」エルファバはまた、せきたてるように尋ねた。

「フィエロは誰にも心の内を明かすことはなかった」ツーが素っ気なく言った。「ねえおばさま、ラーライン様にかけて言いますけれどね、フィエロは王であり、男だったのよ！わたしたちは年下だし、養ってもらっている義理の妹にすぎない！　わたしたちにそんなことを打ち明けると思う？　もしかすると、魔法使いの腹心の部下だったかもしれないわ！　確かに、宮廷と何らかのつながりはあったでしょうね、王ですもの。こんな弱小部族にすぎなくてもね。向こうで何をしていたか――そんなことはわからない。でも、フィエロが嫉妬に駆られた夫に殺されたとは思えない。わたしたち、世間知らずかもしれないけど、そうは思わない。過激派の抗争に巻きこまれて殺されたのかも。それとも、どこかの血の気の多い一派を裏切って、それがバレて怒りを買ったとか」ツーはさらに続ける。「フィエロはハンサムだった。あの頃も今も、それは誰もが同意するでしょう。でも、まじめで人に心を開かないところがあったから、浮気をするほど誰かに心を許すなんて思えない」こう言うとツーはお腹を少し引っこめて肩をそびやかしたが、このちょっとした身振りで、ツーが本心ではどう考えているのかわかった――わたしたち義理の妹の魅力に屈しなかったのに、グリンダとかいう人の魅力に参ってしまうなんてことあるわけないじゃないの。

「でも、本当にフィエロが誰かのスパイだったと？」エルフィーが小声で尋ねた。ツーが答える。「遺体が見つからなかったのはどうして？　嫉妬が原因なら、遺体を隠す必要などないはずよ。もしかすると、死んでいなかったのかもしれない。もしかすると、拷問するために連れていかれたのかもしれない。わたしたちはそれほど経験が豊かってわけじゃないけど、これは政治的な裏切りによるもので、愛情のもつれが原因ではないと思う」

「わたし――」エルファバは口を開いた。

「あら、顔が真っ青よ。シックス、お水を一杯お願い」

「いいえ、結構です。ただ、ちょっと――あのときは誰もそんなふうに考えてなかったので――思いがけなくて。わたしが知っていることなどほとんどありませんけど、お話ししましょうか？　そうしたら、あなたたちからサリマさんにお話しいただけるかもしれませんね」エルファバは話そうとした。「わたしがフィエロに会ったのは――」

だがこのとき、まったく思いがけず、家族の団結力が突然強まった。「おばさま」と、ツーが重々しい口調で切りだす。「わたしたち、姉から厳しく言われているんです。フィエロのことや、その悲しい死のことをおしゃべりして、あなたを疲れさせてはいけないって」ツーはこの言葉を口にするのにかなりの葛藤を覚えていた。エルファバが何を言い出すのか聞きたくてたまらなかったのだ。皆、のどから手が出る思いだった。けれどもたしなみが、あるいはサリマに知られたら怒られるという思いが先に立った。ツーは言葉を続ける。「そう、あまり詮索してはいけませんわね。もうお聞きしないほうがいいでしょうし、姉にも伝えないほうがいいでしょう」

結局、エルファバはうなだれてその場を去った。「ではまた今度」と言い続けながら。「あなた方の、それからサリマさんの心の準備ができたときに。大切なことなんです。聞けばサリマさんの悲しみも癒されるでしょうし、気が楽に――」

「それじゃ、また」と妹たちはドアを閉めた。二つある暖炉の火は部屋の両側から互いを照らし合っている。妹たちは満たされぬ思いを抱えたまま残された。その場にふさわしい振る舞いだったとはいえ、姉の言うことを聞かなきゃならないなんて――くそくらえだわ。

5

屋根が凍りついて瓦がずれたせいで、寝室も音楽室も塔も、天井から薄汚れた水が漏るようになった。エルファバは部屋の中でも帽子をかぶり、不意に落ちてくる冷たいしずくが頭に当たらないようにした。カラスたちのくちばしのまわりにはかびが、爪の間には苔《こけ》が生えてきた。小説を読み終えた妹たちは、いっせいにため息をついた。ああ、こんなふうに生きられたら！　そうしてまた最初から読みはじめる。これまで八年間、ずっと繰り返してきたように。谷からは風が激しく吹きあげ、雪が降るというよりは舞いあがっているようだ。子供たちはそれを見て大喜びした。

気が滅入るようなある日の午後、サリマは赤い毛糸の衣装で着飾り、普段使われていないかび臭い部屋を退屈しのぎにのぞいてまわっていた。すると、斜めに傾いた台形の階段口が、壁の高い部分にぽっかりと開いているのを見つけた。ここからは見えない破風《はふ》に向かって伸びているのだろうか。サリマは建物の構造を立体的にとらえるのは得意ではなかった。とにかく、階段を上ってみた。上りきると、粗い鉄格子の向こうに白いぼんやりとした人の姿が見える。相手を驚かせないように、サリマは咳払《せきばら》いをした。

エルファバが体をほとんど二つ折りにして、大工仕事用の作業台の上に広げた大きな本をのぞきこんでいた。振り返り、サリマを見て少し驚いた様子で言った。「わたしたち、同じことを考えたようですね。おもしろい」

「本を見つけたのね。ここにあるのをすっかり忘れていたわ」とサリマは言う。今では字が読めるようになってはいたが、すらすらとはいかないので、本を見ると気おくれしてしまう。「どんなことが書いてあるかはわかりませんけど。本当にたくさんの文字ね。世の中にこんなに書くべきことがあるなんて」

「これは、古代の地理についての本」とエルフィー。「ほかにも、アージキ族のいろいろな氏族の間で結ばれた土地の所有権についての記録もあります。これを読んだら大喜びする家長は多いでしょうね。まあ、今ではもう効力がないかもしれないけれど。それから、フィエロがシズ大学で使っていた教科書。わたしも覚えてます。生命科学講座」

「それに、この大きな本。紫のページに銀の文字なんて、素敵ねえ」

「この衣装だんすの奥にあったんです。グリムリーの書のようですね」エルフィーは、湿気のためにほんの少し反り返ったページを手でそっとなでた。本の表紙に手の色がよく映える。

「どういう本ですの？　きれいだということはわかりますけど」

「たしか、神秘的な事柄を扱った百科事典のようなものです。魔法や霊の世界、見えるものと見えざるもの、過去と未来のことなど。わたしもところどころ読めるだけですけど。ほら、見ているうちに、文字が変化していくでしょう？」と言いながら、エルフィーは手書きの文字が並ぶ一節を指した。サリマはのぞきこむ。字を読むのは得意ではないものの、思わず息をのんだ。文字がページの上を漂い、まるで生きているようにひとりでに位置を変えていく。二人が見ている間にも、そのページに書かれていることはどんどん変化していった。文字は蟻《あり》のように寄り集まり、黒いかたまりとなる。エルファバは次のページをめくった。「これは獣に関する章です」すでに色あせているが、血のような赤いインクと金箔《きんぱく》で、優美な絵が描かれている。天使（らしきもの）の姿を正面と背面から描いた絵だ。ページの余白には、聖なるものの飛翔《ひしょう》に関して空力学的な観点から細かい文字で記されている。天使の翼は上下に動き、顔には生意気なくらいにおごそかな笑みが浮かんでいる。

「それから、ここに書いてあるのは、魔法の薬の作り方。『皮が黒く果肉が白いりんご。胃を貪欲さで満たし、死に至らしめる』」

「今思い出した」とサリマは言った。「この本がどうしてここにあるのか。わたくしがこの部屋に持ってきたのよ。すっかり忘れていたわ。本をどこかに置いたまま忘れてしまうことって、よくあるわよね」

エルフィーは顔をあげ、なめらかな岩のような額《ひたい》の下からサリマをまっすぐ見つめた。

「話してください、サリマ」

キアモ・コの皇太后は戸惑った。小さな窓に近づき、開けようとしたが、凍りついていて開かない。そこで荷物用の箱にどさっと腰を下ろし、エルファバに話して聞かせた。いつのことか、はっきりとは覚えていないけれど、とにかくずっと昔、まだみんな若くてほっそりしていた頃。愛しいフィエロはまだ生きていて、部族の者たちと一緒に平原に出かけていた。わたしは頭痛がしたので一人で城に残っていたのだけど、跳ね橋の鐘が鳴ったので、誰が来たのかと見に行った。

「マダム・モリブルね」とエルフィー。「でなければ、カンブリシアの魔女とか」

「いいえ、女の人ではなかった。年配の男の人で、短い上着と脚絆《きゃはん》を身につけて、ぼろぼろのマントをはおってた。自分は魔法使いだと名乗ったけれど、頭がおかしかったのかもしれない。頼まれたとおり食事を与えてお風呂を使わせてあげたら、お礼にこの本をさしあげますと言われたの。城の切り盛りがあるから読書する暇なんかないって言ったのに、それでもかまわないからって」

サリマはガウンを体のまわりに引き寄せ、近くの棚に並んでいる古い写本に積もった冷たいほこりを指でなぞった。「その人は途方もない話を聞かせてくれた。そして、どうか受け取ってほしいと言ったの。これは知識の本で、別の世界のものだけど、そこは危険だから、ここに持ってきた。ここなら安全に隠しておけるから、とね」

「ばかげた話ですね」とエルフィーは言った。「もしその本が本当に別世界のものなら、わたしにはまったく読めないはず。でも、少しなら読めるんですよ」

「その男が言っていたように、魔法の本だとしても？」とサリマ。「ともかく、わたくしはその人の話を信じたの。彼の話では、二つの世界の間は、誰も思いもしないほど深く結びついていて、こちらの世界にはあちらの世界の影響が、あちらの世界にはこちらの世界の影響が見られるんですって。水が漏れたり、病気がうつったりするような感じで。その男は長く縮れた白髪混じりのあごひげを生やして、親切で超然としていて、ニンニクとサワークリームのにおいがしたわ」

「別世界から来たという動かぬ証拠ってところでしょうかね」

「皮肉はおやめになって」サリマは穏やかに言った。「わたくしは聞かれたことに答えているだけ。その人の話では、この本は力が強すぎるので破壊するわけにもいかず、かといってそのまま向こうの世界で持っているにはあまりにも危険なんですって。だから、魔法か何かを使ってこちらの世界に持ってきたそうよ」

「それでキアモ・コにやってきた。ここなら格好の場所だから――」

「ここは人里離れた、堅牢な要塞だと言われた。違うとは言えなかったわ！　それに、余分な本が一冊くらいあったってかまわないでしょう？　だから、その本をここに持ってきて、ほかの本と一緒に置いたの。誰かにこの話をしたかどうかも覚えていない。それから、その人は礼を言って立ち去った。樫の木の杖をついて、ロックリム登山道を通って」

「この本を持ってきた人が魔術師だったと本当に思ってるんですか？　それに、この本が別世界から来たと？　ほかの世界があると信じてるんですか？」

「この世界だって、存在しているのが信じられないくらいだわ。でもやっぱり存在しているみたいだし、だったらほかの世界があることを疑う理由もないはず。あなたは信じないの？」

「信じようとはしました。子供の頃に。努力はしました。救いの世界――あの世《アザー・ランド》――の、虫食いだらけで、ばからしい、ぼんやりした夜明け。わたしには理解できなかったし、よく見えなかった。でも今考えると、わたしたちの目から隠されているのは、わたしたち自身の人生なのかもしれない。鏡に映っているのは誰なのか――それだけでも、わたしには衝撃的ではかり知れない謎なんです」

「彼は感じのいい人だったわよ。魔術師だったのか、頭がおかしかったのかはともかく」

「摂政オズマ《オズマ・リージェント》の命を受けた人物だったのかもしれない。ずっと昔のラーライン信仰に関する文書を隠しに来たのかも。王制の復活や宮廷での反乱を見越し、誘拐されて魔法の眠りに落ちたオズマ・チペタリウスの身を案じて、変装してはるばるこの文書を隠しにきた。いつか取り戻すことができるように……」

「そんなに次々と陰謀論を考えつくなんて、たいした想像力ね」とサリマ。「あなたにその傾向があるのには気がついてましたけど。あの人はずいぶんお年を召した方だったわ。訛《なま》りもあった。きっと、どこかよそから来たさすらいの魔術師だったのよ。それに、あの人の言ったとおりじゃない？　この本は、もう十年あまりも忘れられたままここに放っておかれてた」

「手に取って見てもいいでしょうか」

「お好きなように。読むなとは言われなかったわ。あの頃のわたくしは、本を読むことなんてまるでできなかったんじゃないかしら――よく覚えていないけど。でも、ほら、なんてきれいな天使！　あなた、本当にあの世《アザー・ランド》を信じていないの？　死後の世界を？」

「わたしたちにとってはおあつらえ向きの世界ってわけですね」エルファバは本を手に取りながら鼻で笑った。「この浮世のあとの浮世、なんて」

6

ある朝、シックスがいつものように子供たちに何かを教えようとして挫折したあと、アージが城の中でかくれんぼをしようと言い出した。くじ引きで鬼になったノアが、目をつむって数を数える。だが途中でうんざりしてきて、「ひゃく！」と叫んであたりを捜しはじめた。

最初に見つかったのは、リア。よく何時間も一人で姿を消しているくせに、姿を隠さなければいけないときにかぎってうまく隠れられないのだ。それからノアとリアは残りの二人を捜しに行き、まずサリマの太陽の間でアージを見つけた。剝製《はくせい》の怪鳥グリフォンの止まり木にぶら下がっているベルベットの布の後ろにしゃがんでいたのだ。

けれどもマネクは、隠れるのが一番うまく、なかなか見つからなかった。調理室にも、音楽室にも、塔にもいない。ほかに隠れている場所が思いつかず、とうとう子供たちはかび臭い地下室まで下りていくことにした。

「ここから地獄に続いてるトンネルがあるんだよ」とアージが言う。

「どこに？　どうして？」とノアが聞き、リアも同じ質問を繰り返す。

「秘密のトンネルなんだ。どこにあるかは知らない。でも、みんな言ってる。シックスおばさんに聞いてみな。昔、ここは治水工事の本部だったろ――そうなんだよ。地獄の火はとっても熱いから、水が必要になって、悪魔がここまでトンネルを掘ったんだと思うな」

ノアが言った。「見て、リア。生簀《いけす》だよ」

低いアーチ型の天井をした部屋の真ん中に、木のふたのついた背の低い生簀用の井戸があった。その石壁には湿気による水滴がついている。井戸のふたは、石と鎖でできた単純な装置で横にずらすようになっている。子供たちは簡単にふたをはずすことができた。

「この中にはな」とアージ。「魚がいて、それを捕まえて料理するんだよ。この下が湖になってるのか、底があるのかないのか、まっすぐ地獄につながってるのか、誰も知らないんだ」アージが灯心草《とうしんそう》のろうそくで照らすと、丸くて黒い水面が、冷たい白い光の輪をちらちらと投げ返した。

「シックスおばさんが、ここには金の鯉《こい》がいるって言ってた」とノア。「一度見たことがあるんだって。大きくて年を取った魚なの。最初は真鍮《しんちゅう》のやかんが浮いてるのかと思ったんだけど、それが動いておばさんのほうを見たんだって」

「それ、本当にやかんだったんじゃないの？」リアが聞く。

「やかんには目なんかないでしょ」

「とにかく、マネクはここにはいないや」とアージ。「どこだろ。おーい、マネク！」こだまが響き、湿った暗闇の中に消えていった。

「もしかしたら、トンネルを通って地獄まで行っちゃったんじゃないのかな」とリア。

アージは生簀のふたを元に戻した。「だけどさ、鬼はおまえだろ、ノア。ぼく、もうここを捜すのやーめた」

三人とも怖くなって階段を駆け上った。静かにしなさいとフォーが怒鳴る。

ノアがやっとマネクを見つけたのは、お客のおばさんの部屋のドアに続く階段だった。三人が近づくとマネクは「しーっ」と言ったが、ノアはかまわずにマネクを軽く叩《たた》いた。

「みーつけた」

「しーっ」マネクはもう一度、さっきより強い調子で言う。

子供たちは、古びた木のドアの割れ目から、かわるがわる部屋の中をのぞきこんだ。

おばさんが本のページを指でなぞりながら、何やら独り言をつぶやいている。横にある鏡台の上では、猿のチステリーが騒ぎもせず、不安そうな面持ちで神妙にしゃがみこんでいる。

「何してるのかな?」ノアが言った。

「チステリーに言葉を教えてるのさ」とマネク。

「ぼくにも見せてよ」とリア。

「言ってごらん、精神って」と、おばさんが優しい声で言った。「言ってごらん、精神。セイシン。せいしん」

チステリーは口をへの字にゆがめ、考えこんでいるかのようだ。

「どこにも違いはない」おばさんは独り言を言う。あるいは、チステリーに向かって言ったのかもしれない。「糸は同じ。糸かせも同じ。石は昔に思いをはせる。水は記憶を宿している。大気は過去を持つがゆえに自らの過去の責任を負う。炎は不死鳥のごとくよみがえる。石と水と火と空気でできたもの、それが動物！　ねえ、言葉を思い出して、チステリー。おまえは動物だけど、〈動物〉とは親戚なんだよ、おばかさん。さあ、言ってごらん、精神」

チステリーは、胸元からシラミをつまんで食べた。

「精神」とおばさんは繰り返す。「精神はきっと存在するんだから。せいしん！」

「セーシ」チステリーがこう言ったように聞こえた。

おばさんは笑い声をあげ、踊りながら歌いはじめる。それをひと目見ようとアージがマネクを押しのけ、子供たちはあやうくドアを破って部屋に転がりこんでしまうところだった。おばさんはチステリーを抱きあげ、ぎゅっと抱きしめて言った。「精神、精神だよ、チステリー！　やっぱり精神はあるの！　言ってごらん、せいしん！」

「セッ、セッ、セーシ。セッシ」チステリーは、自分のお手柄をまったく自覚していない様子だ。

だが、その初めて聞く声に、昼寝をしていた犬のキリージョイが目を覚ました。

「せいしん」とおばさん。

「セイシ」チステリーは辛抱強く繰り返す。「セイシュン。セイサン。サン、サンサン。

サイサン、ザイサン。サンザン」

「精神。ああ、チステリー、ディラモンド先生の昔の研究との接点を見つけ出そうね！　十分深く掘り下げることができさえすれば、わたしたちみんなに共通する仕組みが見つかるはず！　すべては無駄ではなかった！　精神、だよ、チステリー、せいしん」

「ゼンシン」とチステリー。

子供たちは笑いをこらえきれなかった。階段を駆け下りて子供部屋に転がりこみ、布団にくるまってげらげら笑った。

自分たちが目にしたことについて、サリマや妹たちには言わなかった。そんなことをしたら、おばさんのしていることが止められてしまうかもしれない。みんな、チステリーが言葉を覚えて自分たちと一緒に遊べたらいいな、と思ったのだ。

風がやんだある日のこと。このままキアモ・コにこもっていたら退屈のあまり死んでしまいそうだとみんなが思っていたところ、近くの池にスケートに行ったらどうかとサリマが言い出した。妹たちは大賛成で、フィエロがエメラルド・シティから持ち帰ったさびたスケート靴を引っぱり出してきた。それからキャラメル菓子を焼き、ココアを水筒に入れ、さらに緑と金のリボンで着飾った。まるでもう一度ラーラインマスのお祝いでもするかのようないでたちだ。サリマは茶色のベルベットの服を着て毛皮の襟巻きを身につけ、子供たちはズボンと上着を余分に着こんだ。エルファバでさえ、紫色の厚手のマントをはおり、山羊の皮でできたアージキ族の重たいブーツを履き、手袋をして、ほうきを持って一緒に繰り出した。チステリーも、干したあんずの入ったかごを引きずりながらあとを追う。妹たちは地味な男物の民族衣装のコートを着て、ベルトを巻いて金具でしっかり留めて、一番あとからついてきた。

村人たちの手によって、池の真ん中の雪がきれいにのけられていた。まるで銀板の床でできた舞踏会の大広間のようで、表面に残るスケートの刃の跡が無数のアラベスク模様を描いている。まわりには雪の土手が作ってあって、誰かが止まりきれなかったり曲がりきれなくなったりしても怪我《けが》をしないように受け止めてくれる。太陽が照りつける中、山々は青空を背にくっきりそびえ、雪のように白い大きなシラサギやアイスグリフォンがはるか上空を舞っている。スケート場はすでに大賑わいで、腕白小僧たちは金切り声をあげ、若者は危なっかしげにすべっている（ことあるごとに相手にぶつかっては転び、意味ありげな体勢で重なり合いながら）。大人たちは列になり、氷の上をのんびりすべっている。キアモ・コの一行が近づくとあたりは静まりかえったが、子供たちは子供らしく、すぐにまた騒ぎはじめた。

サリマが恐る恐る氷の上に足を踏み出すと、妹たちも腕を組んでサリマを取り囲みながらすべりだした。サリマは大柄だし、おまけに足首も丈夫ではないので、いつ転ぶかとびくびくしていた。が、そのうちコツを思い出した。最初にこっちの足、それからこっちの足、一歩ずつ力まずにゆっくりと――そうしながら、気まずいながらも下々《しもじも》の者とも顔を合わせる。エルファバはといえば、飼っているカラスそっくりに、がに股になって腕を振りまわし、服の裾をはためかせ、手袋をした手を斜めに突き出してバランスを取ろうとしている。

大人たちが思うぞんぶん楽しんだあと（子供たちにはほんの足慣らし程度だったが）、サリマと妹たちとエルフィーは、村人が用意してくれた熊の毛皮の上にどさっと腰を下ろした。

サリマが言った。「夏には、大きなかがり火を焚いて、豚を何頭か殺すのよ。それが済むと男たちは平原へ出かけ、男の子たちは山に入って羊や山羊の番をするの。みんな城にやってきて、豚肉を食べたりビールを飲んだりしていくわ。それに、山ライオンや凶暴な熊が出ることもあるから、そういうときは、けだものが殺されるかどこかに行ってしまうまで村人たちを城にいさせてあげるの」サリマは手っ取り早く高貴なる者の態度を示そうと、微笑みを浮かべてあたりを見まわしたが、村人たちはもう城の一行に注意を払ってはいなかった。「ねえ、おばさま、その服装でそうやってほうきを持っている姿、なかなかの見ものよ」

「リアは、魔法のほうきだって言ってた」駆け寄ってきたノアがこう言って、さらさらした雪をひとつかみ、母親の顔に投げつけた。エルファバはさっと顔をそむけて襟を立て、飛び散る雪が自分にかかるのを避ける。ノアは笛のようなきれいな声で意地悪そうに笑い、逃げていった。

「それがどうして魔法のほうきになったのか話してくださる？」とサリマが言った。

「魔法のほうきだなんて言った覚えはありませんよ。これは、マザー・ヤックルという年老いた修道女からいただいたものです。マザー・ヤックルは、頭がはっきりしてるときはわたしの世話をしてくれて、なんというか——そう、導いてくれたんです」

「導き手ね」とサリマ。

「彼女が言うには、このほうきはわたしの運命の鍵なんですって」とエルフィー。「わたしの運命は家庭にあるって言いたかったんでしょうね。魔法ではなくて」

「修道女になるとかね」サリマはあくびをしながら言った。

「マザー・ヤックルは頭がおかしかったのか、それとも予言の力を持つ賢い女性だったのか、わたしにはわからなかったけど」エルフィーは言ったが、誰も聞いていなかったので口をつぐんだ。

しばらくして、ノアがまた母親の膝の上に飛びついてきた。「お話しして、ママ。あの子たち、本当に意地悪なんだもの」

「確かに男の子にはいらいらさせられることもあるわね」とサリマはうなずいた。「あなたが生まれたときの話をしましょうか？」

「ううん、そんなのいや」ノアはあくびをしながら言った。「ちゃんとしたお話がいい。また魔女と子ギツネのお話がいいな」

サリマは、子供たちがお客のおばさまを魔女だと思っていることをよく知っていたので、別の話にしましょうと言った。けれどもノアがどうしてもと言い張ったので、サリマも根負けして話しはじめた。エルファバも耳を傾ける。父親から聞かされたのは、道徳的戒律や責任について。ばあやからは噂話。ネッサローズからは泣き言。子供のとき、お話を聞かせてくれた人などいなかった。ざわめきの中でも話がよく聞こえるようにと、エルファバは少し身を乗り出した。

サリマは淡々と語ったが、それでも話の終わり方を聞いてエルファバの心がうずいた。

「そうして、年を取った悪い魔女は、そのままずうっと洞窟に閉じこめられてしまいましたとさ」

「魔女はそこから出てきたの？」ノアが楽しそうに目を輝かせ、いつものように聞く。

「まだですよ」とサリマは答えて身を乗り出し、ノアの首に噛みつくふりをした。ノアはキャーキャー言って身をよじらせ、また男の子たちのほうへ走り去った。

「あまりよくないんじゃないでしょうか。ただのお話だとしても、悪に死後の世界があるように思わせるのは」とエルファバは言った。「死後の世界なんて、どれもこれも人を思いどおりに動かすためのこけおどしなのに。ユニオン教徒も異教徒も、悪いことをすれば地獄に落ちると言って脅し、いいことをすれば天国に行けると言ってその気にさせる。いやらしいったらありゃしない」

「やめてちょうだい」とサリマ。「いいこと、フィエロはあの世《アザー・ランド》でわたくしのことを待っていてくれるのよ。ご存じでしょう」

エルファバは愕然とした。こちらがまったく予期していないときにかぎって、サリマは決まって不意打ちを仕掛けてくるのだ。「死後の世界で？」エルフィーは尋ねた。

「本当に、つむじ曲がりもいいところね」サリマは言った。「死後の世界がよりにもよってあなたを受け入れる羽目になったら、そこの人たちはお気の毒だと思うわ。いつだって興を削ぐようなことばかり言うんだから」

7

「あのおばさん、いかれてるよ」マネクが訳知り顔で言った。「動物に言葉を教えることなんかできっこないって、誰だって知ってるじゃないか」

子供たちは使われなくなった夏用の馬小屋で遊んでいた。上の階から飛び降りては、天井の隙間から漏れてくる光の中に干し草のくずや粉雪を舞いあがらせる。

「でも、本当にできっこないんだったら、チステリーと何してるのさ？」とアージ。

「自分のまねをさせてるだけだよ。オウムみたいにな」マネクは答えた。

「あの人、きっと魔法が使えるんだよ」ノアが言った。

「まったく、おまえは何でもかんでも魔法だと思うんだから。ばかなやつだな」とマネク。

「でも、何だって魔法だよ」ノアは、疑い深い男の子たちに抗議する意味をこめて、ちょっと遠ざかった。

「おい、あの人、本当に魔法が使えると思うか？」マネクがリアに聞いた。「おまえのほうが知ってるはずだぞ。おまえの母さんなんだから」

「ぼくのおばさんでしょ？」とリア。

「おれたちのおばさんで、おまえの母さんだろ」

「わかった！」とアージが言った。この話に夢中になっているふりをすれば、これ以上飛び降りなくてすむと思ったのだ。「リアはチステリーと兄弟なのさ。チステリーは、言葉を教わる前のリアと同じなんだ。おまえ、猿なんだろ」

「ぼく、猿なんかじゃない。それに魔法をかけられてもいないよ」

「へえ、そうか。じゃ、チステリーに聞いてみようぜ」とマネク。「今日は、おばさんがママと一緒にコーヒーを飲む日だよな？　おばさんの部屋に行って確かめてみようぜ。チステリーが話せるようになってりゃ、答えてくれるかもしれない」

四人は石の螺旋《らせん》階段を駆け上り、魔女おばさんの部屋に向かった。

思ったとおり、おばさんはいない。チステリーは木の実の殻をかじっていて、キリージョイは暖炉のそばでまどろみながら寝言を言っていて、蜂たちは相変わらずブンブン羽音を立てている。子供たちは蜂があまり好きではなかったし、キリージョイのこともどうでもよかった。リアでさえ、ほかの子供たちと遊ぶようになってからは、キリージョイにはあまりかまわなくなっていた。だが、チステリーはみんなのお気に入りだ。「おりこうさんね、かわいこちゃん。ほら、おちびちゃん、ノアちゃんのところにおいで」猿はけげんな顔をしたが、床に手と足をつくと、すばやく移動してノアの腕の中に飛びこんだ。そして食べ物はないかとノアの耳をのぞいてから、ノアの肩越しに男の子たちのほうを見た。

「ねえ、教えてよ、チステリー。魔女おばさんって、ほんとに魔法が使えるの？」ノアは聞いた。「魔女おばさんのこと、教えて」

「マジョ、マジ」チステリーは指をいじくりまわしながら言った。「マジョ、マズ、マズイ？」これは質問に違いないと子供たちは思った。なぜなら、チステリーの額に眉を上げたようなしわができていたから。

「おまえ、魔法にかけられてるのか？」マネクが聞く。

「マホウ、アホウ。カケル、トケル」とチステリー。「マホービン」

「どうすれば魔法が解ける？　どうすれば人間に戻れるんだ？」アージは一番年上だが、ほかの子に負けず劣らず真剣だった。「何か方法はある？」

「ホウホウ、ドウ？　ボウボウ、トウトウ、ドウシテ？」

「どうしたらいいか知ってるの？」ノアがチステリーの頭をなでながら聞く。

「シル、シヌ」チステリーは言った。

「うへえ」とアージ。「じゃ、おまえの魔法は解けないのか？」

「意味のないことをしゃべってるだけだよ」いつのまにか、戸口にエルファバが立っていた。「お客に呼んだ覚えはないけど」

「あっ、こんにちは、おばさん」子供たちは口々に言った。やっぱり部屋に入ったのはまずかった。「チステリーが、なんだかおしゃべりしてるみたいなんだ。魔法にかけられてるんだよ」

「相手の言ったことを繰り返してるだけ」こう言いながら、エルファバは子供たちに近づいた。「だから、放っておきなさい。ここに来るんじゃありません」

子供たちは「ごめんなさい」と言って部屋を出た。男の子たちの部屋に戻ると、みんなベッドに倒れこんで涙が出るまで笑い転げたが、何がそんなにおかしいのか自分たちでもわからなかった。用事もないのに魔女の部屋に行って無事に帰ってこられたので、ほっとしたせいかもしれない。もう魔女おばさんなんか怖くないぞ。子供たちはそう思った。

8

家に閉じこめられてばかりで、子供たちはいいかげんに飽き飽きしていた。そのうちに、ようやく雪が雨に変わった。みんなでかくれんぼをして遊びながら、雨が上がって外に遊びに行けるようになる日を待ちわびていた。

ある朝、ノアが鬼になった。マネクは何回やってもすぐに見つかってしまう。リアがいつもそばに隠れるせいで、すぐにばれてしまうのだ。マネクはとうとう怒りだした。「すぐに見つかっちまうのはおまえのせいだぞ。どこかほかのところに行けないのかよ」

「池なんてないよ」リアは勘違いして答える。

「ないことはないさ」マネクはほくそ笑んだ。

もう一度かくれんぼが始まると、マネクとリアはまっすぐ地下室に下りていった。いつにも増して湿っぽく、地下水が敷石の隙間から染み出している。生簀のふたを開けてみると、水位がかなり上がっていた。それでも、水面まではまだ四、五メートルはある。

「ちょうどいいや」マネクは言った。「ほら、ロープをこの鉤《かぎ》に巻きつければ、バケツが固定されるだろ。おまえ、その中に入れよ。そしたらおれがクランクをまわして、バケツをゆっくりと井戸の中に下ろしてやる。水につく前に止めてやるから心配するな。それでふたを閉めれば、ノアがいくら捜したって見つからないぜ！」

リアはひんやりした穴の中をのぞきこんだ。「クモがいたらどうしよう？」

「クモは水が嫌いなんだよ」マネクはまことしやかに言った。「心配するなって」

「だったら自分がここに隠れたらいいじゃないか」

「おまえじゃ、おれを下ろすだけの力がないだろ」マネクはいらいらするのをこらえて言った。

「あんまり遠くに行かないでよ。下ろしすぎないで。ふたを完全に閉めちゃいやだよ。暗いところ、嫌いなんだ」

「文句の多いやつだな」とマネクは言って、リアに手を差し出した。「だから嫌われるんだぞ」

「だって、みんなぼくに意地悪するんだもん」

「いいから、しゃがめ。両手でロープにしっかりつかまってろよ。バケツがちょっと壁にぶつかるようだったら、壁を押せば大丈夫さ。ゆっくり下ろしてやるから」

「マネクはどこに隠れるの？」とリア。「この部屋じゃ、ほかに隠れる場所ないよ」

「階段の下にする。暗いところにいれば、ノアには見つからないさ。あいつ、クモが嫌いだからな」

「さっき、クモなんかいないって言ったじゃないか！」

「ノアはいるって思ってるのさ。さあ、いち、にの、さん。こいつは本当に名案だぞ。おまえ勇敢だな、リア」バケツを下ろしながら、マネクはうめき声をあげる。バケツに入ったリアは思ったより重いし、ロープもあっという間にほどけてしまった。ロープが滑車と支柱の間に引っかかって止まると、バケツが井戸の壁にぶつかって鈍い音がこだました。

「速すぎるよ」亡霊のようにくぐもったリアの声がした。

「めそめそするな。ほら、もう黙れ。途中までふたを戻しておくから、ノアのやつ、絶対気づかないぞ。音を立てるなよ」

「下に魚がいるみたい」

「あたりまえだろ、生簀なんだから」

「ねえ、あと少しで水についちゃうよ。魚って、跳ねるの？」

「ああ、跳ねるよ。歯が尖ってて、太った男の子が大好物なんだ、ばーか」とマネクは言った。「嘘だよ、跳ねたりしないって。跳ねたら危ないだろ。おれがおまえを危険な目にあわせると思うか？　おれのこと信用してないな、そうだろ？」マネクはため息をついて、言葉にできないほどがっかりしたふりをした。そして、ふたを途中までどころか完全に閉めてしまった。思ったとおり、リアは文句も言えないほど傷ついたようだ。

マネクはしばらく階段の下に隠れていたが、ノアが下りてこなかったので、古臭い礼拝堂の祭壇の覆いの後ろに隠れたほうがよさそうだと思った。「すぐ戻るからな、リア」マネクはささやいたが、リアの返事はない。どうせ、またいじけてるんだろう。

サリマは珍しく調理室に立ち、貯蔵室から持ってきたしなびた野菜でシチューをつくっていた。妹たちは上にある音楽室で、自分たちだけでダンスの発表会をしていた。「象の群れが踊っているみたい」とサリマがこぼしたところへ、お客のおばさんが、何かちょっとつまめるものはないかと入ってきた。

「ここにいるとは思いませんでした」エルファバは言った。「お子さんたちのことで、ちょっとお話があるんですけど」

「あのかわいいいたずらっ子たちが、また何かしました？」サリマはシチューをかきまわしながら言った。「またあなたのベッドにクモでも入れたの？」

「クモならかまいません。少なくとも、カラスの餌にできるもの。そうじゃなくて、サリマ、あの子たちはわたしの持ち物を荒らしたり、チステリーをいじめたりして、わたしが注意しても聞こうとしないんです。どうにかしてもらえませんか？」

「いったいどうしろって言うの？　ほら、このカブを味見してみて。犬にあげたほうがいいかしら？」

エルフィーは味見をして、「こんなもの、キリージョイだって食べませんよ」と言った。

「いつもどおりニンジンにしておいたほうがいいでしょうね。サリマ、あの子たちは本当に手に負えない。学校に行かせるべきでは？」

「ええ、もっといい生活をしていれば、それもできたでしょうけど、そんなのとうてい無理よ」サリマは穏やかに言った。「前にも言ったでしょう。あの子たちは、アージキ族の野心家にとっては格好の獲物なの。夏にキアモ・コ周辺の山腹を駆けまわるのだって危険なのよ。いつ捕まって、縛られて、血をだらだらと流した姿で連れてこられて、埋葬する羽目になるか、わかったものじゃない。夫がいないと大変なのよ。できるかぎりのことをしないと」

「わたしは聞き分けのいい子供でした」エルフィーは言い張った。「生まれつき体が不自由な妹の世話をしたし、父の言うことも、亡くなった母の言うことも素直に聞いた。伝道師の子供として各地を渡り歩いて、名もなき神に感謝も捧《ささ》げた。基本的には神など信じていなかったけど。素直に従うのがいいことだと思っていたし、それがわたしにとって害になったとは思えない」

「だったら、何が害になったのかしら？」サリマはすかさず尋ねた。

「どうせ聞いてもらえないでしょうから、言うつもりはありません。でも、理由がどうあれ、あの子たちは手に負えない。あなたのやり方は甘すぎる」

「あら、根はいい子たちよ」サリマはニンジンを一心に洗いながら言う。「とても無邪気で明るくて。あの子たちがいろいろな遊びをしながら家の中を走りまわっている姿を見ると、元気が出てくるの。今みたいな大切な時間はすぐに過ぎ去ってしまうのよ、おばさま。そして、この家が子供らしい笑い声にあふれていた頃を懐かしく思い出すことになる」

「意地悪な笑い声に、でしょう」

「子供には、もともと善が備わっているものなのよ」サリマはきっぱりと言って、話を続けた。「何年も前に、幼いオズマ様があの魔法使いに退位させられたことをご存じ？　オズマ様は、どこかの洞窟で氷漬けにされているそうよ。もしかしたら、ケルズ山脈のどこかかも。魔法使いにオズマ様を殺すだけの度胸はなくて、無邪気な子供の姿のまま閉じこめているんですって。いつの日か、オズマ様が戻ってきてオズの国を治めるでしょう。そうしたら、かつてないほどすばらしい治世となるはずよ。なにしろ若々しい知恵をお持ちなのですから」

「幼子の救世主なんて、信じない」とエルファバ。「救いの手が必要なのはむしろ、子供たちのほうでしょうね」

「子供たちが元気いっぱいなのが気に入らないだけなのではないかしら？」

「悪意でいっぱいだからですよ」エルフィーはいらいらして言い返す。

「わたくしの子供たちに悪意などありません。わたくしも妹たちも、小さい頃はいい子だったわ」

「善意でいっぱいとも言えないでしょう？」

「あらそう、それなら、リアはどうなの？」

「ああ、リアね」エルフィーは顔をしかめ、手を動かしながらハアーッとため息をついた。

この話題に前から興味があったサリマは、今日こそ掘り下げて聞いてみようと口を開きかけた。が、ちょうどそのとき、スリーが調理室に駆けこんできた。

「ふもとの山道、今年はいつもより早く雪が解けたみたい。北からロックリム登山道を通ってくるキャラバン隊が見えたの！　明日にはここに着くはずよ！」

「あら、大変！」サリマは言った。「お城の中はめちゃめちゃなのに！　いつもこうなんだから。いいかげんに改めなきゃね。さあ、急いで、子供たちを集めて大掃除をしましょう。身分の高い方かもしれないわよ。おばさま、あなたも身支度をしなくちゃ」

マネクとノアとアージが遊びをやめて走ってきた。スリーからこの知らせを聞くと、すぐさま一番高い塔に駆け上り、弱まってきた雨の中で何が見えるかと目を凝《こ》らし、エプロンやハンカチを振って合図した。確かにキャラバン隊だ。スカークが五、六頭と、小さな馬車が一台、雪と泥の道を抜けてやってくる。小川を渡るのに手間取り、割れた車輪を直すために止まり、スカークに餌をやるためにまた止まる！　それはわくわくするような出来事で、子供たちはその晩、夕食の席で野菜スープを食べながら、いったいどんなお客が来るのかとあれこれ話し合った。「あの子たち、父親がいつか帰ってくるんじゃないかって、いつも思っているの」と、サリマが声を潜めてエルファバに言った。「こんなにはしゃいでいるのは、父親に会えるかもしれないからなのよ。自分たちではそう意識していないけどね」

「リアはどこ？」フォーが尋ねた。「食事の時間に来なかったら、せっかくのスープが台無しになっちゃう。あとで泣いて頼んだって知りませんからね。ねえ、リアはどこ？」

「さっきまで一緒に遊んでたよ。もう寝ちゃったのかも」とアージ。

「かがり火をたいて、お客さんに合図しようぜ」とマネクが言い、席からぴょんと立ちあがった。

9

お昼頃、ようやくスカークと馬車が、最後の難関の山道を進みはじめた。この坂道を上りきれば、城の落とし格子、そしてオーク材と碧玉の城門にたどり着く。城下町の人々も小屋から出てきて馬車を押し、泥と氷でぐちゃぐちゃの道を通るのを手伝う。とうとう馬車は城に近づき、跳ね橋を渡った。みんなに劣らず興味をそそられたエルファバは、アージキ族の皇太后とその妹たちと一緒に、粗く彫られた正面扉の上の胸壁に出た。子供たちは玉石を敷き詰めた中庭に集まっている。リアを除いて。

キャラバン隊の隊長は灰色の髪の若い男で、サリマに向かってごくおざなりに山岳地方流のお辞儀をした。スカークが玉石の上に水っぽい糞をすると、子供たちは大喜びした。スカークの糞を見るのは初めてだったのだ。それから隊長は馬車に近づき、ドアを開けて乗りこんだ。耳の遠い人に向かって話しているような大きな声が聞こえてくる。

一同は息をのんで待ち受けた。空は突き抜けるように青く、もう春空といってもいい。軒先から鋭い剣先のように下がるつららが、みるみるうちに解けていく。妹たちがいっせいにお腹を引っこめた。ああ、あんなにジンジャーブレッドを食べたり、コーヒーに蜂蜜とクリームをたっぷり入れて飲んだりしなければよかった。この次はもっと気をつけなくちゃ。どうか、お優しいラーライン様、お客が男の人でありますように。

隊長が再び馬車から出てきた。中の乗客に手を差し出し、降りるのを手伝う。客はかなりの高齢で、動きはぎこちなく、くすんだ暗い色のスカートをはき、この辺鄙《へんぴ》な土地から見てもおそろしく古臭いボンネットをかぶっている。

エルファバは、尖ったあごと鋭い鼻で空気を切り裂くように身を乗り出し、獣のように鼻をうごめかせた。客が上を向き、日光がその顔を照らし出す。

「信じられない、ばあやじゃないの！」エルフィーは息をのみ、胸壁から駆け下りてばあやを抱きしめた。

「感動的だこと。あれを見てよ」フォーが小ばかにしたように言う。「あの人にもあんな一面があるなんてねえ」お客のおばさんは、喜びのあまり泣きださんばかりだったのだ。

隊長は食事を断って帰ることになったが、ばあやはトランクなどの荷物を持ちこんでおり、旅を続けるつもりがないのは明らかだった。エルファバの部屋の真下のかび臭い部屋をあてがわれ、長い時間をかけて身支度を整える。ようやく人心地ついた頃には、夕食の時間になっていた。肉よりすじのほうが多そうな、ちょっとすえたようなにおいのする鶏肉に薄いペッパーソースをかけたものが、上等な皿で出された。子供たちは一番いい服を着て、今日だけは正式に食堂のテーブルにつくことを許された。ばあやがエルファバに腕を取られて入ってきて、エルファバの右隣に座った。エルフィーにお客が来たということで、妹たちは親切心から、エルフィーのナプキンリングをサリマの正面、テーブルの端の席に用意しておいた。今は亡きフィエロをしのび、普段は空席にしているところだ。だがこれは大きな間違いで、妹たちもすぐにそのことを悟ることになる。エルファバは一度手に入れたこの特権を手放そうとしなかったからだ。だが今夜は、皆にこやかに客をもてなした。ひとつだけ興ざめだったのは（客人が花嫁探しにやってきた若くて素敵な王子様ではなかったことはさておき）、リアがまだいじけていて顔を出さなかったことだ。子供たちも、リアがどこにいるか見当がつかないらしい。

ばあやはすっかり老けこみ、もうろくしはじめていて、肌は乾燥した石鹼《せっけん》のようにひび割れ、髪は薄くなって黄色っぽい白髪が増え、手にはアージキ特産の山羊のチーズに巻かれたひものような太い血管が浮き出ている。ぜーぜーと苦しそうに息をしつつ、考えるためにひと呼吸おきながら、ばあやはぽつりぽつりとこう語った。エメラルド・シティに住むクロープという人物から、懐かしいあのエルファバお嬢様が都の郊外にある聖グリンダ修道院でティベットの最期を看取ったと聞いた。もう何年もエルファバからの便りは途絶えたままだったので、ばあやは自分で探しに行こうと思い立った。はじめのうち、修道女たちは話をするのをしぶっていたが、ばあやは粘った。そして、次のキャラバン隊が旅立つときまで待った。エルファバはキアモ・コに用事があるらしいと修道女たちから聞き出していたので、春を待って出発することにした。こうして今ここにいるというわけだ。

「それで、外の世界はどんな感じですの？」ツーが熱心に尋ねた。内輪話はあとで二人だけでゆっくりしてもらえばいい。

「どういう意味です？」とばあや。

「政治とか、科学とか、流行とか、芸術とか、とにかく今の世の中ではどんなことが起きているのかしら？」とツー。

「そうですねえ、畏れ多き魔法使い様が皇帝の座にお就きになりましたよ。ご存じですか？」

皆、初耳だった。「皇帝って、誰の権威で？」ファイブが咳きこんで尋ねる。「それに、いったい何を支配する皇帝だっていうの？」

「陛下は、自分以上に権威ある者などいないとおっしゃいましてね」ばあやは落ち着き払って答えた。「とやかく言える者なんておりませんよ。毎年いろいろと栄誉を授けるのがあの方のお仕事ですからね、今回はご自分にひとつ授けたというわけですよ。何の皇帝かっていうのは、あたしには見当もつきません。領土拡大をもくろんでいるのだと陰で言う者もおりますけれどもね。といっても、どこに領土を拡大するっていうんでしょう。なんとも申せませんねえ。砂漠にでしょうか。それとも、その向こうのクオックスやイブやフリアンでしょうか」

「それとも、これまでろくに統治が及んでいなかった地域への支配力を強化するつもりなのか。たとえばヴィンカスとか」エルファバは言った。胸骨の下の古傷がうずくような、ぞっとする気分だった。

「喜んでる者などおりませんよ」ばあやは話を続けた。「今じゃ徴兵制も厳しくなりましてね、疾風部隊が王立軍をしのぐ勢いです。いつ内部抗争が起きるかわからない状態ですから、陛下は反逆を未然に防ごうと躍起になってますよ。でもこんなことに意見なんて言えやしませんからね。あたしたちみたいに年取った女の身ではねえ」ばあやはこう言って全員に微笑みかける。ばあやとひとくくりにされた妹たちとサリマは、できるだけ若々しいそぶりでばあやをにらみつけた。

10

次の日は雨が降りしきり、空はどんよりとした雲で覆い尽くされ、いつ夜が明けたのかもわからないほどだった。

サリマと妹たちは応接間に集まり、ばあやが現れて引き続き話を聞かせて楽しませてくれるのを待ちながら、お客のおばさまについて新しくわかったことについて話し合っていた。「エルファバですって」とツーが感慨深げに言う。「なかなか素敵な名前じゃないの。どこから取ってきたのかしら？」

「わたし、知ってるわ」ファイブが言った。結婚できる見込みが薄れてきたとき、宗教にちょっと手を染めた時期があったのだ。「いつだったか、『聖人伝』を読んだことがあってね。滝の聖人アルファバっていう人がいるの。マンチキンの神秘主義者で、六世紀か七世紀前の人よ。覚えてない？　聖アルファバは祈りを捧げたかったのだけど、あんまり美しかったもんだから、地元の男たちが彼女の気を引こうとつきまとったの」

　皆、いっせいにため息をつく。

「清らかなままでいたいと、聖アルファバは聖典とぶどうをひと房持って荒野に行ったの。でも、野生の獣たちにおびえたり、粗野な男たちにつきまとわれたりで、聖アルファバは疲れ果ててしまった。そんなとき、崖から流れ落ちる大きな滝にたどり着いたの。『これを我が洞穴としましょう』と言って、服を脱ぎ捨て、流れ落ちる水のとばりをくぐると、その先には飛び散る水にうがたれてできた大きな洞穴があったんですって。それで、そこに腰を下ろして、水のとばりを通して差しこんでくる光で聖典を読みながら、精神的なことについて瞑想《めいそう》した。時々ぶどうの粒を口にしながらね。とうとうぶどうを全部食べてしまって、洞穴から出てきたときには、もう数百年が過ぎ去っていた。川岸には村ができていて、水車のための貯水池まであったの。村人たちは恐れて縮みあがった。だって、その洞穴は子供の頃によく遊んだ場所だったし、恋人たちはあいびきの場として使っていたし、殺人なんかの悪事も行われていたし、宝の隠し場所にされたりもしていたのに、誰一人として一糸まとわぬ美しい聖アルファバを目にしたことがなかったんですもの。でも、聖アルファバが口を開いて昔の言葉をしゃべると、村人たちは例の聖人に間違いないとわかって、礼拝堂を建てて捧げたの。それで、聖アルファバは子供にも大人にも祝福を与え、中年の村人たちからは告解を聞き、病人を癒したり、空腹の者に食事を与えたりと、いろいろしてあげた。それから、またぶどうをひと房持って、滝の後ろに姿を消したの。今度のぶどうの房は前よりもっと大きかったんじゃないかしら。それきり、その姿を見た者はいないという話よ」

「じゃあ、姿を消しただけで死んではいないっていうこともありうるわけね」とサリマが言い、夢見るようなまなざしで雨の降りしきる窓の外を見つめた。

「聖人ならね」と、ツーがにべもなく言った。

「そんなことを信じるなんて」話の途中で応接間に来ていたエルファバが言った。「滝から姿を現したその聖アルファバとやらは、実は隣町からやってきたあばずれで、うぶな村人をだましただけかもしれない」

「あなたの考えそうなことね。あなたにかかると、なんだって希望のかけらもなくなってしまう」サリマはそっけなく言った。「おばさま、あなたには時々うんざりさせられるわ、本当に」

「あなたのこと、エルファバって呼んでもいいかしら」とシックス。「素敵なお話なんですもの。それに、ばあやさんがあなたの本当の名前を呼ぶの、なかなかいい感じよ」

「やめて」とエルフィー。「ばあやがわたしの名前を呼ぶのは仕方ない。もう年だし、今さら変えさせられないでしょう。でも、あなたたちは別」

シックスは口をすぼめて反論しようとしたが、ちょうどそのとき、階段をばたばた走る音がして、ノアとアージが部屋に駆けこんできた。

「リアが大変！」二人は言った。「早く来て、死んでるかもしれない！　生簀に落ちてたの！」

みんなこぞって階段を駆け下り、地下室に向かった。最初にリアを見つけたのはチステリーだった。子供たちと生簀のそばを通りかかったときに、鼻にしわを寄せてくんくん言いはじめ、重たいふたを動かそうとしたのだ。ノアとアージが、チステリーをバケツに入れて中に下ろしてやろうと思って、ふたをぐるりと動かしてみると、不気味な薄明かりの中に青白い人の体が見えてぎょっとしたというわけだった。

母親やおばさんたちが生簀を囲んで騒いでいるのを聞きつけ、マネクも駆けつけた。みんなでリアを引き揚げる。雪解け水や雨のせいで、水位はすっかり高くなっていた。そのため、リアの体は川で溺れた死体のように膨らんでいる。「へえ、こいつ、こんなところにいたんだ」マネクが妙な声で言った。「そういや、いつか生簀に下りてみたいって言ってたっけ」

「あなたたちはあっちへ行きなさい、子供の見るものじゃありません。上に行きなさい」

サリマが子供たちを叱った。「さあ、いい子だから、上に行くのよ」子供たちは自分たちが目にしているものが何かよくわからなかったし、あまり近寄って見るのも怖かった。

「信じられないや、こりゃひどいなあ」マネクがわくわくしたように言うと、エルファバが憎々しげにじろりとにらみつけた。

「お母さんの言うとおりになさい」エルファバにきつく言われてマネクは顔をしかめたが、マネクとアージとノアは階段をどたどたと駆け上ると、開いた扉のところで耳を澄ませながら、下をのぞきこんだ。

「誰か、手当ての仕方を知らないかしら。あなたはどう、おばさま?」とサリマ。「さあ早く、まだ間に合うかもしれない。何か方法を知っているはずでしょう、生命科学を勉強していたんだから! なんとかして!」

「アージ、ばあやを呼んできて。急ぐように言って!」エルフィーは叫んだ。「この子を調理室に運びましょう。そっとね。いいえ、サリマ、わたしには何もできない」

「呪文を唱えて。魔法を使うのよ!」ファイブがわめいた。

「生き返らせて」シックスがすがるように言い、スリーも言った。「できるはずよ。今は遠慮したり出し惜しみしたりしてる場合じゃないわ!」

「生き返らせるなんてできない」とエルファバ。「そんなの無理! 魔術の才能なんてないもの！　本当に！　あれはマダム・モリブルがばかみたいに勝手に決めようとしただけで、わたしは断ったんだから！」姉妹たちはエルファバに疑い深そうな目を向ける。

アージがばあやを調理室に連れてきた。ノアはほうきを、マネクはグリムリーの書を持っている。サリマと妹たちは、水を滴《したた》らせているリアの膨らんだ体を肉切り台にのせた。

「おやおや、この子は誰でしょうね」ばあやはちょっと考えこみながらも、リアの手足を上下に動かしはじめ、下腹部を押すようにサリマに言った。

エルファバはグリムリーの書をめくり、顔をゆがめてこめかみをこぶしで殴りながら泣きわめく。「でも、魂のことなんて、何も知らない。どんな姿をしているかわからないのに、どうやったらこの子の魂を見つけられるって言うの？」

「こいつ、いつもより太ってるな」とアージ。

「あの魔法のほうきのわらで目玉をつつき出せば、きっと魂が戻ってくるさ」とマネク。

「どうして生贄なんかに入ったのかな」とノア。「あたしだったら、絶対しない」

「聖ラーライン様、どうかお助けください！」サリマが涙ながらに言う。妹たちが、この世を去る者のために名もなき神を称えながら、死者のための祈りを唱えはじめる。

「あたし一人じゃ、そんなに何もかもできませんよ」とばあやがぴしゃりと言う。「エルファバ様、少しは手を貸してくださいな！　まったく、困ったときのお母様そっくりですねえ！　この子の口にご自分の口を当てて、肺に息を吹きこむんですよ。さあ、早く！」

エルファバは袖の先で、血の気の失せたリアの顔から水気をふき取った。両側から頬《ほお》を押すと口がとがって開き、手を離してもその状態を保っていた。エルファバは顔をしかめ、吐きそうになった。バケツにペッと何かを吐き出すと、自分の口を子供の口に押し当て、自分のすえた息を、同じくすえた気道に吹きこむ。肉切り台の両端に添えた指が、板に食いこみそうになっている。まるで愛の営みで絶頂を迎えたときのように。チステリーも、エルファバに合わせてふう、ふうと呼吸している。

「お魚みたいなにおいがする」ノアが小声で言った。

「おまえだって、溺れたらああなるんだぞ。ぼくは焼け死ぬほうがいいな」とアージ。

「おれは絶対死なないぞ。誰が殺そうとしてもな」とマネク。

リアがむせはじめた。はじめは皆、エルファバの吹きこんだ息がそのまま反射的に出てきただけだろうと思ったが、やがてリアは黄色い反吐《へど》をちょっとばかり吐き出した。それからまぶたが動き、手がぴくぴくと動きだした。

「ああ、よかった」サリマがつぶやく。「奇跡だわ。ラーライン様のおかげです。ありがとうございます！」

「まだ完全に助かったわけじゃありませんよ」とばあやが言った。「このままじゃ体が冷えて死んじまうかもしれませんからね。さ、この子の服を脱がせましょう」

子供たちは、大人の女たちがリアの不恰好なズボンや上着を脱がせ、体中にくまなくラードを塗りたくるのを見守った。みんなでくすくす笑いながらも、アージは生まれて初めてズボンの中が変な具合になるのを感じた。それからリアの体は大騒ぎの末に毛布でくるまれ、あとはベッドに運ぶだけになった。

「この子はどこで寝ているの？」サリマが尋ねる。

皆、顔を見合わせた。妹たちがエルファバを見ると、エルファバは子供たちを見た。

「おれたちの部屋の床で寝ることもあるし、ノアの部屋の床で寝ることもあるよ」とマネク。

「あたしのベッドに入ってこようともするんだけど、追い払っちゃうの」とノア。「あんなに太ってるから、あたしとお人形の寝る場所がなくなっちゃうんだもん」

「この子、自分のベッドもないの？」サリマが冷ややかな声でエルフィーに問いただす。

「そんなこと、わたしに聞かないで。ここはあなたの家でしょう」とエルフィーが答える。

リアがかすかに身動きし、口を開いた。「魚がしゃべったんだよ。ぼく、魚と話したんだ。その金魚が言うにはね……」

「お黙り、坊や。おしゃべりはあと」と言って、ばあやが調理室にいる女たちと子供たちをじろりとにらみつけた。「さてと、この子にちゃんとしたベッドを用意してやるのはばあやの仕事じゃありませんが、ほかにベッドがないなら、あたしの部屋に運びましょう。あたしが床に寝ますから！」

「そんなこと、もちろんいけません。とんでもないことだわ」とサリマが言い、せかせかと出ていった。

「あんたたちみんな、野蛮人じゃないのかね！」ばあやはぴしゃりと言い放つ。

キアモ・コの住人には決して許せない発言だった。

リアの事件をめぐって、お客のおばさんはサリマにこってりとしぼられた。自分がやったことではない、自分のせいではないとエルファバは説明しようとした。「男の子たちのいたずらとか、悪ふざけとか、肝試しとかだったんだと思う」言い争いが一段落すると、二人は男の子と女の子の違いについて話しはじめた。

アージキ族の成人の儀式について、サリマは自分が知っているかぎりのことをお客のおばさんに話した。「成年に達した男の子たちは草原に連れていかれて、置き去りにされるの。持っていくのが許されるのは、腰布と楽器ひとつだけ。夜の中から精霊や動物たちを呼び出して、語り合い、教えを請《こ》い、なだめる必要があれば相手をなだめ、戦う必要があれば戦わなければならない。夜のうちに死んでしまう子は、相手といつ戦っていつ交渉すべきか判断する力を欠いていたということになる。だから若死にしても当然で、その愚かさのために部族に負担をかけずにすむというわけ」

「それで、その男の子たちは、目の前に現れた精霊についてなんて言っているんです？」お客のおばさんは尋ねた。

「あまり話してくれないの、特に精霊の世界についてはね。それでも、ある程度は耳に入ってくるわ。精霊の中には辛抱強いのも、げんなりさせられるのも、冷酷なのもいるみたい。言い伝えでは、精霊たちとは衝突したり、憎み合ったり、戦ったりしなければならないそうよ。でも、わたくしが思うに、精霊たちと接するとき、男の子たちには冷たい怒りが少なからず必要なんじゃないかしら」

「冷たい怒り？」

「ええ、そう。この言葉、聞いたことない？　部族の母親たちはいつも、怒りには熱い怒りと冷たい怒りの二つがあるって子供たちに教えるの。男の子も女の子も、両方の怒りを経験するけれど、成長するにつれて、性別によって怒りが分かれていく。男の子には、生き延びるために熱い怒りが必要なの。戦おうとする気持ち、獲物に刃を突き立てたいという衝動、荒々しい原動力がね。狩りをしたり、身を守ったり、誇りを保ったりするうえで不可欠なのよ。たぶん、ベッドの中でもね」

「ええ、そうでしょうね」エルファバは過去を思い出しながら答える。

サリマは顔を赤らめてちょっと悲しそうな顔つきをしたが、話を続けた。「女の子には冷たい怒りが必要なの。怒りをくすぶらせ、恨みを忘れず、許すことはせず、妥協を避ける力。絶対に取り消せないことをいつ口にすべきか、ちゃんと知っておかなければならない。狭い世界でしか生きられないことに対する埋め合わせってわけね。男を怒らせたら、争うことになって、どちらかが勝って、どちらかは相手に合わせて生きていく——それとも、そこで死んでしまうか。でも、女を怒らせたら、世界がまたがらりと変わってしまう。冷たい怒りを持つ者は、どんな侮辱や攻撃にもずっとずっと目を光らせているから」そう言いながら、サリマはエルファバをきっとにらんだ。フィエロのこととリアのことで、エルファバを責めるまなざしだった。

エルファバは今の話について考えてみた。熱い怒りと冷たい怒り。それが性別によって分かれているとしたら、わたしの怒りはどちらだろうか——そんな怒りを感じたことがあればだが。若くして亡くなった母のこと、宗教にしがみついている父のことを考えてみる。それから、ディラモンド先生が抱いていた怒りのこと——先生を研究と調査に向かわせた、あの怒り。そして、マダム・モリブルの怒り。政府のためのスパイになるようわたしたちをそのかしたとき、ごまかしようもなくその顔に浮かんでいた怒り。

次の日の朝も、エルファバはそのことについて思いをめぐらせていた。日差しはだいぶ暖かくなり、眼下に広がる屋根瓦に積もった雪を解かしていく。太陽の熱でつららが解け、冷たい水が血のように滴っていく様を、じっと見つめる。暖かさと冷たさが力を合わせてつららを作る。そう、暖かい怒りと冷たい怒りが合わさって激流となり、倒すべき因習に立ち向かう武器となるのだ。

ある意味では――もちろん証明する方法などないけれど――わたしはいつだってどんな男にも負けないほど熱い怒りを感じてきた。でも、うまくやるには、どちらの怒りも使えるようにならなければ……。

リアは命拾いをしたが、マネクの場合はそうはいかなかった。エルファバが世の理不尽さと戦うために必要な武器について考えながら見つめているうちに、つららがぽきっと折れたのだ。つららは軒先から槍《やり》のように放たれて勢いよく落ちていき、次はどうやってリアをいじめてやろうかと考えながら外に出てきたマネクの脳天に突き刺さった。

反乱

1

「皆さん、エルファバ様を魔女とお呼びなんですねえ。ご存じでしたか？」とばあやが言った。「いったいどうしてなんでしょう」

「あの人たちが愚かで浅はかだから」エルファバは言った。「ここに着いた頃、わたしは自分の名前なんて使わなくなってた。修道院にいる間は、ずっとシスター・セント・アルファバって呼ばれてたから。エルファバなんて、はるか昔の人の名前みたいな気がしてた。それで、おばさんと呼んでもらうことにしたの。もっとも、自分が誰かのおばさんだなんて思ったことはないし、おばさんになるのがどんな気分か知りたいとも思わないけど。おばさんもおじさんもいないしね」

「さあてねえ」と、ばあや。「あたしはエルファバ様が魔女だとは思いませんよ。このことをお聞きになったら、お母様は憤慨なさるでしょうねえ。メリーナ様の魂が安らかでありますように！ お父様だってきっと逆上しますよ」

二人はりんご園を散歩していた。今はりんごが花盛りで、大気はその香りで満たされている。魔女の蜂たちは外に出て、ブンブンと楽しそうに飛んでいる。犬のキリージョイは、塀のそばに建てられたマネクの墓石の影で尻尾を振っている。カラスたちは競い合うように頭上を飛びまわっており、そのせいでほかの鳥たちが怖がって、ワシ以外はみんな逃げてしまった。アージとノアとリアは、ばあやの強い勧めで村の学校に通っていた。のどかな雰囲気のうちに、キアモ・コの朝は過ぎていく。

ばあやは七十八歳。歩くには杖が欠かせない。今でもきれいに見せようと努力していたが、その甲斐《かい》はなく、かえって逆効果だ。白粉は塗りすぎで、口紅ははみ出している。薄っぺらなレースのショールは、谷間から吹きあげる風には何の役にも立たない。一方、ばあやに言わせれば、エルファバの姿がみすぼらしいのだった。体の中からかびが広がっているのではないかと思うほどだ。血色が悪いし、なんだか体が崩れ落ちそうに見える。せっかくの美しい髪も、無造作にまとめて不恰好な帽子の中に押しこんでしまっている。黒いガウンはしっかり洗って虫干ししたほうがよさそうだ。

二人は傾いた壁のところで立ち止まり、そこにもたれかかった。妹たちは少し先の草原に花を摘みに出かけていて、サリマも一緒についていった。黒い喪服に身を包んだサリマは、まるで枝からはずれてしまった得体の知れない大きな繭のようだった。たとえ作り笑いだとしても、サリマがまた笑うようになったのはいいことだ。明るい日差しがみんなの気分を不思議と高揚させていた。エルファバも例外ではなかった。

ばあやが家族の近況を教えてくれた。スロップ総督はついに亡くなったのだという。消息が知れなかったエルファバは死んだものとされ、総督の地位は妹のネッサローズが継ぐことになった。そんなわけで、今ではネッサローズがコルウェン・グラウンドのあるじとなり、信仰や罰について押しつけがましい声明を出している。父のフレックスはそろそろ牧師業から身を退きつつあり、娘と一緒に暮らしている。布教活動にあくせくすることをやめてから、フレックスの精神は落ち着きを取り戻してきた。弟のシェルはといえば、ふと姿を現したかと思えば、またどこかへ行ってしまう。噂では、マンチキンをオズから独立させようと熱心に活動しているとか。ばあやのひいき目かもしれないが、なかなかの男前で、立派な青年になったという。すらりとした手足、きれいな肌、歯に衣《きぬ》着せぬ物言い、勇敢な心。今ではもう二十代前半の若者だ。

「それで、その独立運動についてネッサローズはどう思ってるの？」エルフィーは尋ねてみた。「あの子の意見が重要なはずでしょう。だって、スロップ総督なんだから」

ばあやの話では、ネッサローズは誰も予想しなかったほどしたたかに立ちまわっているという。決して手の内を明かさず、革命についてはあいまいなことしか言わないので、聞く人によってどうにでも受け取れる。ばあやの見たところでは、ネッサローズはどうやら神権政治めいたものを目指しているらしい。マンチキンの法律に、自分の勝手な解釈に基づくユニオン教の思想を盛りこもうとしているのだ。「お父上のフレックス様ご自身も、これがいいことなのか悪いことなのか判断しかねておいでで、この件については口をつぐんでおられます。もともと政治にはあまり興味をお持ちじゃありませんからね。なんといってもお好きなのは精神世界ってわけですから」また、地元ではネッサローズを支持する動きもあるらしい。だが、ネッサローズは言動に細心の注意を払っているので、その地に駐留している皇帝軍も、逮捕に踏みきる口実が得られないでいるという。「ネッサローズ様はなかなかの達人《アデプト》でいらっしゃいますよ。シズ大学の教育の成果なのでしょうねえ。今ではご自分の足でしっかりと立っておいでです」

達人という言葉を聞いて、エルファバはぞっとした。それじゃネッサローズは、何年も前にクレージ・ホールの応接室でマダム・モリブルにかけられた魔法にまだ影響されているのだろうか？　魔法使いかマダム・モリブルのために暗躍する達人で、駒のひとつとして操られている？　自分がなぜこういうことをしているのか、ちゃんと自覚しているのだろうか？　それを言うならわたし自身も、もっと力のある邪悪な存在に操られているにすぎないのか？

少し前にエルファバは、マダム・モリブルが自分とネッサローズとグリンダの三人の将来の職務について話を持ちかけてきたときのことを思い出して、愕然《がくぜん》としたのだった。ちょうど、この前の冬に水に浸かって溺れ死にしかけたリアが元気を取り戻した直後のことだ。リアはようやく聞かれたことに答えられるまでに回復していたものの、どうして生簀の中に入ったのかと聞いても、「魚に呼ばれたんだよ、下りてこいって」としか答えなかった。あの意地悪なマネクのしわざにちがいない、とエルフィーはにらんでいた。マネクは冬の間ずっと、リアを大っぴらにこっぴどくいじめ続けていたではないか。たとえフィエロの愛息子《まなむすこ》であっても、マネクが死んで悲しいなんて思わない。他人を苦しめて喜ぶ者は、誰だってつらに刺されて当然だ。けれども、リアの次の言葉に、エルファバは息をのんだ。「魚はね、自分は魔法が使えるんだって言ってた。それと、フィエロはぼくのお父さんで、アージとマネクとノアはぼくのきょうだいなんだって」

「金魚は口をきかないのよ、坊や」とサリマが言った。「夢でも見ていたんでしょ。あそこにずっといたせいで、頭の中まで水浸しになってしまったのね」

エルファバは、リアのことを愛《いと》しく思いはじめていた。あまりにも奇妙でやりきれない事態だが、この気持ちを抑えることはできなかった。自分の人生に関わってきたこの子はいったい誰？　どこから来たかは大体察しがつくけれど、何者なのか——それがわかれば、生まれて初めて人生に意味が見出せるかもしれない。手を伸ばしてリアの肩に触れてみる。リアはびくっとしてその手を振り払った。そんな扱いに慣れていなかったからだ。エルフィーは拒絶されたように感じた。

「ねえリア、あたしのペットのネズミ、見たくない？」とノアが言った。リアが快方に向かっている間、ノアはずっと親切だった。リアはいつだって、大人たちに根掘り葉掘り聞かれるよりも、同じくらいの年の仲間といるほうが好きだったし、あのつらい経験については、それ以上聞いても答えてはくれなかった。その後もあまり変わったようには見えなかったが、マネクが死んだおかげで、リアはキアモ・コでもっと自由にのびのびと過ごすようになった。

それからエルファバはサリマの視線を感じ、ようやく自分が解放されるときが来たと思った。「あの子ったら、おばかさんね。あんな話を信じるなんて」とうとうサリマが切り出した。「フィエロがあの子の父親だなんて。フィエロの体には余分な脂肪なんて少しもついていなかったのに、あの子ときたら」

ここに受け入れてもらったときに出された条件があるので、事実を話して納得してもらうわけにはいかない。エルファバはただサリマをじっと見つめた。どうか事実を受け入れてくれますように。だが無駄だった。「それに、誰が母親だっていうんでしょう」サリマは何気ない調子で言い、スカートのへりにそっと触れた。「あきれてものも言えないわ」リアの肌がほんの少しでも緑がかっていたらよかったのに。このとき初めて、エルフィーはそう思った。

サリマは立ち去り、夫と次男をしのんで泣くために礼拝堂に向かった。

こうして、エルフィーは以前と同じ状態のまま——心ならずも裏切り者となってしまった人間として、追放された修道女として、みじめな母親として、謀反《むほん》に失敗した者として、魔女に身をやつした者として——この地に囚われ続けることになった。

だが、生贄にいる〈金魚〉だか〈鯉〉だかがリアにそんなことを言うなんて……そんなことがありえるだろうか。もしかして、マダム・モリブルが姿を変えて冷たい闇に身を潜め、こちらの挙動をうかがっているのだろうか。リアは想像力が豊かとは言えないから、自分でそんなことを思いつくはずはない。

エルファバは何度も生贄をのぞいてみた。昼も夜も、時間を問わず。けれども、鯉——あるいは〈鯉〉の姿は見えなかった。

「ネッサローズが自分の足でしっかり立てるようになってよかった」物思いにふけってい

たエルファバは、ようやく我に返って言った。ばあやは氷砂糖をしゃぶっている。

「文字どおり、二本の足でって意味ですよ」ばあやはよだれを垂らしながら言った。「もう誰かに支えてもらう必要はないんです。たとえでも、文字どおりの意味でも、ね。お一人で立てるんです。立つことも座ることも、ご自分でおできになるんですよ」

「腕がないのに？ 信じられない」と魔女は言う。

「それが、本当なんですよ。フレックス様がご自分でネッサローズ様のためにお誂《あつら》えになった靴を覚えておいでですか？」

もちろん、忘れるはずがない。あの美しい靴！ 妹に対する父の愛情の証《あかし》、娘の美しさを際立たせ、不自由な体から目をそらせるために作ったあの靴。

「それじゃ、アーデュエンナ一族のグリンダ様を覚えておいでですか？ サー・チャフリーとご結婚なさいまして、言わせていただければ、もう盛りは過ぎたようですがね。数年前、コルウェン・グラウンドにいらっしゃいまして。ネッサローズ様と昔話に花を咲かせて、大学時代を懐かしんでおられました。それで、グリンダ様がその靴に何か魔法をおかけになったんです。おっと、詳しいことは存じませんよ、あたしは魔法には疎いもんですから。その靴のおかげで、ネッサローズ様は人の助けを借りなくても、立ったり座ったり歩いたりできるようになったってわけです。今ではいつでもどこでもその靴を履いておられますよ。おかげで道徳心も高まったとおっしゃるんですが、それでいいたらもともと必要以上にお持ちでしたけれどもねえ。最近、マンチキン人たちがどんなに妄信的になったかお知りになったら、仰天なさいますよ」ばあやはため息をついた。「そんなわけで、あたしはエルファバ様のところに来たんです。魔法の靴にお株を奪われてしまいましたからね。ばあやはお役ごめんというわけですよ」

「もう年なんだから、仕事なんかしなくていいのに」とエルファバ。「ゆっくりひなたぼっこでもしてなさいよ。好きなだけここにいればいい」

「ご自分のお宅のような口ぶりですねえ。人を招待する権利がおありなんですか」

「ここから出ていってもいいと言われるまでは、ここがわたしの家なの。わたしにはどうすることもできない」

ばあやは目の上に手をかざして遠くの山並みを眺めた。昼の光を受けた山々は、磨いた角《つの》のように光っている。「畏れ多いことですねえ、エルファバ様は曲がりなりにも魔女で、ネッサローズ様は生きた聖者になろうとしているなんて。カドリングのひどい沼地で暮らしていた頃は、こんなことになると思いもしませんでしたよ。なんと言われようと、あなた様が魔女だなどとは信じちゃおりませんがね。でも、これだけは教えていただきますよ。リア坊ちゃんは、あなた様の御子ですか？」

エルファバは身震いした。冷たい胸の奥では、熱い心が脈打っていたけれど。「その質問には答えられない」と悲しげに言う。

「ばあやには何も隠す必要はありませんよ。お忘れですかね、あたしはお母様のお世話もしたんですよ。あれほどあけっぴろげでお盛んな方にはついぞお目にかかりませんでした。お若いときも、ご結婚なさってからも、世間のしきたりなどには縛られずにおいでで」

「そんな話、聞きたくない」

「それじゃ、リア坊ちゃんの話にいたしましょう。いったいどういうことです、こんな簡単な質問にも答えられないなんて。あなた様があの子を身ごもって産んだかそうでないかってだけのことじゃありませんか。あたしの知るかぎり、この世にはそれ以外の可能性はありゃしませんよ」

「このことについて、後にも先にもわたしが言えるのはこれだけ。マザー・ヤックルのお力添えで修道院に入ったとき、わたしは自分の身に何が起こってるのかもわからない状態だった。一年くらい死んだように眠ってた。もしかすると、その間に子供を産んだのかもしれない。頭が完全にはっきりするまで、もう丸一年かかった。最初に与えられた仕事は、病人や死に瀕《ひん》した人たちや、捨てられた子供たちの世話をすることだった。子供たちは何十人もいて、リアもその中の一人にすぎなかった。ここに来るために修道院を出たとき、リアも一緒に連れていくっていうのが条件だったの。理由なんて聞かなかった。目上の人の言いつけには、何も言わずに従うものだから。あの子に対して母性愛なんてこれっぽっちも感じない」――でも、本当にそうだろうかと、エルファバは息をのんだ――「それに、自分が子供を産んだ経験があるとも思えないし、わたしにそんなことができるとも思えない。わたしが無知で、現実を見ようとしないからそう思うだけなのかもしれないけど。この話はもうこれでおしまい。ばあやも、もう聞かないで」

「それでも、あの子に母親らしくする義務がおありなんじゃないですかね？　本当のところはわからないとしても」

「わたしが果たすべき義務は、わたしが自らに課したことだけ。それだけなんだから、ばあや」

「依怙地《いこじ》なお方ですねえ。それでは不幸になるばかりでしょうに。ですが、あたしがスロップ家の次の世代を育てるためにここに来たとお思いなら、そんな考えはお捨てなさいまし。ばあやはもう年ですからね。今のまんまで十分満足しておりますよ」

けれどもそれからの数週間、ばあやがリアに対して、ノアやアージの世話をするときよりずっと優しくしているのに気づかずにはいられなかった。リアもばあやの心遣いにうれしそうに応えているのを見て、エルファバは気がとがめるのだった。

ばあやがシェルの武勇伝を話すとき、その老いた心臓が胸の中でドキドキと脈打っているのが見えそうなほどだった。ばあやは魔法使いが行っている政策についても、いろいろと詳しく話してくれた。そのせいでエルファバは憤慨した。邪悪な人間たちのやることなどもう気にもとめたくない、とずっと思っていたのに。

ばあやの話では、魔法使いは新たに子供たちの合同訓練を始めたという。これは〝皇帝の庭〟という当たりさわりのない名で呼ばれている。四歳から十歳までのマンチキンの子供たちが、夏になると一カ月間合宿所に集められ、訓練を受ける。その内容については、誰にも言ってはいけないことになっている。子供にとっては、わくわくする遊びのようなものだろう。ばあやの話はだらだらとして要領を得ず、むしろよぼよぼの老人仲間を相手に炉端《ろばた》で話すほうがふさわしい。夕食の席で、欲求不満を溜《た》めこんでいるお堅いアージキ族の独身女たちに、シェル坊ちゃんなどという見知らぬ人物の話をしたところで、お門違いというものだ。シェル坊ちゃんはジャガイモの配達人に変装して、まんまと合宿所の門をくぐり抜けたんですよ。奔放な若者の冒険談って楽しいものですねえ！　合宿所の将軍の年頃の娘さんの、あられもない姿ったらなかったそうですよ。巧みにアリバイをでっちあげたり、戯れの恋に興じたり、あやういところで逃げ出したり！　それから、あいびきの場を見られそうにもなってしまって——それも子供たちにっていうんですから！　まあ大変！　ばあやは上品ぶってはいるものの、所詮《しょせん》はおしゃべり好きな田舎の老婆にすぎない。エルファバは思う。ばあやは気づいていないようだけど、この合宿とやらは、子供たちを洗脳し、裏切り、小競り合い程度の戦いに無理やり参加させようとする徴兵制度みたいなものではないのか。新たに芽生えたリアへの思いが絶えず意識の片隅にあったので、政府が子供たちを洗脳しようとしているなどと考えると、嫌悪のあまり身震いがした。

グリムリーの書をひもとこうと、エルファバはその分厚い表紙を開いた。革の表紙には金の留め具がついていて、銀の箔押しがされている。ページをめくり、なぜ人間は権威や力を求めるのか、その原因を探ろうとした。内なる獣性だろうか。人間という存在の中に潜んでいる、けだものの本能なのだろうか。

政権を倒す方法が書かれていないかどうかも調べてみた。実力を行使したり、打撃を与えたりする方法はいくつかあったが、戦略的な方法についてはほとんど見つからなかった。

グリムリーの書に記されているのは、杯《さかずき》の縁に毒を塗ったり、階段の踏み段がゆがむように魔法をかけたり、支配者の愛犬をそそのかして、飼い主に嚙みついて致命傷を与えるように仕向けたりする方法だった。また、夜の間に、標的の体のいずれかの穴から糸状のものを挿入する方法も示してあった。ピアノ線さながらに細く、条虫《じょうちゅう》さながらにうごめく導火線のようなものをこしらえて差しこめば、相手はすさまじい苦しみのうちに命を落とすという。どれもこれも、エルファバにはくだらないごまかしとしか思えなかった。

だが読み進むうちに、もっと興味深いものに行き当たった。「悪の詳細」と題された章の冒頭にある小さな絵だ。お人よしのサリマの言葉を信じるなら、この世界ではなくどこか別の世界で描かれたことになるが、顔の大きな女の鬼を巧みに描いたものだった。絵のまわりには、先細りの優雅なひげ飾り《セリフ》のついた角ばったブロンチエート書体の文字で、〈歯をむくヤカル〉と書いてある。エルファバはもう一度よく見てみた。半ば女性で、半ば草原ジャッカルのような生き物が、口を大きく開けて、前足でクモの巣を真ん中から引き裂こうとしている。どことなく修道院のマザー・ヤックルに似ている気がする。

サリマに言われたように、陰謀のことばかり考えているせいで、頭がちょっとおかしくなっているのかも。エルファバはページをめくった。

グリムリーの書には、圧政者を退位させる方法など書かれてはいなかった。役に立つことはひとつもない。聖なる天使の軍勢も、エルファバが求めている答えではなかった。どうして男も女もそんなに残酷になれるのか、その理由も書かれてはいない。どうしてそんなにすばらしくなれるのかも――そういうことが今後あるとすれば、だけど。

2

家族にとって、マネクの死はまさに大打撃だった。皆、口にこそ出さないが、リアの命が救われた代償としてマネクの命が奪われたのだと思っているようだ。妹たちにとって最も大きな痛手となったのは、大人になったマネクが自分たちの人生から失われてしまったことだ。これまでつらい境遇に耐えていられたのも、いつの日かマネクがフィエロのような、あるいはそれ以上に立派な男性に成長するのを楽しみにしていたからだ。マネクがキアモ・コの傾きかけた命運を立て直してくれると期待していたことに、今になって気づいたのだった。

アージは頼りなく、プレーリードッグ並みの使命感しか持ち合わせていない。ノアは女の子で、人並み以上に気まぐれで移り気なところがある。そういうわけでサリマは、うわべでは人生（人生の喜び、人生の悲しみ、人生の謎などと、こと細かに話すのが好きだった）を超然として受け入れているように振る舞っていたが、よりいっそう孤立を深めていった。妹たちから遠ざかり、食事も独り太陽の間でとるようになった。

アージとノアは、以前は意地悪なマネクに対抗するために時々結託していたが、今ではあまり一緒に過ごさなくなった。アージは古いユニオン教の礼拝堂に入り浸るようになり、もっと文字が読めるようになりたくて、古臭い聖歌や祈禱書《きとうしょ》をじっと眺めてばかりいた。ノアは礼拝堂が好きではなかった――経帷子《きょうかたびら》を着せられる前のマネクの亡骸《なきがら》を礼拝堂の中で見て以来、マネクの亡霊がうろついているような気がしたのだ。そこで魔女おばさんに取り入ろうとしたが、無駄だった。「チステリーにちょっかいを出すんじゃありません。仕事があるんだから、邪魔しないで」エルフィーは冷たく言い放ち、ノアを蹴飛ばそうとした。ノアは本当に蹴られたように悲鳴をあげて泣き、おびえて走り去った。

もう夏が近づいていたので、ノアは高地にある谷間を歩きまわるようになった。谷底には川が流れ、谷の向こう側では羊が草を食《は》んでいる。一年で今が一番いい草がある時期なのだ。去年までだったら、兄たちと一緒でなければ来させてもらえなかっただろう。だが、今年は誰もノアのことなど気に留めず、出かけるのを止めようともしなかった。ノアは止められてもかまわなかったし、ムチでぶたれたってかまわなかった。寂しかったのだ。

ある日、いつもより遠くまで出かけ、若い力がみなぎる脚の赴くままに、谷に向かって歩いていった。まだ十歳だが、大柄で、大人びた十歳だった。緑のスカートをたくしあげてベルトに挟みこみ、太陽が空高くからじりじりと照りつけてくるので、ブラウスを脱いでバンダナのように頭に巻きつけていた。胸はまだ平らで、羊だって驚かないだろう。それに、羊飼いがいれば数キロ先からでもわかる。

いったいどうしてあたしは広いオズの国の中でもこんなところにいるのだろう。ノアはつらつらと思いをめぐらせた。あたしは山の中にいる女の子。ほかには風、羊、それから草原だけ。エメラルド色の炎のような草原はラーラインマスの飾りのように緑と金に彩られ、風が吹きあげるときは絹のようになめらかになり、吹き降ろすときは逆立つ。その中に、あたしと太陽と風だけ。そのとき、岩の向こうから兵士の一団が姿を見せた。ノアは草の中に横になってブラウスをちゃんと着ると、うつ伏せになって肘をつき、隠れて様子をうかがった。

今までに見たことのある兵士たちとは違う。鎧兜《よろいかぶと》をかぶって槍と盾で正装したアージキ族の兵士ではない。茶色の軍服を着て帽子をかぶり、肩にはマスケット銃らしきものを担いでいる。ブーツのようなものを履いているが、丈が高くて山歩きには不向きだ。一人が立ち止まり、釘《くぎ》だか石ころだかを取り出すためにブーツを脱いで手を突っこむと、肘のところまですっぽり入ってしまった。

服の前には、緑の線が縦に一本と、それと交差する横の線が一本入っていた。ノアは不思議な胸騒ぎを覚え、ちょっとぞくっとした。同時に、あの人たちに見つけてほしいと思った。マネクならどうしたかな。アージなら逃げるだろうし、リアならうろたえるだけのはず。でも、マネクは？　マネクなら、まっすぐあの人たちに近づいて、何が起こっているのか確かめるんじゃないかな。

そこで、ノアもそうしようと思った。ブラウスのボタンがちゃんと留めてあることをもう一度確かめてから、兵士たちに向かって斜面を進んでいった。兵士たちが皆彼女に気づき、ブーツを脱いでいた男がまた履き直す頃には、ノアは後悔しはじめていた。やっぱりやめておいたほうがよかったかも。でも、今さら引き返すわけにはいかない。

「ようこそ」ノアはアージキ族の言葉ではなく、東で使われている正式の言葉で挨拶をした。「ようこそ。止まってくださいな。あたしはアージキ族の王の娘です。皆さんが大きな黒いブーツで踏みつけているこの谷間は、あたしの土地なんですよ」

ノアが兵士たちをキアモ・コの要塞に連れてきたのは、真っ昼間のことだった。妹たちは夏の洗濯用の庭で、自分たちで絨毯を叩いてほこりを落としていた。村の雑役婦が丁寧に扱ってくれるとは思えなかったからだ。玉石の上を歩くブーツの足音が聞こえると、妹たちは顔をほてらせ、綿のスカーフで頭を覆ったまま、ほこりまみれの姿で回廊を走っていった。エルファバも足音を聞きつけて窓を開け、外をにらみつけて大声で言った。「わたしが下りていくまで、一歩たりとも近づくな。さもないと、ネズミに変えてやるから。ノア、その人たちから離れなさい。さあ、あなたたちも離れて」

「皇太后を呼んでまいります、皆さんがよろしければ」とツーが兵士たちに言う。

だが、昼寝中だったサリマが目をこすりながらやってくる頃には、エルファバは下にいて、ほうきを担いで眉を吊りあげていた。「あんたたちにここに来る権利はない」修道服に身を包んだエルフィーは、いつもよりいっそう魔女らしく見える。「歓迎してもらえるとでも思ってるの？　責任者は誰？　あんた？　この軍隊の指揮を執ってるのは誰よ。あんた？」

「失礼ながら、奥様」と一人の男が言った。三十がらみの、がっしりした体格のギリキン人だ。「私が司令官で、チェリーストーンと申します。我々がこのケルズ周辺に駐留する間、我が隊が泊まるのに十分な大きさの家を徴発せよと、皇帝陛下からの命令であります。我々は千年平原に至る山道を調査するためにまいりました」そして、懐から汗染みのついた書類を取り出した。

「あたしが連れてきたんだよ、魔女おばさん」ノアが得意そうに言った。

「さっさと中に入りなさい」エルファバはノアに言った。「あんたたちを歓迎するつもりはこれっぽっちもないし、この子もあんたたちをご招待する権利はない。さっさとまわれ右して、あの跳ね橋から出ていきなさい」ノアがうなだれる。

「これはお頼み申しあげているのではなく、命令なのですが」チェリーストーン司令官が言い訳がましく言った。

「これは忠告なんかじゃなく、警告だよ」とエルファバは答えた。「さあ、行きなさい、さもないと後悔するよ」

この頃には、すっかり事情を察したサリマが兵士たちに近づき、そのまわりを妹たちが胸を高鳴らせながらがやがやと取り囲んでいた。「おばさま、山の掟をお忘れのようね。その掟があったからこそ、こうしてここにいられるのですよ、あなたも、あなたの乳母も。わたくしたちは客人を追い返すようなまねはいたしません。さあ、皆様、申し訳ございません、この人は激しやすいものですから。わたくしどもの非礼をお許しください。軍服を着た方々をお見かけするのは、ずいぶん久しぶりのことですので」

妹たちは、短い時間でできるかぎりめかしこんでいた。

「そんなのだめ、サリマ」とエルファバ。「あなたはここから外に出たことがないから、この人たちがどんな人か、何をもくろんでるか分かってない！　わたしは反対です。いいですか？」

「この方は志が高くて決断力があって、そばにいてくれると本当に楽しいのですけれどもね」サリマは少し嫌味をこめて言った。普段、エルファバと一緒にいるのが楽しいのは本当のことだが、でしゃばったまねをされるのは気に入らない。「さあ、皆さん、こちらへどうぞ。まず、汗を流してくださいな」

アージは兵士たちにどう接したらよいかわからず、あまり近づこうとしなかった。自分が兵士にされるのが怖いのか、兵士に心を奪われてしまうのが怖いのか。もうかなり暖かくなっていたので、礼拝堂に寝袋を持ちこんで寝るようになった。ばあやの見たところ、アージはおかしなことになっているようだ。「ばあやの目に間違いはございませんよ。長年、お母様のご主人のフレックス様が宗教に身を捧げる姿や、ネッサローズ様を見てまいりましたからね。狂信者を見ればわかりますとも」とエルファバに言った。「あの坊やは、兵隊さんたちから男らしさってものを学んだほうがよさそうですねえ、ここで何が起きているにしても」

一方、リアは有頂天だった。追い払われないかぎりチェリーストーン司令官のあとをついてまわり、兵士たちのために水を運んだり、ブーツを磨いたりした。そののぼせ方たるや、はたから見ても明らかだった。山道を歩きまわったり、近くの谷間を調査したり、川を渡れる浅瀬を地図に書きこんだり、のろしを上げるのにふさわしい場所を選んだりする中で、リアはこれまでにないほど体を動かし、新鮮な空気をたくさん吸うことになった。山岳ハープの背のように曲がりかけていた背中も、まっすぐに伸びてきたようだ。兵士たちはリアなど相手にしなかったが、かといって冷たくあしらうわけでもなかった。そのためリアは、自分は受け入れられ、好かれているのだと思っていた。

妹たちは、軍隊に入るのはどんな身分の男たちであるかを思い出し、多少落ち着きを取り戻した。楽なことではなかったが。

サリマだけは、これまでの暮らしが乱されても落ち着いて過ごしているようだった。村まで出向いて、兵士たちの食料を調達するのを手伝ってほしいと頼んでまわると、村人たちは断るのもはばかられ、恨めしく思いながらも、牛乳や卵やチーズや野菜を持ってきた。ほとんど毎晩、生簀から捕ってきたスタウチやガーモットが食卓にのった。そしてもちろん、夏は猟の獲物がある。ウズラ、丘不死鳥、ロック鳥のひな——兵士たちが狩りの腕前を示して獲ってきたものだ。ばあやは、調査隊をもてなすうちにサリマの悲しみが癒され、少なくとも一緒に食事の席につくようになるだろうとふんでいた。

だが、エルファバは誰に対しても腹が立って仕方がなかった。司令官とは毎日のように言い争った。リアを連れ歩くのはやめるようにと釘を刺し、リアにも司令官につきまとうなと言い聞かせたが、まったく効果はなかった。初めて芽生えた母親らしい感情といえば、自分は母としては役立たずなのだ、取るに足らない存在としてあっさりと無視されてしまうのだ、というものだった。いったい人間がどうやって一世代以上も生きながらえることができたのか、不思議でならない。リアを父親代わりの口の達者な連中から守るために、いっそリアの首を絞めてしまいたいと思わずにはいられなかったのだ。

エルフィーはチェリーストーン司令官から軍の目的をなんとか探り出そうとしたが、司令官ははぐらかすばかりで、ますます冷淡でよそよそしくなっていく。社交術がからきしだめなエルファバとは対象的に、よりにもよってこの司令官は、社交上の礼儀をよく心得ていた。そのせいでエルフィーは、クレージ・ホールで社交好きな学生たちに囲まれたときに感じたような気持ちを味わった。「あんな兵士のことなんか気にしちゃだめですよ。どうせそのうちいなくなるんですから」とばあやが言った。ばあやくらいの年になると、世の中の出来事は、きわめて重大な事件か、取るに足らない些細《ささい》なことのどちらかになってしまうのだ。

「サリマから聞いたんだけど、ヴィンカスで皇帝軍を見たことはこれまでほとんどなかったんだって。ここは昔から不毛の地で、活気もなく、オズの北部や東部の農民や商人にとっては何の魅力もない土地だった。いろんな部族が何十年も、もしかしたら何百年も前からここで暮らしてる。よそ者なんて、地図を作る人が時々ふらりと現れて歩きまわってはすぐに去っていくくらいだった。この地域で何か軍事作戦でも行われてるんだとは思わない？　ほかに考えられる？」

「あのお若い方々が山歩きで疲れきった体を回復するのにどれくらいかかっているか、ごらんなさいな。司令官の言うとおり、調査に間違いございませんよ。必要な情報が手に入ったら、去っていきますとも。それに、このあたりは、一年の三分の二は雪に埋もれたり泥でぬかるんだりしてるっていうじゃありませんか。まったくあなた様は心配性ですねえ、昔からそうでしたけれど。あたしたちがカドリング人のことだって、まるで自分だけのお人形みたいなご執心ぶりで。彼らが改宗させたか立ち退きを迫られたか何かしたときだって、とても手に負えませんでしたっけ！　お母様はそれは心を痛めておいででしたよ。本当ですとも」

「カドリング人が皆殺しにされたことは、ちゃんと記録に残ってる。それに、わたしたちはそれをこの目で見た」エルファバは語気荒く言った。「ばあやだって見てたはず」

「あたしはお子様方の面倒をみるだけであって、世の中の面倒まではみられませんよ」とばあやは言って、紅茶をごくごくと飲み干し、キリージョイの鼻をかいてやった。「リア坊ちゃんの面倒だって、エルファバ様以上にみておりますからね」

このおしゃべりばあやと言い争っても無駄だ。そこでエルファバは再びグリムリーの書をめくり、兵士たちを門から締め出せるような、ちょっとした呪文がないかどうか探してみた。大学時代にグレイリング先生の魔術の授業に顔だけでも出しておけばよかった。

「もちろん、お母様はエルファバ様のことを心配しておいでで したよ、いつだって」と、ばあや。「子供のときは、本当に変わった子でしたからねえ。お母様がどんなにつらい思いをなすったことか！　今のエルファバ様は、メリーナ様と似たところがありますね。ただ、もっと頑《かたく》なでいらっしゃるけれど。なにしろお母様は、誰に対してもすぐに心を許す方でいらっしゃいましたから。そうそう、エルファバ様がお生まれになったとき、女の子だったのでがっかりなさったんですよ。男の子にちがいないって思ってらしたものですから。それで、あたしをエメラルド・シティに行かせて薬を……」だが、ばあやはふと口ごもった。「それとも、あの薬は次に生まれる子が緑色にならないようにするためだったかしら？　そうそう、きっとそうですよ」

「どうして母さんは男の子を欲しがったの？」エルファバは尋ねた。「わたしに選択権があったなら、母さんの望みどおりにしてた。そんなに単純なことじゃないでしょうけど、生まれたときから母さんをがっかりさせてたと考えるとたまらない気持ちになったんだから。外見のことだけじゃなくて」

「おやおや、お母様に悪気はなかったんですよ」ばあやは靴を脱いで、杖で足の甲をさすりながら言った。「メリーナ様は、コルウェン・グラウンドでの生活がお嫌いだったんです。ですから、フレックス様と恋に落ちて、まんまと逃げ出したんですよ。メリーナ様のおじい様、スロップ総督は、メリーナ様に跡を継がせるとお決めになっておられましてね。

マンチキンでは、女が称号を継ぐことになっているんですよ、女の子がいるかぎりはね。家族が持っている称号、そしてそれにつきまとう責任は、スロップ総督からレディー・パートラ、それからメリーナ様、それからメリーナ様の長女に受け継がれていくことになっておりました。メリーナ様は、生まれたのが息子だけなら、子供をその義務から解放できるとお考えだったんです」

「でも、いつもあんなに懐かしそうに実家のことを話していたのに！」エルファバはびっくりした。

「そりゃ、自分が失ったものは、何だってすばらしく思えますよ。でも、財産やら責任やらとうるさく教育されたせいか、お若いときにはそういったものが大嫌いでしてね。それに反抗するために、早くから、自分に気のある男となら誰とでもかまわず寝たりして。フレックス様とは駆け落ち同然だったんですよ。地位や財産ではなくて、メリーナ様ご自身が好きになったのはフレックス様が初めてでしたから。それで、ご自分の娘もそんな地位はいやがるだろうとお考えになったので、男の子を欲しがったんです」

「でも、そんなの意味ないじゃない。息子だけで娘がいなかったら、一番上の息子がその地位を継ぐことになるんでしょ。わたしが男の子で妹がいなかったとしたら、やっぱりわたしが厄介ごとを引き受けることになってたはず」

「そうとはかぎらなかったんですよ。お母様には、お姉様が一人おりましたから。生まれつきおつむのほうがちょっと弱かったようですけれどもね。お姉様は離れたところにお住まいでした。でも、子供を産める年にはなっていましたし、体は丈夫でしたから、女の子を産む可能性はあったんです。で、お姉様に先に娘が生まれていたら、その子が総督の地位と財産を受け継ぐことになったはずですよ」

「それじゃ、わたしにはいかれたおばさんがいるってことね」魔女は言った。「頭がおかしくなるのって、うちの血筋なのかな。その人、今はどこにいるの？」

「エルファバ様がまだ幼い頃、流感にかかってお亡くなりになりました。跡継ぎを残さずにね。それで、メリーナ様の望みもついえたってわけです。とにかく、そんなところが若き日のメリーナ様のお考えでした。せっかちで向こう見ずで。若気の至りというやつでしょうね」

エルファバは母親のことはあまり覚えていなかったが、残っているわずかな思い出は懐かしく、ときには胸を焦がすこともあった。「でも、ネッサローズが緑の肌で生まれないように薬を飲んだっていうのはどういうこと？」

「エメラルド・シティで、占い師の老婆から錠剤を手に入れたんですよ。その老婆に、何が起こったか聞かせまして。つまり、あなた様の肌の色が普通じゃないっていうことと、あの歯のこともね――あれから人間らしい歯に生え変わって、よかったですねえ。それで、その占い師は、あなた方ご姉妹がオズの歴史で重要な役割を果たすだろうっていう、ばかげた予言をしたんです。それに、効き目のあるという薬もくれました。前から思っていたんですが、もしかするとあの薬のせいで、ネッサローズ様のお体があんなことになってしまったのかもしれませんねえ。もう二度と占い師の薬なんぞには手を出しませんよ。ええ、今じゃもう、よく心得ておりますとも」ばあやは笑顔を見せた。この件について何らかの責任を感じていたとしても、とっくの昔にばあやは自分を許していたのだった。

「ネッサローズのあの体」エルファバは考えこんで言った。「母さんが占い師の薬を使ったら、二人目の娘には腕がなかった。緑色の娘に、腕なし娘。母さんは娘に恵まれなかったんだね」

「でも、シェル様は目の保養ですよ」ばあやはほがらかに言った。「それに、なにもすべてお母様が悪いっていうわけじゃありません。まず、ネッサローズ様が誰の子かもよくわかりませんでしたし、それからあのヤックルばあさんからもらった薬もありますし。お父様のふさぎこみようといったら――」

「ヤックルばあさん？　どういうこと？」エルファバはぎょっとして言った。「それに、ネッサローズが父さんの子でないとしたら、いったい誰の子だって言うの？」

「やれやれ、もう一杯お茶をくださいまし、そしたら教えてさしあげますよ。あなた様ももう大人ですし、メリーナ様もずっと前にお亡くなりになりましたからね」ばあやはだらだらとまわりくどく話しはじめた。タートル・ハートという名前のカドリング人のガラス吹きのこと、ネッサローズがフレックスの娘かどうかメリーナもわからなかったこと、ヤックルについては、その名前と薬と予言のことしか覚えておらず、もともと知らないことは思い出しようがないこと。エルファバが生まれたときにメリーナがどんなに落ちこんだかは黙っていることにした（それまでもひと言だって口にしたことはなかったが）。話したって、どうにもなるもんじゃなし。

エルファバは苛立《いらだ》ちを覚えながらも最後まで聞いていた。心のどこかでは、今の話をきれいさっぱり忘れてしまいたいと思っていた。過去のことなどどうしようもないではないか。しかしその一方で、今聞いたことを考えてみると、さまざまなことが違った意味合いをおびて見えてきた。それに、ヤックルだなんて！　この名前、ただの偶然だろうか？　グリムリーの書にあった〈歯をむくヤカル〉の絵をばあやに見せてみようか。いいや、やめておこう。ばあやを脅かしたって仕方がない。悪夢にうなされることになってもかわいそうだ。

そこで、二人は互いにお茶を注ぎ、過去のことをあれこれ振り返ってつらい思いをするのはやめることにした。だが、エルファバはネッサローズのことが心配になってきた。ネッサは総督の地位など継ぎたくなかったのかもしれない。わたしがここに閉じこめられているように、あそこで身動きできなくなっているのではないだろうか。わたしが自由でいられるのは、ネッサのおかげなのかもしれない。それにしても、人はいったいどれだけ他人のおかげで生きていくことになるのだろう? 終わりはないのか?

3

ノアは混乱していた。あっという間に、自分の人生ががらりと変わってしまったのだ。世界は今まで以上に魔法に満ちていたが、その力は外にではなく、自分の中にあった。ノアの体は今や燃えあがり花開こうとしていたものの、誰も気づかなかったし、気にも留めなかった。

リアは調査に来た兵士たちの雑用係として立ち働き、アージはラーラインに捧げる長大な賛歌づくりにいそしんでいる。妹たちは、駐在している男たちに対する態度を決めかねて、部屋に閉じこもってばかりいた。そのうち運命が変わるんじゃないかしら、と胸をときめかせて。しきたりによれば、自分たちが結婚相手を探すことはできない――サリマが再婚しないかぎりは。妹たちはチェリーストーン司令官とサリマを近づけようといろいろ画策したが、うまくいかなかった。そこで、さらに計画を練った。スリーは魔女おばさんに、例の魔法の本で媚薬《びやく》が作れないかと尋ねたほどだった。「ふん、そんなもの、誰が作るもんですか」というのがエルファバの答えだった。それでこの件はおしまいとなった。

ひとりぼっちのノアは、男たちの宿舎に顔を出し、リアが頼まれなかった仕事や、男たちが気づかないような仕事を引き受けることにした。衣服を外に干したり、ボタンを磨いたり、丘から花を摘んできたり。夏の果物やチーズを盛りつけたお皿を持っていくと、兵士たちは喜んでくれた。特に、ノア自身が兵士の間を給仕して歩くときには。頭のはげかかった若くて浅黒い男が、魅惑的な笑みを浮かべながら、オレンジの房をノアの手から自分の口に入れてくれと頼み、ノアの指についた果汁をなめ取ると、ほかの者たちがおもしろ半分、やっかみ半分ではやし立てた。「おれの膝に乗りな。今度はおれが食べさせてやるよ」その男はそう言っていちごをノアに差し出したが、ノアは誘いに乗ろうとしなかった。誘いを断るのって、なんていい気分なのかしら。

ある日、ノアはみんなの部屋の大掃除をしてあげようと思い立った。兵士たちは、丘を下ったところにあるぶどう畑の収穫高を調べるために出かけていて、一日中戻ってこないはずだ。ノアは古くなった服を着て、天秤棒《てんびんぼう》にバケツを吊るして肩に担いだ。それから、魔女おばさんがばあやと一緒にどうやらサリマの噂話に興じているようだったので、魔女のほうきをこっそり持ち出した。ほかのよりも柄が長くて穂先がたっぷりしていたからだ。そして、兵士たちのバラック小屋に向かった。

ノアは字があまり読めなかったので、椅子の背に無造作に掛けられた革のかばんからあふれている手紙や地図は気にも留めなかった。トランクを片づけて掃き掃除をするうちに、ほこりが舞いあがり、体がほてってくる。

ノアはブラウスを脱ぎ、兵士のマントを一枚、日に焼けた肩の上からまとった。干したあとでもマントには男の体臭が強く残っていて、気が遠くなりそうだ。ノアは誰かのわら布団の上に横になり、マントの前を少し開けた。自分が眠っているところへ男たちが戻ってきて、膨らみはじめた胸の間のなめらかな肌を目にするところを想像してみる。眠ったふりをしていようか。でも、あたしにそんなことできっこない。ノアはそう思うとがっかりして起きあがり、腹いせに何かを叩いてやろうと、近くにあるものに手を伸ばす。手の先には、たまたまあのほうきがあった。

ほうきには手が届かなかったが、ほうきのほうから少し近寄ってきた。ひとりでに床の上を動いたのだ。間違いない。魔法のほうきだ。

このほうき、意思をもってるのかな？　恐る恐るほうきに触ってみる。触った感じでは、普通のほうきと何も変わったところはない。ただ、目に見えない精霊の手に導かれるように動いている。「どの木からつくられたの？　どこの野原で刈り取られたの？」と優しく話しかけてみた。答えが返ってくるとは思っていなかったが、やはりうんともすんとも言わない。ほうきは震え、何かを待っているかのように、床からほんの少し浮きあがった。

ノアは、マントについているフードをすっぽりとかぶった。それから夏のスカートを膝までたくしあげ、子供が木馬に乗るときのように、片足を上げてほうきにまたがった。

ほうきがゆっくり浮かびあがり、ノアは床につま先で立ちながらバランスを取ろうとした。少しずつ、少しずつ――重心は高く、バランスの取れる範囲は狭い。柄の先がぐいっと上を向き、またがっていたノアは穂の部分まですべり落ちて、鞍《くら》に座るような格好になった。ほうきにぎゅっとしがみつく。脚が、特にもものの上のほうが膨らんだ気がした。こうすればしっかりと柄を挟みこめる。光と風を入れるために部屋の端にある大きな窓が開いていて、ほうきは床から一メートルほど浮きあがると、窓枠に近づいた。

そこでほうきはさらに一メートルほど浮きあがり、ノアを乗せたまま窓から飛び出した。胃がよじれ、かかとが穂の下でぶつかり合う。城の中庭に出ていたら、誰かに見られていただろう。だが、ありがたいことに出たのは反対側で、まだしばらくは崖もなく、なだらかな地面が続いている。ノアはこの奇妙な冒険に興奮してすすり泣いていた。マントが風になびいて、胸があらわになる。ブラウスを脱いだ姿を見てほしいなんて、どうしてそんなこと考えられたんだろう？ 「ああ、どうしよう」とノアは叫ぶ。ほうきに向かって言っているのか、守護霊か何かに向かって言っているのか、自分でもわからない。風に素肌をさらしているのと怖いのとで身震いしたが、ほうきはますます空高く舞いあがり、ついに城の中で一番高いところにある魔女の部屋までやってきた。

魔女とばあやがティーカップを口に運ぶ途中で手を止め、口をあんぐり開けてこちらを見ている。

「すぐに下りてきなさい」魔女は命令した。ノアに言っているのか、それともほうきに言っているのだろうか。それに、そんなこと言われても、ほうきを操る手綱もないし、魔法の呪文も知らない。けれどもほうきはおとなしくなり、向きを変えて降下しはじめ、兵士たちのバラックの床にどさりと乱暴に着地した。ノアは震えて泣きながらほうきから飛び降り、服をきちんと身につけた。ほうきにはもう触れたくもなかったが、拾いあげてみると、もう命は失せてしまっているようだ。厳しく叱られるのを覚悟しながら、ほうきを魔女の部屋に持っていった。

「わたしのほうきでいったい何をしてたの？」魔女がわめきたてる。

「兵隊さんたちの部屋を掃除してたの」ノアは早口で言い訳した。「本当に汚かったんだよ、書類とか服とか地図なんかが散らばってて……」

「わたしのものに手を出さないで」と魔女。「それで、書類ってどんな?」

「図面とか地図とか手紙とか。よくわからなかった」ノアは元気を取り戻してきた。「自分で行ってみたら？　あたしはよく見てこなかったから」

魔女はほうきを手にした。それでノアをぶとうかと考えているように見える。

「ばかなまねはやめなさい、ノア。あの男たちに近づくんじゃない」魔女の声は冷ややかだった。「絶対に近づいちゃだめ！」こう言うと、偉い人が持つ杖のようにほうきを持ちあげた。「あの男たちにとって、あなたを傷つけるのは、つばを吐きかけるのと同じくらい簡単なんだよ。いいこと、あの男たちに近づいちゃだめ。それに、わたしにも近づかないで！」

　そういえば、このほうきはマザー・ヤックルからもらったのだった。あの頃はわたしも若くて、年老いたマザー・ヤックルのことは、体が不自由で厄介な年寄りとしか思っていなかったけれど、今振り返ってみると、見た目以上の何かがあったのかもしれない。カンブリシアの魔女の力がマザー・ヤックルにいくらか残っていて、それであのほうきに魔法をかけたのだろうか。それとも、ノアの内に眠っていた力が花開いて、何の変哲もないほうきに魔力を与えたのだろうか。ノアは確かに魔法の力を強く信じているようだ。誰かがそんなふうに魔法の力を信じてくれるのを、ほうきは待っていたのかもしれない。わたしが乗っても飛んでくれるだろうか。

ある晩、みんなが部屋に引きあげたあと、エルファバはほうきを持って中庭に出た。我ながらばかばかしいと思いながらも、子供が木馬にまたがるように、ほうきにまたがってみる。「さあ飛んでごらん、このおんぼろほうき」と小声で命じると、ほうきが前後にいやらしい動きをしたので、内股に擦り傷ができてしまった。「わたしはうぶな小娘じゃないんだよ。ばかなまねはやめなさい」ほうきは五十センチほど宙に浮くと、エルフィーを振り落とし、エルフィーは尻もちをついてしまった。

「おまえを火にくべてやる、そしたら一巻の終わりだよ。わたしはもうこんな侮辱に甘んじる年じゃないんだ」

いろいろと試してようやく地面から二メートルほど浮かびあがれるようになるまで、五晩か六晩ほどかかってしまった。これまでも魔法をうまく使えたためしはなかった。何事もうまくできない定めなのだろうか？　そのうち、ようやくメンフクロウやコウモリをびっくり仰天させられるようになったときはうれしかった。それに、自由に飛びまわれるのはいいものだ。自信がついてくると、はるばる谷間まで飛んでいき、摂政《オズマ・リージェント》オズマが手がけたダム工事の名残を見に行った。歩いて戻る羽目にならなければいいけど、と思いながらひと休みする。結局、帰りも歩かずにすんだ。ほうきはなかなか言うことを聞かなかったが、そんなときは燃やしてやると脅してやればよかった。

なんだか、夜の天使になったみたいだ。

真夏になると、アージキ族の商人がやってきた。壺《つぼ》やスプーンや糸の束などと一緒に、北の前哨地《ぜんしょうち》からの手紙を運んできたのだ。その中に、父フレックスからの短い手紙があった。ばあやからどこにエルファバを捜しに行くつもりか聞いていたらしく、修道院にあてて書いたものが、ヴィンカスのキアモ・コに転送されてきたのだ。手紙によれば、ネッサローズの指揮のもとに反乱が起こり、マンチキン（の大部分）はオズから分離し、独立国家となったという。

そして、スロップ総督であるネッサローズが国家元首となった。フレックスは、長子であるエルファバこそがこの地位に就くべきだと考えているらしく、コルウェン・グラウンドに来て、元首の座を求めてはどうかと言ってきた。「ネッサローズはこの仕事にふさわしくないのではあるまいか」などと書いてあったが、父がそんなことを心配しているとは意外だった。宗教に熱心なのはネッサローズであって、エルフィーは決してそんなふうになれないというのに。

べつに国を支配したいとも思わないし、どんな形であれ元首の座をネッサローズから奪おうとも思わない。でも、ほうきがあれば長い距離でも飛んでいける。夜中に飛ぶようにして、コルウェン・グラウンドまで行って、数日の間、父さんやネッサやシェルとまた一緒に過ごしてみようか。シズでネッサと別れてから、もう十数年が経つ。あのとき、ネッサはアマ・クラッチが死んだショックで、酔って泣いていたっけ。

マンチキンが魔法使いの圧政から解放されたのだ！　それだけでも行く価値はあるだろう。魔法使いに対して以前抱いていた軽蔑の気持ちがよみがえったことを感じ、思わず少し頬がゆるむ。これが癒しというものなのかもしれない。

念のために、ある日の午後、兵士たちが出かけたあとのバラックを訪れた。書類にざっと目を通してみる。どれも、地図の作成や地質調査に関するものだった。ほかには何もない。アージキ族やヴィンカスのほかの部族を脅かすような秘密の計画はなさそうだ。

早く出発すれば、それだけ早く戻ってこられる。誰にも気づかれないほうがいい。そこで、エルファバはみんなに、しばらく塔に一人でこもっていたいから、数日間食事もいらないし、お客も通さないでほしいと伝えておいた。それから真夜中の鐘が鳴るのを待ち、コルウェン・グラウンドへ、そして今や権力者となった妹のもとへ飛び立った。

4

昼間は納屋の裏や軒下、煙突の陰などで眠り、夜になると先へ進んだ。暗がりの中、眼下にオズの国が広がる。景色がよく見えるように、地上から二、三十メートルくらいの上空を飛んだ。田舎の風景が、舞台の背景のようにどんどん移り変わっていく。大ケルズ山脈の急斜面を下るときが最大の難所だった。だが山を越えてしまうと、ギリキン川に沿ってオズの国の肥沃な沖積《ちゅうせき》平野が広がっていた。

川の流れを伝って商船や島々の上を飛び、ついにギリキン川が流れこむオズ最大の湖、レスト湖にたどり着いた。黒い油のようになめらかな波が、菅《すげ》の茂みや沼地にひたひたと打ち寄せる。その上を南岸沿いに飛び続け、ひと晩かけて湖を渡った。東からレスト湖に流れこんでいるマンチキン川の河口を見つけるのには少し苦労したが、いったん見つけてしまうと、黄色いレンガの道もすぐにわかった。その向こうに広がる農地はいっそう青々としている。子供の頃に経験した厳しい干魃《かんばつ》の影響はもうどこにも残っていない。農業に適した土壌と気候に恵まれた大地には、一面に畝《うね》ができ、作物が育っていて、あたりの農場や小村は栄えているようだ。まるでおもちゃの町のように幸せそうで、ちんまりと居心地よさそうに見える。

だが、さらに東へ進むにつれて、だんだんと道が荒れてきた。レンガはかなてこで引きはがされ、木々は切り倒され、新たに生垣ができている。小さな橋は、いくつか爆破されたようだ。皇帝軍の報復に備えて先手を打ったのだろうか。

キアモ・コの自室を出発してから七日後、ようやくコルウェン・グラウンドの村にたどり着いたエルファバは、緑の月桂樹《げっけいじゅ》の下で眠った。目が覚めてから、商人に屋敷はどこかと尋ねると、商人は悪魔にでも出会ったかのようにぶるぶる震えながら、方角を教えてくれた。マンチキンの人たちは、今でも緑の肌を見るとぞっとするようだ。そう思いながらエルファバは残りの数キロを歩き、朝食の時間を少し過ぎた頃、コルウェン・グラウンドの屋敷の正門に到着した。

いつだったか、カドリングの膝下までの沼を防水ブーツを履いて歩きながら、母がコルウェン・グラウンドについて、恋焦がれるように、それでいて腹立たしげに、話してくれたことがあった。エルフィーはシズの由緒あるこぎれいな建物やエメラルド・シティの華やかさを知っているので、多少立派な建物を見ても驚かないはずだった。だが、コルウェン・グラウンドの屋敷の壮麗さには圧倒され、度肝を抜かれてしまった。

門には金めっきが施され、前庭には余分な草一本、ちりひとつ見当たらない。大きな正面玄関の上のバルコニーには、聖人の姿に刈りこまれた木を植えた素焼きの鉢がずらりと並んでいる。玄関の片側には、高官が数人ずつ集まって立っていた。身につけている記章は、マンチキン自由国での新しい地位と格式を示しているらしい。皆コーヒーカップを手にし、内密の会合を早朝に終えたばかりという風情《ふぜい》だ。エルファバが門を抜けると、剣を持った男たちがすかさず近づいてきて行く手をさえぎった。危険人物か頭のおかしいやつだと、ひと目で決めつけられたらしい。抗議したが聞き入れてもらえず、追い出されそうになったそのとき、あずまやの向こうから現れた人物が衛兵たちを止めた。

「ファバラ!」その人は言った。

「ええ、父さん。わたしです」エルファバは子供のように行儀よく答えた。

そして父のほうを向いた。高官たちはちょっとの間だけ話し合いをやめたが、父娘の再会を盗み聞きするのは失礼きわまりないと気づいたらしく、すぐにまた話を始めた。衛兵たちは、フレックスが近づくと後ろに下がった。フレックスの髪の毛は少なくなってはいたが、昔と同じように長く伸ばして革の留め具でまとめてある。両手でなでているひげはクリーム色で、手を放すと腰まで届いた。

フレックスはエルファバを見つめながら言った。「これは東の総督の姉で、私の上の娘だ。通してやってくれ。今回だけでなく、この子がやってきたときにはいつでも」フレックスは手を伸ばしてエルファバの手を取ると、鳥のように頭をまわして、見えるほうの目でエルファバを眺めた。反対の目は見えないのだ。

「おいで、ほかの人がいないところで、二人だけで話そうじゃないか。それにしてもファバラ、しばらく会わないうちに、母さんそっくりになったなあ！」フレックスはエルファバと腕を組んで屋敷の通用口から中に入り、サフラン色の絹とプラム色のベルベットのクッションが置かれた客間へ向かった。部屋に入ると扉が閉まる。フレックスはそろそろとソファーに身を沈め、横にあったクッションを軽く叩いた。エルファバも腰を下ろした。疲れきっていたが、自分でも驚いたことに、父親に対する強い感情がこみあげてきた。甘えたくてたまらない。でも、いけない。もういい大人なんだから。

「手紙を受け取ったら、きっと来てくれると思っていたよ、ファバラ。ずっとそう思っていた」フレックスはエルファバをぎこちなく抱きしめる。「ちょっと泣かせておくれ」しばらくしてフレックスは涙をぬぐうと、今までどこに行っていたのか、何をしていたのか、どうして帰ってこなかったのかと尋ねた。

「帰るところがあるなんて思わなかったの」とエルファバは答えながら、本当にそうだったのだとしみじみ感じた。「父さんは、町中の人を改宗させたと思ったら、もう次の場所を求めて移動した。魂が住まうところだったらどこでも父さんのふるさとだったけど、わたしのふるさとは違った。それに、わたしにもやることがあったし」しばらくしてから、小さな声で付け足した。「少なくとも、そのつもりだったんだけど」

エメラルド・シティに数年いたことは話したが、その理由については黙っていた。

「それで、ばあやの言ったとおりだったのかな？　修道女だったのか？　そんな従順な子に育てたつもりはなかったが。驚いたね。おまえがそんなふうに規律に従って暮らせるとは……」

「わたしはユニオン教を信じたことなんてなかったし、まして修道女でもなかった」エルファバはやんわりと父を黙らせた。「でも、修道女たちと一緒に暮らしてたのは本当なの。あの人たちは立派な仕事をしてた。たとえ信じていることが間違っていても、信仰の道に入った動機が何であるにしてもね。あの頃のわたしは、つらい体験から立ち直る必要があった。それから去年、ヴィンカスに行ったの。たぶん、しばらくそこで暮らすことになりそう。どのくらい長くかはわからないけど」

「で、今は何をしている？　結婚したのか？」

「わたし、魔女になったの」とエルファバが答えると、フレックスはぎょっとして後ずさり、見えるほうの目で、冗談か本気か探るようにエルファバを見つめた。

「ネッサに会う前に、あの子のことを聞かせて。シェルのことも」とエルファバ。「手紙には、ネッサに助けがいるようなことが書いてあったから気になって。ここにはあまり長くはいられないけど、できるかぎりのことはするつもり」

フレックスは、ネッサローズが総督になったこと、春の終わりにマンチキンが独立国となったことを話した。「ええ、ええ、それは知ってる。でも、どうしてそんなことに？」

とエルファバが先を促すと、フレックスはさらに説明した。反対派が集会を開いていた穀物倉が燃やされたこと。ドラゴン・カバードの近くに駐留していた皇帝軍が開催した舞会のあとで、マンチキンの娘が数人暴行されたという知らせが届いたこと。ほかにも、フアー・アップルルーでの大虐殺や、農作物に重税が課せられたことも教えてくれた。「だが、ネッサが我慢の限界に達したのは、魔法使いの兵士たちが、何の関係もない田舎の聖堂を愚かにも荒らしまわったからなんだ」

「そんなことで我慢の限界に達するなんて。炭鉱の小屋だって、聖堂と同じくらい神聖な祈りの場のはずでしょう？　つまり、教義によればってことだけど」

「ああ、教義か」と、フレックスは肩をすくめた。今ではもうそんなことにはこだわらなくなっていたのだ。「ネッサはかっとして怒りをあらわにした。その火の粉が知らないうちにまわりに飛んで、人々の怒りにも火がついたというわけだ。ネッサは魔法使い皇帝陛下に直々に怒りの手紙を送り――危険で扇動的な行為だったよ――それから一週間のうちに、ネッサの周囲では革命を求める声が高まった。そしてまさにここ、コルウェン・グラウンドの屋敷の前庭で決起したんだ。それは見事な采配ぶりでね。あの子にとって、反乱決起などお手の物と言わんばかりだった。ネッサは農村の長老たちに広く呼びかけたんだ。宗教的なことにはあまり触れずにね。うまいやり方だったと思うよ。それで、ネッサが協力を仰ぐと、皆、喜んでそれに応じたわけだ。満場一致で分離独立が決まったよ」

父さんは年を取ってずいぶん現実的になったものだ、とエルファバは少し驚いた。

「だが、おまえはどうやって国境の警備を抜けられたんだ？」とフレックスは尋ねた。

「今はまさに一触即発の状況だというのに」

「飛んできたの。夜の小さな黒い鳥ってとこだね」エルファバはフレックスに微笑みかけ、その手に触れた。父の手はつやつやしていて、ゆでたザリガニのようなむらのあるピンク色をしていた。「でも、わからないのは、どうしてわたしを呼んだのかってこと。わたしに何をしてほしいの？」

「妹と一緒に権力の座に就くつもりはないかと思ってね」とフレックスは言う。家族があまりにも長く離れ離れになっていると、再会できれば何でもうまくいくだろうと楽観的に考えてしまうものらしい。「おまえのことはよくわかっているよ、ファバラ。長い年月が経っても、それほど変わったとは思わない。頭が働くし、強い信念も持っている。一方のネッサはなんといっても宗教第一だから、いつ道を誤って失敗するかわからない。せっかく今、抵抗運動の旗手として、すばらしいことを成し遂げようとしているのに。ここで頓挫してしまったら、あの子のためにならない」

つまり、妹の身代わりとなって、矢おもてに立てということなのだ。うれしかった気持ちは消え失せた。

「それに、熱心な支持者のためにもならない」フレックスはこう言いながら、それがマンチキンのほぼ全土に及ぶことを、手振りで暗に示した。頬はたるんで、笑うのにも苦労しているみたい、とエルファバは冷ややかに見て取った。それに、肩も力なく落ちている。

「もう三十年あまりの間、あの不埒《ふらち》な我らが魔法使い皇帝陛下の支配はゆるやかだったから——おっと、今ではここはマンチキン自由国なんだったな、つい忘れてしまうよ——民衆は、どれほどの規模の報復が待ち受けているか、見くびっているにちがいない。実は、シェルが確かな筋から聞いた話なんだが、エメラルド・シティの穀物の蓄えはふんだんにあって、しばらくの間はこの地に略奪の手が伸びてくる心配はないらしい。今のところ、独立してからの問題といえば、国境地帯に派遣する師団の数が足りないとか、酔っ払ったごろつきどもが投獄されるとか、そのくらいだ。皆、自分たちは安全だと思いこんでいる。ネッサも例外じゃない。だがおまえは、いつだって物事をはっきりと見極めてきた。その判断力でネッサを支え、これから先のことに備えられるようにしてやってほしい」

「父さん、わたしはいつだってそうしてきた」とエルファバ。「子供のときも、大学でも。だけど、ネッサはもう自分の足で立てるようになったんでしょ」

「私の大切な靴のことを聞いたんだね。老いぼればあさんから買って、ネッサのために私が手を加えた。昔、タートル・ハートから教わったとおりにガラスと金属を使ってね。ネッサに自分はきれいなんだと思ってほしかったんだ。誰かがあの靴に魔法をかけるなんて思いもよらなかった。べつにそうすべきじゃなかったというわけではないんだ。だがネッサは、今では誰の助けもいらないと考えるようになって、国を治めるにも人の意見に耳を貸そうとしない。ある意味では危険な靴なんだ」

「その靴、わたしに作ってくれていたらよかったのに」エルファバは穏やかに言った。「おまえには必要なかっただろう。ちゃんと自分の意見を持っていたし、強さもあった。自分を守るために、残酷さだって持ち合わせていたんだから」

「残酷さだって！」エルファバは思わず立ちあがった。

「ああ、小さいときのおまえはまったく手に負えなかった。だが、子供というのはちゃんと成長するものだな。初めてほかの子供たちと遊ぶようになったときなど、まったくひどいものだった。私たちが伝道に出て、おまえが妹の世話をするようになってから、やっと落ち着いてきたんだ。おまえの気性を和らげたのはネッサローズだったんだよ。あの子に感謝しなくちゃいけない。生まれたその日から、あの子は祝福された清らかな存在だった。ほんの赤ん坊のときでさえ、あの子の前だと乱暴者のおまえもおとなしくなったものだ。あんなふうに体が不自由だったからこそね。おまえは覚えていないだろうが」

エルフィーは覚えてもいなかったし、そんなことはまったく考えられなかった。自分が残酷だったという考えすら浮かんでこなかった。またしてもか弱きネッサローズの補佐役になるために呼びつけられたとわかってうんざりしたけれど、そのことは考えずに父への愛情だけを意識しようと努めた。父がマンチキンの住民のことをどんなに気にかけているか、それだけを考えようとした。相変わらず牧師らしい父の考え方。宗教に凝り固まっているのは受け入れられないけれど、その熱意は立派だと思う。

「そのうち、タートル・ハートのこと、もっと詳しく聞かせて」エルファバはできるだけ明るく言った。「でも、今はネッサローズに会ってこないと。父さんが言ったこと、考えておく。わたしが父さんとネッサローズと一緒に三頭政治に加わるなんて想像もできないけど――シェルも加わって、四人でするとしてもね。とにかく、もう少し考えさせて。それで、シェルはどうしてるの？」

「敵陣にもぐりこんでいるそうだよ」フレックスは、席を立とうとするエルファバに向かって言う。「あの子は無鉄砲だから、いったんことが起これば、最初に負傷するにちがいない。おまえに似たところがあるよ」

「緑色にでもなったって言うの？」エルファバは冗談めかして尋ねた。

「罪の汚れのようにひたすら頑固なんだ」フレックスは答えた。


ネッサローズは二階の応接間にこもって朝の瞑想にふけっていた。フレックスは、エルファバが家の中や領地を自由に歩きまわれるように手配した。なにしろ、状況によっては、エルファバがスロップ総督、東の総督、そしてマンチキン自由国の元首になっていた（または、これからなる）かもしれないのだから。フレックスが見守る中、緑の肌をした娘は掃除人のようにほうきを引きずり、大理石の廊下を進んでいった。金めっきの置物やダマスク織りの壁掛け、飾られた切花、お仕着せを着た召使い、肖像画をしげしげと眺めながら歩いていく。フレックスは、いつものように胸の奥がうずくのを感じた。娘を育てるときに何らかの過ちを犯してしまったにちがいないが、それが何かは知るよしもない。それでも、娘がようやく帰ってきてくれたのはうれしかった。

エルファバが磨きあげられたマホガニーの廊下を進んでいくと、突き当たりに個人用の礼拝堂があった。古代様式というよりはバロック様式で、改装の真っ最中だ。ネッサローズがフレスコ画を塗りつぶすように命じたにちがいない。想像力をかきたてるような絵が描かれていたのでは、民衆が祈りに集中できないとでも考えたのだろう。エルフィーは脇に置かれた長椅子に腰掛けた。まわりには、漆喰《しっくい》の入ったバケツや刷毛《はけ》や梯子《はしご》が置いてある。ここにいるとなんだか落ち着かない気分になったが、祈りのまねごとはしなかった。心を落ち着けようと、まだ塗りつぶされていない大きな壁に堂々と描かれた絵を一心に見つめる。巨大な翼を広げて宙を舞うふくよかな天使たちの姿だ。その衣は、翼という独特の身体構造に合わせてうまく仕立てられているようだ。どの天使も恰幅《かっぷく》のいい女性の姿をしているが、翼には血管が浮き出てもいないし、翼の先が毛羽立ってもいない。これを描いた画家は、この豊満な女性たちが空に舞いあがるためにはどれくらい大きな翼が必要か計算してみたようだ。見たところ、翼の長さは腕の長さの約三倍が基本で、それぞれの体型に合わせて多少加減してあるらしい。翼であの世《アザー・ランド》に飛んでいけるなら、ほうきでも行けるのではないか、とエルファバはふと考えた。疲れているにちがいない。いつもなら、来世とか死後の世界、あの世《アザー・ランド》なんていうユニオン教のたわごとなんて、まったく相手にしないのに。

あの生命科学の授業で教わったことをよく思い出しなさい。ディラモンド先生がもう少しで越えられるところだった、あの膨大な知識の壁を。わたしにも、いくつかは大体わかっている。チステリーに翼を縫いつけたらどうだろうか。そうしたら一緒に空を飛べる。なんて楽しそう。

エルファバは立ちあがり、妹に会いに行った。

ネッサローズは、エルファバの姿を見ても思ったほどには驚かなかった。きっと、みんなの注目の的になるのに慣れきってしまったせいだろう。もっとも、ネッサはいつだって、注目の的だったけど。「ようこそ、エルフィー姉さん」ネッサローズは読んでいた本から顔を上げて言った。本は同じものが二冊並べて置かれ、誰かにページをめくってもらわなくても、一度に四ページ読めるようにしてある。「キスしてちょうだい」

「ええ、じゃあ」と、エルフィーは言われたとおりにした。「ネッサ、調子はどう？　元気そうね」

ネッサローズはあの美しい靴を履いた足で立ちあがり、晴れやかな笑みを浮かべた。

「名もなき神が、いつも力をお与えくださるの」

だが、エルファバはそれを聞いても不快になどならなかった。「いよいよ立ちあがったわけだね、文字どおりの意味だけじゃなくて。歴史の表舞台に立つように選ばれ、それを受け入れた。自慢に思うよ」

「自慢に思ってもらうほどではないわ。でも、ありがとう。来てくれるだろうと思ってた。父さんに、わたしの世話をするために引っぱってこられたの？」

「誰にも引っぱられてなんかない。父さんから手紙はもらったけど」

「それじゃ、長年孤独に暮らしていたけれど、政治の混乱に乗じて、ついに世の中に出てきたというわけね。どこにいたの？」

「あちこちにね」

「あのね、てっきり死んだものと思っていたのよ」とネッサローズは言った。「そこのショールをわたしの肩に巻いて、ピンで留めてくれる？　そうしたら小間使いを呼ばなくてすむから。つまりね、姉さんがわたしをシズに置き去りにした、あの恐ろしい、恐ろしいとき。わたし、まだ怒ってるのよ、今思い出したけど」と、ネッサローズは口をかわいらしく尖らせる。妹にはまだユーモアのセンスが残っているみたいだ。そう思ってエルファバはうれしくなった。

「あの頃はみんな若かったし、わたしが間違ってたのかもしれない」とエルフィー。「でも、そんなに大変なことにはならなかったみたいだね。少なくとも、こうして見ているかぎりでは」

「あれから二年間も、マダム・モリブルに一人で立ち向かわなければならなかったのよ。

しばらくはグリンダが助けてくれたけど、卒業してしまったし。ばあやがいてくれたのが救いだったけど、あの頃だってもうかなりの年だったでしょう。そうそう、最近ばあやは姉さんのところに行ったのよね？　とにかく、あの頃はどうしようもなく孤独だった。信仰心だけが支えだったの」

「ええ、信仰心はいい支えになるでしょうね」とエルフィー。「持っていればだけど」

「まだ懐疑心の影に包まれて生きているような言い方ね」

「ねえ、わたしの魂の状態とか、わたしに魂があるかないかなんていうことより、もっと大切なことがあると思うんだけど。あなたは自分の手で革命を起こし——ああごめん、うっかりしてた——それで、今や総司令官というわけね。おめでとう」

「ああ、悩み多き世の雑事ね。ええ、そうよ」とネッサローズ。「ねえ見て、庭がきれいよ。ちょっと散歩して、新鮮な空気を吸いましょうよ。ずいぶん顔色が悪いから——」

「さっきの仕返しってわけね」

「外交問題についての話なら、あとでいくらでもできるでしょう。もう少ししたら打ち合わせが始まるけど、ちょっと歩きまわるくらいの時間はあるわ。この家のこと、よく知っておいたほうがいいわよ。案内してあげる」

5

ネッサローズと話せたのはほんの少しだけだった。ネッサローズは指導者としての職務をあまり重んじていなかったが、自分の予定はしっかり把握していて、会合の準備には余念がなかった。

最初のうちは、話すことといえば家族の思い出や学生時代のことなど、他愛ないことばかりだった。エルファバは早く本題に入りたくてうずうずしていたのだが、ネッサローズは決して急ごうとしなかった。時々、市民たちが面会に来ているところにエルファバも同席させてもらった。その光景は決して快いものばかりではなかった。

ある日の午後、コーン・バスケットのとある村に住んでいる老婆がやってきた。老婆は見ていてむかむかするほど卑屈になって挨拶し、ネッサローズは威厳たっぷりに応じた。老婆は陳情を始めた。自分のところで小間使いとして働いている娘が木こりと恋に落ち、結婚して仕事をやめたがっている。だが、息子が三人とも国家防衛のために新市民軍にとられてしまい、自分と小間使いの娘の二人でかろうじて農場を切り盛りしている状態なのだ。もしこの娘が木こりのもとに嫁いでしまったら、作物の世話もできなくなり、にっちもさっちも行かなくなってしまう。「それもこれも、自由とやらのためなんでごぜえますよ」と老婆は苦々しげに言って話を終えた。

「それで、わたしに何をしろと言うのです?」東の総督ネッサローズが尋ねる。

「〈羊〉を二頭と〈牝牛〉を一頭さしあげます」老婆は言った。

「家畜なら——」とネッサローズが言いかけたとき、エルファバは口を挟んだ。「今、〈羊〉って言いました? それに、〈牝牛〉? 〈動物〉ということ?」

「うちの〈動物〉たちです」老婆は得意げに答えた。

「なぜ〈動物〉があなたのものになったんです?」エルファバは歯ぎしりして尋ねた。

「マンチキンでは、〈動物〉は家財にすぎないんですか?」

「やめて、エルフィー姉さん」ネッサローズが静かにさえぎる。

「どうすれば自由にしてやってもらえます?」エルフィーは熱心に言いつのる。

「今申しあげたとおりです。あの木こりをなんとかしてくだされ」

「それで、おまえの考えは?」ネッサローズが割りこんできた。正義の仲裁人としての立場を姉に横取りされるのが不愉快なのだ。

「やつの斧《おの》を持ってまいりましたんで、こいつに魔法をかけて、やつを殺すようにするっちゅうのはいかがなもんでしょうか」

「とんでもない」とエルファバは言い、ネッサローズは「それは、あまり穏やかな方法ではありませんね」と答えた。

「穏やかではない？」とエルフィー。「そりゃ、穏やかなわけがないでしょう、ネッサ」

「ここじゃ、あなた様が法律でごぜえます」老婆はきっぱりと言った。「あなた様はどうお考えで？」

「その斧に魔法をかけて、狙いがそれるようにしてはどうでしょう」ネッサローズは考えこみながら言った。「腕を切り落とす程度にしては？　わたしの経験から言うと、片腕しかない人は、両腕がある人ほど恋の相手として好ましく見えないものです」

「結構でごぜえます。ですが、それでうまくいきませなんだら、また来て改めてお願いいたしますよ。ただ、お礼の追加はご勘弁くださいまし。〈羊〉も〈牝牛〉も、近頃じゃなかなか手に入れるのが難しゅうございますんで」

「ネッサ、あなたは魔女じゃないはず、こんなの信じられない」とエルフィー。「よりによってあなたが魔法を使うなんて！」

「正しき者は、名もなき神を讃《たた》えて奇跡を行うのです」ネッサは平然と言った。「さあ、持ってきたという斧をお見せなさい」

　老婆が木こりの斧を差し出すと、ネッサローズは祈りを捧げるようにひざまずいた。腕のないほっそりした体が誰の力も借りずにふらふらと前に傾き、呪文を唱え終えるとまた起き直る。その様子はぞっとするほど異様な光景だった。なるほど、たいした靴だ。エルファバは冷ややかな目で眺めながら苦々しく思った。あんなに人付き合いのことだけしか頭になかったグリンダも、どうにか力が使えるようになったらしい。あるいは、父さんのネッサへの愛情が魔力を生んだのかもしれない。もしかしたら、その両方かも。ネッサローズがこの老いぼればあさんをたぶらかしているのでないとすれば、ネッサ自身がどんな言葉で定義しようと、ネッサローズも魔女ということになる。自分では何か別の力だと思っているかもしれないけれど。

「あなた、本当に魔女なんだね」エルファバはまたそう言った。言わずにはいられなかった。だが、これは失敗だったかもしれない。老婆がネッサローズの尽力に感謝の言葉を述べている最中だったからだ。「裏の納屋に〈動物〉たちを連れてまいります」と老婆。

「今は町につないでおりますで」

「〈動物〉をつなぐ、だって！」エルフィーは怒りのあまり叫んだ。

「ありがとうごぜえます、閣下。東の総督様。それとも、東の魔女様とお呼びしたほうがよろしいですか？」老婆は願いがかなえられたことに満足してにたっと笑い、若くて元気な木こりさながらに斧を担ぐと、部屋を出ていった。

しばらくは、ネッサローズと二人きりになる機会はなさそうだ。エルファバはあちこちの厩舎《きゅうしゃ》や納屋を探してまわり、ついに〈羊〉二頭と〈牝牛〉のいるところを教えてもらった。三頭はきれいなわらを敷いた小屋で、別々の方向を向いてぼんやりと干し草をほおばっていた。

「あなたたちが、あの鬼婆に連れてこられた〈動物〉だね」エルファバは言った。〈牝牛〉は話しかけられるのに慣れていないようにこちらをちらりと見た。〈羊〉たちは何を言われたのかまるでわかっていないようだ。

「何か用かね。あたしの肉でも欲しいのかい？」〈牝牛〉が自嘲気味に言った。

「わたし、最近はヴィンカスで暮らしてて、あそこにはあまり〈動物〉はいないの」エルフィーは言った。「昔は、〈動物〉の権利を守るための市民運動に参加してたこともある。でも、今のマンチキン国で〈動物〉たちがどういう立場なのかは知らないの。何か教えてもらえない？」

「あんたの知ったこっちゃないよ」と〈牝牛〉。

「それじゃ、〈羊〉さんたちは？」

「そいつらは何も教えてくれないよ。口をきかなくなっちまったんでね」

「それじゃ——羊になってしまったってこと？　そんなことがあるの？」

「人間だって、うどの大木とか石頭とか言うだろ。でも、文字どおり植物や石になるわけじゃない。〈羊〉だって羊にはならない。物言わぬ〈羊〉になるだけさ。ところで、そいつらが聞いてる前でこんな話をしないほうがいいと思うね」

「もちろんそうね、ごめんなさい」エルファバが謝ると、〈羊〉の一頭は知ったこっちゃないというように目をしょぼしょぼさせた。「お名前を教えてもらえる？」エルファバは〈牝牛〉に聞いてみた。

「公の場で自分の名前を使うのはやめたよ。個人の名前を持ってたって、個人の権利が許されるわけじゃないからね。名前は自分のためだけに使う」

「その気持ち、よくわかる。わたしも、今ではただの魔女だから」

「あんた、総督閣下かい？」〈牝牛〉の口からよだれがひと筋垂れた。「それは失礼を。ご自分で魔女と名乗られるとは存じあげず。単なる陰口だと思ってたもんで。〝東の魔女〟なんて」

「いいえ。それは妹のこと。そうなると、わたしは〝西の魔女〟ってことになるね」エルファバはにやりとした。「妹がそんなに嫌われてるとは知らなかった」

〈牝牛〉はまごついてしまった。「ご家族のことを悪く言うつもりはなかったんだがね。口をつぐんで草を食べるのに集中してりゃよかった。本当のこと言うと、ショックだったよ。魔女の呪文と引き換えに売り払われるとはね！　あの木こりはなんにも悪くないのに。そうさ、忘れられがちだけど、あたしにだってちゃんと耳はあるんだよ。ニック・チョッパーみたいに心優しいお人よしが、魔女の呪文でひどい目にあうなんて。それに、このあたしがその取引に一役買っちまうなんて――まったく、どこまで落ちぶれるかわかったもんじゃないね」

「あなたたちを自由にしてあげようと思って来たの」とエルフィー。

「あんたにどんな権利があるのさ？」〈牝牛〉は疑わしそうに鼻を鳴らす。

「言ったでしょ、わたしはスロップ総督の――東の総督の――じゃなくて、東の魔女の姉なんだから。それくらいの権利はある」

「で、自由になってどこへ行けとおっしゃるんだい？　何をしろと？　ここからロウワー・マックスロップに行ったところで、またつながれるのがおちだよ。それか、魔法使いの下で奴隷として働かされるか、スロップ総督のもとで尋問されるか！　あの気味の悪いちびのマンチキン人たちの中に身を隠すわけにはいかないしね」

「そんなふうに言わなくても……」

「怒り狂った〈牝牛〉の話、聞いたことないかい？　あたしの乳房は毎日搾られてひりひりしてる。昼も夜も、ミルクを搾り取られるんだ。詳しく言う気はさらさらないけど、無理やりアレをさせられた日にゃ——おっと失礼、気にしないでおくれ。けれど最悪なのは、あたしの子供たちがミルクを飲まされて太らされ、肉にされちまうことだね。殺されていく子供たちの悲鳴が聞こえてくるんだ。聞こえないところまで連れていってやろうとすら考えてくれないんだから！」こう言うと〈牝牛〉はくるりと向きを変えて壁のほうを向く。

〈羊〉たちがその両側に歩み寄り、温かい生きた本立てのように、両脇に寄り添った。

エルファバは言う。「本当に気の毒だし、本当に申し訳なく思う。あのね、何年も前のことだけど、シズ大学のディラモンド先生のところで働いてたことがあるの。先生のこと知らない？　わたし、〈動物〉への圧制に抗議するために、魔法使いに直接会って……」

「何言ってんだい。魔法使いは、あたしたちのような下々《しもじも》のものには会わないよ」〈牝牛〉は落ち着きを取り戻して言った。「もうこれ以上話したくないね。誰だって、欲しいものを手に入れるまでは味方になってくれるものだよ。ネッサローズ総督があたしたちを迎え入れたのは、宗教の儀式か何かであたしたちを行列に引っぱり出すためだろうね。このすべすべした脇腹を花輪とかで飾り立てるんだ。それからどうなるかは、お察しのとおりさ」

「それは絶対に違う」魔女は言った。「そんなこと、ありえない。ネッサローズは厳格なユニオン教徒だもの。生贄《いけにえ》を捧げるようなまねは……」

「時代は変わるんだよ」と〈牝牛〉。「総督閣下は今、教養も落ち着きもない民衆をなだめなけりゃならない。儀式で血を流す以上にいい方法があるかい？」

「でも、それが本当だとしても、どうしてそういうことになるの？」と魔女は尋ねた。

「ここは農業国でしょ。ここなら落ち着いて暮らせるはず」

「小屋に入れられた〈動物〉には、考える時間は山のようにあるからね。チクタク機械主義が盛りあがってることと、昔ながらの〈動物〉の職業が奪われてることには、何らかの関係があると思ってる利口な生き物は少なくないよ。あたしらは単なる荷物運び用の家畜じゃなくて、信頼に足る労働者なんだ。仕事場で邪魔者扱いされるようになったら、やがては社会でも邪魔者になる。とにかく、そういう見方もあるってことさ。あたしの考えじゃ、国中に本物の悪がはびこってる。魔法使いが定めた悪の法に、民衆は羊の群れみたいに何も考えずに従ってるんだ。たとえが悪くてごめんよ。口がすべっちまった」と、〈牝牛〉は仲間のほうに向かってうなずいた。

　エルファバは小屋の扉を開けた。「さあ、これで自由になれる。どうするかはあなたたち次第。ここでためらったら、首を切られても文句は言えない」

「出ていったって、首がなくなることに変わりはないね。斧に魔法をかけて人の腕を切り落とさせるようなやつが、〈羊〉二頭と老いぼれの〈牝牛〉に情けをかけてくれると思うのかい？」

「でも、今を逃したら、もう逃げられないかもしれないんだよ！」エルファバは叫んだ。

〈牝牛〉は小屋から出て、〈羊〉もあとに続いた。「どうせそのうち戻ってくることになるよ」と〈牝牛〉は言う。「こうして出てくのは、逃げたらどうなるか、あんた自身にそれをわからせてやるためさ。自分たちのためじゃない。いいかい、今年が終わる前に、あたしの尻の肉がレア状態でディキシー・ハウスの最高級の皿にのって晩餐会《ばんさんかい》に出されることになるだろうよ。あんたなんか、その肉を食べてのどを詰まらせちまえばいいんだ」

〈牝牛〉はこう捨て台詞を残し、尻尾を振ってハエを追い払いながら悠然と出ていった。

6

「グリカスから大使がいらっしゃるのよ」二人で話し合いたいとエルファバが言うと、ネッサローズはこう答えた。「追い返すわけにはいかないわ。マンチキンに続いてグリカスが独立する場合に備えて、相互防衛協定について相談するの。ただ、ご家族がスパイにつけ狙われているらしくて、今夜のうちに帰路に就きたいんですって。大使がお帰りになったあとで、夕食を一緒にどう？　昔みたいに。姉さんと、わたしと、給仕人で」

結局、この日の午後もなんとか時間をつぶすしかなかった。そこで、フレックスを探し出して一緒に散歩することにした。人工の池と青々とした芝生を越え、コルウェン・グラウンドの屋敷のすぐ裏にある森へ向かった。フレックスがぎこちなくのろのろと歩くので、足の速いエルファバはいらいらしてしまった。けれども、黙って歩調を合わせる。

「ネッサに久しぶりに会ってみて、どうだった？　変わってたか？」フレックスが尋ねた。

「昔も今も自信家ね。あの子なりに」エルファバは控えめに答えた。

「私はそう思ったことはないな。実際はどうなんだろう。だが、そう振る舞えるのはいいことだと思うし、少しずつ板についてきているんじゃないだろうか」

「父さん、わたしを呼んだ本当の理由は何？　あまり時間がないの。はっきり言って」

「おまえなら、ネッサよりも総督としてうまくやっていけるだろうと思ったんだ」とフレックス。「それに、本来なら長女のおまえがあの地位に就いているはずだしね。確かに、母さんにとっては、称号がきちんと受け継がれることなんてたいして問題じゃなかった。ただ、マンチキンの人々のためには、おまえが舵《かじ》を取ったほうがいいと思うんだ。ネッサは、こう言っていいのかどうかわからないが、熱心すぎるところがある。とにかく、身が入りすぎていて、政治という公の場に立つ者としては向いていないんだ」

「これは唯一母さん譲りのところかもしれないけど、地位を受け継ぐことになんか興味ないし、わたしが正統な総督だなんて言われたって、べつになんとも思わない。ずっと前に、家族の中での自分の地位を捨ててしまったんだもの。ネッサローズだって自分の地位を捨てる権利があるし、そうなったらシェルを探し出して支配者の座に据えたってかまわない。いっそのこと、ばかげた世襲制度なんてなくしてしまって、マンチキンの人々が自分たちの手で、死ぬまで国を治めればいい」

「指導者だって小作農だって、ともにスケープゴートとして咎《とが》を負わされることには変わりがない。それは周知のことさ。まあ、確かにおまえの意見も一理ある。だが、私が言っているのは統率力のことで、地位や特権の問題じゃない。我々が生きているのはどんな時代か、その中でどうやって責任を果たすべきかについてだ。なあファバラ、うちの子供たちの中では、いつだっておまえが一番優秀だった。シェルは向こう見ずな若者で、今ではスパイ気取りだし、ネッサは傷ついたか弱い娘で――」

「やめて。まだそんなこと言ってるの？」エルファバはうんざりして言った。

「いや、今でもだ」フレックスは気分を害したようだった。「あの子が恋人の腕に抱かれているところを想像できるか？　子供を産んで、意味のある生活を送っているところを？　あの子は宗教を口実にして現実から逃げているんだ。テロリストが理想を隠れみのにしているように――」この言葉にエルファバが身を硬くしたのを見て、フレックスは口をつぐんだ。

「人を愛せるテロリストだっている」エルファバは感情を交えずに言った。「それに、独り身で子供もいないけれど、傷ついた人を助けてる善良な修道女だっている」

「ネッサが名もなき神以外に、成熟した関係を結んだことがあるか？」

「父さんがそれを言うの？　妻も子もいたのに、カドリングの人たちを改宗させることを家族より優先させたじゃない」

「私はなすべきことをしたまでだ」フレックスは頑なに言った。「自分の娘に説教されるのはごめんだ」

「こっちだって、いつまでも父さんからネッサの面倒をみろなんて説教されるのはごめんよ。わたしは子供時代をネッサに捧げて、あの子が大学生活を始めるときも力になった。ネッサは自分の思うままに人生を送ってきたし、今だって自分のことは自分で決められる。マンチキンの人たちだってそう。ネッサの祈りが自分たちにとって都合が悪くなれば、さっさと退位させて首を切ってしまうはず」

「あの子は確かに強い子だよ」フレックスは悲しそうに言う。エルフィーは父親をちらりと見て、初めて父のことを弱い人間だと思った。アージが長生きしたら、きっとこんな老人になるだろう。いつも物事の周辺をいじくりまわすだけで、自ら行動を起こすのではなく、起こったことに対処するばかり。現状に関わろうとはせずに、過去を嘆いて未来を祈るばかりなのだ。

「あんなに強い子になれたのは」とエルファバはできるかぎり優しく言った。「立派な両親がいたからよ」

フレックスは答えなかった。

二人は歩き続けて森を抜け、とうもろこし畑のはずれに着いた。作男が数人、柵を直したり、かかしを立てたりしている。「これはどうも、フレックスパー牧師様」と、作男たちは帽子を取って挨拶したが、ちょっとうさんくさそうにエルファバを眺めた。父と娘は歩き続け、男たちに声が聞かれない距離まで来るとエルファバは言った。「気がついた? あの人たち、上着に小さなお守りみたいなものをつけてた。わらでできた人形みたいだったけど」

「ああ、わら人形だよ」フレックスはため息をついた。「あれも異教の風習だ。廃れたと思っていたが、大干魃のときに復活したんだ。無知な農民たちは、作物を日照りやカラス、害虫、病気などの被害から守るために、わら人形を身につけるのさ。昔は人間を生贄にする風習もあった」フレックスは口をつぐんで息を継ぎ、顔をぬぐった。「わたしたち家族の友人だったカドリング人のタートル・ハートは、ここコルウェン・グラウンドで無残に殺された。ネッサローズが生まれた日だ。あの年は、小人がチクタク仕掛けの大きな時計を見世物にしてあちこちをまわっていて、人間の最も忌まわしい部分をあおり立てていた。私たちがここに着いたとき、タートル・ハートはちょうど捕まったところだった。そうなることが予想できなかった自分を私は一生許せないだろう。だが、母さんは出産を控えていたし、我々は町を追い出されていた。先の先まではっきり見通すことができなかったんだよ」

前にもこの話は聞いたことがある。それでも話を先に進めやすくするためにエルファバは言った。「父さんはタートル・ハートを愛してた」

「私たち二人ともだ。母さんと私で、あの男を分かち合ったんだ。もうずっと昔のことだし、どうしてそうなったのか、今となってはわからない。あの頃だって、たぶんわかっていなかっただろう。母さんが死んでからは、ほかの人を愛したことはない。もちろん子供たちは別だがね」

「生贄なんて、ひどい話ね」エルファバは言った。「さっき〈牝牛〉と話したんだけど、自分は血祭りにあげられるだろうって言ってた。そんなことありえる？」

「文明が進めば進むほど、娯楽としてむごたらしいものを求めるようになるんだよ」とフレックス。

「それはいつになっても変わらないんだね。それとも、変わるのかな？　学生の頃、〝オズ〟という言葉の語源について聞いたことがある。学長のマダム・モリブルが授業で言い出したことだけど。それによると、成長とか発展とか力とか生成という意味を持つギリシン語の〝オース〟と同じ語源だというのが有力な説みたい。それから、〝ウイルス〟と遠い親縁関係にある、分泌物などの意味を持つ〝ウーズ〟と同じ系列の言葉だっていう説もあったけど、年を取れば取るほどこっちの説のほうが正しいように思えてくる」

「だが、『オジアッド』を書いた詩人は、『緑あふれる国、果てしなく葉の茂る国』と言っているぞ」

「詩人なんて、どこぞの雇われ作家と同じでしょ。国家勢力の拡張のために一役も二役も買ってるだけ」

「時々、どんなことをしてもここから出たいという気になる。だが、死の砂漠を越えなければならないと思うと恐ろしくてね」

「そんなのただの言い伝えにすぎない。砂漠なんて、ここの畑と同じで恐ろしくもなんともないって教えてくれたのは父さんじゃないの。そういえば、もうひとつ別の説を思い出した。〝オズ〟は〝オアシス〟と関係があるんだって。考えも及ばないほど昔、オズの国が発見されて人が住みはじめたばかりの頃、北の遊牧民は、ギリキンの地をオアシスだと考えたらしい。ねえ、父さん、べつにそんなに遠くに行かなくてもいいじゃない。ヴィンカスだって、ほとんど異国みたいなものだし。わたしと一緒に行かない？」

「そうしたいのはやまやまだが、ネッサローズを置いてはいけない。無理だよ」

「あの子がタートル・ハートの娘で、父さんの娘じゃなくても？」傷ついた分、棘《とげ》のある言葉を口にしてしまう。

「だったらなおさらだ」とフレックス。

エルファバにはわかった。フレックスは、ネッサローズが自分の娘かどうかはっきりしないため、不合理な考えではあっても、ネッサローズを自分とタートル・ハートの娘だと思うことにしたのだ。ネッサローズは、二人が——もちろんメリーナも含め——束の間ではあるがしっかりと結ばれたことの証なのだ。ネッサローズの体がどんなに不自由だろうと関係ない。昔も今も、そしてこれからも、いつだってエルファバ以上の存在なのだ。いつだってエルファバより大切な娘なのだ。


エルファバとネッサローズは、ネッサの寝室にいた。小間使いが、牝牛の胃袋のスープを運んできた。エルフィーは普段は食べ物に関してそれほど神経質ではないのだが、どうしても食べる気になれなかった。小間使いは、スープをひとさじずつ丁寧にネッサローズの口に運んだ。

「単刀直入に言うわね」とネッサローズが言った。「ここに残って、わたしの右腕となってほしいの。わたしが旅行などで不在のときは、代理になって顧問たちを率いてくれないかしら」

「これまで見てきたかぎりでは、マンチキンは好きになれない」とエルファバ。「住んでる人は残酷で茶番にだまされやすいし、この屋敷は立派すぎて息苦しい。あなたは火薬のたるに腰掛けてるようなものだと思うけど」

「だからこそ、残って助けてほしいのよ。わたしたち、奉仕の人生を送るように育てられたんじゃなかった？」

「その靴のおかげで、あなたは強くなった。靴にそんな力があるなんてね。もうわたしの助けなんかいらないでしょ。せいぜい、その靴をなくさないようにすることね」心の中では、こう思わずにはいられなかった。その靴を履いてると、不自然な姿に見える。尻尾で立ちあがっている蛇みたい。

「この靴のこと、覚えてるでしょう？」

「ええ、でも、グリンダが魔法をかけるか何かして、いっそう箔をつけてくれたんですってね」

「ねえ、あのグリンダ！　たいした人よね」ネッサはスープを飲み、微笑んだ。「ねえ、この靴あげるわ――わたしが死んだらね。遺書を書き直して、姉さんのものになるようにしておくわ。この靴が姉さんにとってどんな役に立つのかは想像できないけど。わたしに新しい腕を生やしてくれたわけでもないし。まあ、魔法の靴を履いたって肌の色は変わらないでしょうけど、でも肌の色なんて気にならないくらい魅力的に見せてくれるわ」

「この年になってそんなに魅力的になってもしょうがない」

「あら、まだ人生の真っ盛りじゃないの。わたしだってそうよ！」ネッサローズは笑いながら言った。「ねえ、ヴィンカスの家――ユルトだか、テントだか、ティピーだか、呼び方は知らないけど――とにかくそこに誰かいい人がいるんでしょ。教えてよ」

「ずっと考えてたの。今朝あなたが魔法を使うのを見てから」エルファバは言った。「あの斧にかけた魔法のこと」

「ああ、あれね。あんなの子供だましよ」

「ねえ、シズでのこと覚えてない？　マダム・モリブルが、わたしたちに魔法をかけてやるって言ったこと。わたしたちがあのことについて話し合えないようにしてやるって」

「続けて。覚えてるような気がするわ。マダム・モリブルって、ぞっとする人だったわね。独裁者にぴったり」

「それで、こう言われたでしょ。わたしとあなたとグリンダを〈達人《アデプト》〉とすべく選んだんだって。どこかの偉い人に仕えるために。魔術師として、それから秘密結社だか何かの一員として。かなりの地位と権限を与えてやるからって。わたしたちがその件に関して意見を交わすことは決してできないって思いこまされたじゃない」

「ああ、そうだった。思い出したわ。あの人、いかにも魔女っていう感じだった」

「あれは本当だったんだと思う？　あの人、わたしたちの口を封じる力を持ってたの？　わたしたちが強い魔力を使えるようにすることもできたと思う？」

「わたしたちを脅して理性を鈍らせる力はあったわね。でも思い返せば、あの頃のわたしたちはまだ若くて、ひどく愚かだった」

「あのときわたし、マダム・モリブルは魔法使いと共謀してるんじゃないかって思ったの。それで、あのチクタク仕掛けのやつ――そう、グロメティック、今思い出した。記憶って妙なものだね――あれに命令して、ディラモンド先生を殺させたんじゃないかって」

「姉さんにかかると、どの椅子の後ろにも短刀を持ったならず者が潜んでいることになるんだから。相変わらずね。マダム・モリブルにそんなに力があったとは思わない。とても狡猾《こうかつ》な人だったけど、あの人の権力には限りがあった。わたしたちが世間知らずだったから、悪党に見えただけよ。ただのうぬぼれのかたまりだったってだけじゃない？」

「そうかな。あのあと、何か言おうとしても言えなかったんだけど。わたしたち、みんな気を失わなかった？」

「みんなうぶだったし、きっとひどく暗示にかかりやすかったのよ」

「でもグリンダは、マダム・モリブルが言ったとおり、お金持ちと結婚した。サー・チャフリーはまだ生きてる？」

「あれで生きてると言えるならね。確かに、グリンダは魔法が使える。それは間違いない。でも、マダム・モリブルは単に予言をしただけよ。わたしたちの才能を見抜いて、それをどうしたらうまく生かせるか教えてくれただけ。教育者として当然のことよ。そんなに驚くようなことでもないでしょ？」

「わたしたちをそそのかして、誰のためにかわからないけど、スパイ活動を引き受けさせようとしたんだよ。ネッサ、これはわたしの妄想じゃない」

「少なくとも、姉さんには効き目があったみたいね。陰謀論のことばっかり考えてるから、つけこまれたのよ。そんなばかばかしいこと、わたしは全然覚えてないわ」

エルファバは黙りこんだ。ネッサが正しいのかもしれない。それでも、あれから十数年が経った今、ここに二人の魔女がいるではないか。そして、グリンダも世の中のために魔法を使っている。そう考えると、やはりキアモ・コに戻ってグリムリーの書を燃やしてしまったほうがいいかもしれない。ほうきも一緒に。

「マダム・モリブルは鯉みたいって、グリンダはいつも言ってたわね」とネッサ。「これだけの年月が経ってもまだ、魚ごときに怖気《おじけ》づいてるの？」

「いつだったか、湖の怪物の絵を見たことがあるの」エルフィーは言った。「まあ、海の存在を信じるなら、海の怪物でもいい。怪物というものが実在するかどうかわからないけど、実際に怪物を見て納得するよりは、その存在を疑いながら生きていくほうがまし」

「いつだったたか、名もなき神についても同じようなことを言ってたわね」ネッサローズは静かに言った。

「ああ、お願いだからその話はやめて」

「魂はとても大切なものなのよ、エルフィー姉さん。無視することはできない」

「それなら、魂がないのはありがたいことね。大騒ぎしなくてすむもの」

「姉さんにも魂はある。誰にだってあるのよ」

「じゃあ、今日、謝礼として渡された〈牝牛〉は？〈羊〉はどうなの？」

「そんな下々のものについて話してるんじゃないわ」

「そういう言い方が気に障るの。今日、あの〈動物〉たちを自由にしてあげた」

ネッサは肩をすくめた。「姉さんには、コルウェン・グラウンドでそれなりに自由に振る舞う権利があるもの。ペットをどうしようと、わたしがとやかく言うことじゃないわ」

「聞いた話では、このあたりでは〈動物〉たちにひどい仕打ちをしてるそうね。そんなの、エメラルド・シティとギリキンだけの話だと思ってた。マンチキンは田舎だから、もっとまともだと思ってたのに」

「あのね」と、ネッサローズは小間使いにナプキンで口を拭くように合図しながら言った。「ミサで、ある兵士に会ったの。しぶといカドリング人たちとの戦いで、片腕を失くしてた。その人、毎朝、腕があったところの付け根を叩くんですって。そうすると、まず血がドクドクめぐるのを感じて、数分経つと腕の付け根がむずむずしてきて、幻の腕のようなものが生えてくるって言ってた。すぐにっていうわけじゃないし、目に見える腕でもないんだけど、腕があったときの感覚が戻ってくるらしいの。まず肘まで伸びて、それから記憶が、体の記憶というか、立体的な腕の感覚がよみがえって、さらに伸びていって、最後には指まで感じられるようになるんですって。いったん幻の腕が感覚的によみがえると、障害を受け入れてその日一日に立ち向かえるそうなの。それに、体のバランスも取りやすくなるみたい」

エルファバは、ますます本物の魔女のような気分になっていた。妹を見つめ、話の締めくくりを待つ。

「わたしも、しばらく試してみたの。何カ月もね。ばあやに、腕の付け根に当たるところをさすってもらってね。ばあやにはかなりの大仕事で気の毒だったけど、腕があるってどんな感じか、やっと少しわかりかけたの。でも、完全にとはいかなかった。そこへグリンダが来て、靴に魔法をかけてくれた。そのおかげなのか、靴がきつくて血液の循環が悪くなるせいなのか、理由はわからないけど、立ってから一時間ほどすると、幻の腕ができるの。生まれて初めてよ。指の感覚まではまだよくわからないけど」

「幻の腕、か」とエルフィー。「よかったね」

「姉さんも自分を叩いてみればいいわ。精神的にっていうことだけど」とネッサローズは続ける。「幻の魂とか、そういうものが感じられるかもしれない。魂っていうのは、内側から自分をうまく導いてくれるの。もしかしたら幻なんかじゃなくて、本物の魂だとわかるかもしれないわよ」

「もうやめて、ネッサ。あなたと精神的な試練なんかについて話したくない」

「ここに一緒にいて、仕事を手伝ってよ。そしたら清めの水で洗礼を授けてあげられるわ」ネッサローズは熱心な声で言った。

「水はわたしには本当に苦痛なの。そんなこと、もう言わないで。名前のないものなんかに忠誠を誓うことはできない。そんなの、ただのまやかしでしょ」

「姉さんは自分で悲しみの人生を選んでるのよ」

「もうそんな人生には慣れっこ。だから、今さら何が起きたって驚いたりはしない」エルファバはナプキンをはずす。「ネッサ、わたしはもうここにはいられない。あなたの手伝いもできない。ヴィンカスでやるべきことがあるの。それが何か、あなたは全然興味ないみたいだけど。ええ、わかってる、革命が起こって首相だか何かの座についたんだから、確かに雑事に気をとられていても仕方ないね。指導者としての責任を受け入れるか、放り出すか。どちらにしても、決めるのは自分。たまたま歴史の定めでそうなったとか、ほかになり手がいなかったから仕方なく身を捧げるとかじゃだめ。あなたのことは心配してる。でも、ここで雑用係として働く気はない」

「わたし、ちょっと無作法にはっきり言いすぎたかもしれないわね。でも、久しぶりに会ってからまだ少ししか経っていないんだもの、急に姉妹らしくしろって言われても……」

「シェルがずっとそばにいたじゃない。シェル相手にいくらでも練習できたはずでしょ」

エルファバは冷たく言い放った。

「そんなふうにあっさりと行ってしまうの？」ネッサローズは立ちあがり、以前のように落ち着かない様子でおずおずと言った。「十二年ぶりに会ったのに、三、四日一緒に過ごしただけで、もうお別れなの？」

「元気でね」とエルフィーは言って、妹の両頬にキスした。「あなたがいい総督になろうと思いさえすれば、きっとそうなれる」

「姉さんの魂のために祈るわ」ネッサローズは約束した。

「靴をもらえるのを楽しみにしてる」エルフィーは答えた。

部屋から出たエルフィーは、父親に別れの挨拶をしていこうかと思ったが、やめることにした。言おうと思っていたことは、もうすべて話した。みんな寄ってたかって、家族の愛情と称してわたしを縛りつけようとする。そんなのは、もうこりごりだ。

7

マドレーヌ山脈を越える北のルートで帰ることにしたエルファバは、途中でチョージ湖の上を通ることになると気づいた。帰路のちょうど半分くらいだから、そこで休むことにしよう。ヴィンカスに帰るのが楽しみだと感じているのは自分でも意外だった。湖の岸に沿ってゆっくり進みながら、若い頃に訪れた松林の奇想曲《カプリス・イン・ザ・パインズ》邸を捜してみたが、今ではたくさんの別荘が建てられていて、どれがそうなのかよくわからなかった。

だが、エルファバが見ていたのは目に映る景色ではなかった。世界そのものを眺めていたのだ。世界が持っているとおぼしき性質や、世界が自らをどう映し出しているのかを。ネッサローズはどうして名もなき神を信じられるのだろう。世界をどのように眺めても、その背後にはまた別の見方がある。ある意味では、それこそディラモンド先生が取り組んでいたことではないのだろうか。世界には、証拠や実験で証明できる真の基盤が存在すると考えていて、それを突き止める方法を見つけ出したのだ。でも、わたしは先見者ではない。青と白がからみ合うなめらかな湖面の奥に何があるのか、波紋柄のシルクのような空の向こうに何があるのか、それ以上のものを見ることはできない。

生命を形作っているもの——天使の翼の筋肉の構造や、視線を集中させるときの毛細血管の働きなど——についても。至高の天に存在する薄気味悪い存在についても。名もなき神が善だとしたら、善についても。悪についても。見えないものばかり。

実際のところ、誰が誰に操られているのだろう。その答えがわかるときが来るのだろうか。それぞれの力が結びついたり対立したりしている。寒さと太陽の両方でつららという凶器ができるように……。魔法使いは大嘘つきの詐欺師で、結局は人間特有の過ちと限られた力しか持たない独裁者にすぎないのだろうか。本当に〈達人〉——ネッサローズとグリンダと、もう一人名前のわからない誰かだ。だって、どう考えたってわたしではないのだから――を操っているのだろうか。それとも、あれは魔法使いのあからさまなうぬぼれや、うわべだけの権力への欲求を満たすために、マダム・モリブルが彼に吹きこんだほら話にすぎないのだろうか。

そして、マダム・モリブルは？　ヤックルは？　この二人には何か関係があるのだろうか。同一人物なのか、荒ぶる神なのか、闇の力の権化なのか、あるいはカンブリシアの魔女の邪悪な肉体から生まれた有害な存在なのか。それとも、どちらかが、または二人ともが、カンブリシアの魔女その人なのだろうか。伝説の英雄の時代から、今の息苦しい厄介な時代まで生き延びられたとすればの話だけれど。この二人が裏で糸を引いて、操り人形のように魔法使いを意のままに動かしているのか？

誰が誰に操られているのだろう？

だが、その答えを探そうとしているうちに、対立する力によって生まれたつららが凶器となって落ち、冷たい刃が無防備な肉に突き刺さるのだ。

エルファバは、松の茂るチョージ湖の岸辺に別れを告げた。やり場のない苛立ちを感じながらも、力がみなぎっている。自分では政治や神学上の序列について判断を下す自信がなかったので、ディラモンド教授の遺したノートを調べ直そうという気になっていた。教授が殺された次の日に、集めておいたのだ。自分の手でちゃんと触れられるもの。拡大鏡、手術用のメス、殺菌した注射針。この年齢になれば、先生が何をしていたのか理解できるかもしれない。先生はがちがちのユニオン教徒で、わたしはかけだしの無神論者にすぎない。それでも、先生の研究から何か得られるかもしれない。あれからだいぶ年月が経っているけれど。

大ケルズ山脈の斜面を下るまでは追い風に恵まれていたが、その後は、先に進むのはおろか、ちゃんとほうきにまたがっているのさえ大変で、何度も降りて歩かなければならなかった。ありがたいことにそれほど寒くはなかったし、風の吹きこまない谷間にいる遊牧民たちに行き会うたびに、正しい方向を教えてもらうことができた。だが、ほうきの助けがあっても、帰り着くまでには二週間かかってしまった。

冬に比べればまだ日が高くて暖かい午後遅く、エルファバは苦労しながら最後の坂を上り、キアモ・コの鋭くそびえる影に向かっていった。シルクハットをかぶった背の高い男の人を見あげている子供のような気分だ。大げさに騒がれるのはいやだったので、村を迂《う》回《かい》して進む。ほうきがなければ、こんな道を進むのはほぼ不可能だっただろう。ほうきでさえ進むのに苦労しているようだ。ようやく果樹園にたどり着いて降り立ち、裏口に近づいてみると、扉が開いていた。きっと妹たちが花を摘みに出かけたか、ともかく何かくだらないことをしに行っているのだろう。

中はしんと静まりかえっている。エルファバはサイドボードから茶色くなったりんごをつかみ、誰とも顔を合わせることなく、自分の部屋がある塔の階段を重い足取りで上っていった。ばあやの部屋の前に来ると、ドアノブをガチャガチャ動かして言った。「ばあや？」

「入ってもいい？」

「あれまあ」小さな甲高い声がした。「びっくりさせないでくださいよ！」

「ちょっとお待ちくださいまし」ドアの前から家具を引きずって動かす音がする。「ひどいじゃありませんか、エルファバ様！　あたしたちを置き去りにするなんて。寝首をかかれて殺されるところだったんですよ！」

「どういうこと？　とにかく、入れてちょうだい」

「何もおっしゃらずに行ってしまわれるなんて。心配で気が変になるかと――」最後の家具が取り除かれ、ばあやが扉を開けた。「まったく、恩知らずのひどい方ですよ！」ばあやはエルファバにすがりついてわっと泣きだした。

「お願いだからやめてよ、大げさなのはもうたくさん」エルファバは言った。「いったい何があったの？」

ばあやが落ち着きを取り戻すまでにはしばらくかかった。気つけ薬を探してかばんをかきまわし、小瓶やら小袋やらをいろいろと取り出す。その量たるや薬屋でも開けそうなほどだ。青いガラス瓶、透明な薬入れ、粉薬や錠剤が入った蛇革の袋、それから、きれいな緑色のガラス瓶。古くて破れたラベルに〈奇跡の霊…〉という字が書いてある。

気を静めるためにさまざまな薬を試してようやく息がつけるようになると、ばあやは言った。「やれやれ。それで、エルファバ様、誰もいなくなってしまったのにはお気づきでしょうね？」

エルファバは戸惑って額にしわを寄せた。急に恐怖が襲ってくる。

ばあやは深く息を吸った。「ばあやのことを怒らないでくださいまし。ばあやのせいではありませんよ。あの兵隊たちが、突然調査を終えることにしたんです。どうしてかはわかりませんがね。ノア嬢ちゃんが、エルファバ様がいなくなったと言ったんじゃないでしょうか。あたしたちには教えてくれましたよ。あなた様のほうきを捜しに行ってみたら、部屋はもぬけの殻だったとね。兵隊たちはあの子に親切で、かわいがっていましたからねえ。兵隊たちは正門にやってきて、ご家族全員に、つまりサリマ様と妹さん方とノア嬢ちゃんとアージ坊ちゃんに、どこだかにある本部にご同行願いたいと言ってきたんです。あたしは来なくていいって言われましたけど、失礼じゃありませんか。いつか思い知らせてやりますとも。で、サリマ様が理由をお尋ねになりますと、あの素敵なチェリーストーン司令官さんが、皆様をお守りするためだとお答えでした。戦闘になった場合、部族長の一族がここにいるのはよくない、流血沙汰になるかもしれない、というわけで」

「戦闘になるって？　いつ？」エルフィーは手のひらで窓枠をぴしゃりと叩いた。

「これからお話しするところですよ。司令官さんは、すぐにではないが、念のためですとおっしゃいました。兵隊さんたちはだんだん強い態度に出るようになりましてね。村人たちまで追い払っちまったんです。まあ、殺してはいないでしょうね。鎖はかけてましたけど、そのほかの点ではまあ紳士的だったと思います。で、あたしだけ残されたというわけです。こんな老いぼれじゃ山を下りていくことなんてできませんし、王族の一人というわけでもありませんからね。それに、リア坊ちゃんも残していきました。べつに恐れるような相手じゃありませんし、あの子のことが気に入っていたようですしね。でも、何日かしたら、リア坊ちゃんもいなくなってしまいました。おおかた兵隊さんたちがいないのが寂しくて、野営地まで追いかけていったんじゃないでしょうか」

「誰も抵抗しなかったの？」エルフィーは金切り声をあげた。

「そんなに大声を出さないでくださいよ。もちろん抵抗しましたよ。まあ、サリマ様は発作を起こして気絶してしまいましたけど。アージ坊ちゃんとノア嬢ちゃんが介抱なさってました。けれども、妹さんたちはいろいろとうまいことを言って食堂に立てこもり、礼拝堂のある棟に火を放って助けを呼ぼうとしたんです。スリー様はチェリーストーン司令官さんの手に砥石《といし》を叩きつけたんですよ。きっと手の骨が全部折れちまったはずです。ファイブ様とシックス様は鐘を鳴らしましたが、羊飼いたちはみんな遠くに行っておりましたし、何もかもあっという間でしたからね。ツー様は手紙を書いて、カラスの足に結びつけて送ろうとしたんですが、カラスたちは窓枠に戻ってくるばかりで飛んでいきませんでした。まったく役立たずの連中ですよ。フォー様は煮えたぎった油を使おうと思いつかれたんですが、火を十分に燃え立たせることができなかったんです。そんな具合に一日か二日、上を下への追いかけっこが続きましたけど、結局は兵隊側の勝ちでした。いつだって勝つのは男どもなんですねえ」

ばあやはまだ腹立ちが収まらない様子だった。「あたしたちは皆、エルファバ様はもうとっくに襲われてしまったとばかり思ってました。連中にとって邪魔な存在ですからね。ここで手強い相手はほかにいないってことは誰だって知ってます。みんな、あなた様を魔女だと思っておりますから。村の人たちは、エルファバ様がお戻りになったら、レッド・ウィンドミルの村までご足労願いたいと申しておりました。あのダムの下流ですよ、ご存じでしょう。あなた様なら王家の一族を助け出せると思ってるようでした。王家といっても今ではすっかり落ちぶれておいでですがね。で、あたしは言ってやったんです。そんなのは見当違いで、エルファバ様はあの方たちのことなど気にも留めないだろうってね。でも、とにかく伝えてはみると約束いたしました。そういうわけなんですよ」

エルファバは部屋の中をせかせかと歩きまわり、いつもまとめている髪を振りほどいた。今聞いたことも一緒に振り払ってしまえればいいのに。「それで、チステリーは？」ようやくエルフィーは聞いた。

「音楽室のピアノの後ろにでも隠れてるんでしょう、きっと」

「まったく、厄介なことになったものね」

エルファバは大またで歩きまり、腰を下ろし、あごをなで、ばあやの室内用便器を蹴飛ばして壊してしまった。「こっちの軍勢は？」エルファバはつぶやく。「ほうき、蜂、猿、犬――キリージョイは無事ね？　じゃ、キリージョイ。カラスたち。ばあや。それに村人たち。痛めつけられていなければ、だけど。それと、あのうさんくさいグリムリーの書。あまりたいした数じゃないね」

「そのようですね。まるで負け戦ですよ、負け戦」ばあやはため息混じりに言った。

「皆を取り戻してみせる」とエルフィー。「絶対に」

「ばあやもお手伝いいたしますよ。ここだけの話、あの妹さんたちはいけすかない方ばかりでしたけれどもね」

　エルフィーはこぶしを握りしめ、自分を殴りたくなるのを懸命にこらえた。「リアも行ってしまった。サリマに謝るためにここまで来たのに、それもかなわず、おまけにリアまで失ってしまった。わたしの人生、何をやってもうまくいかないようにできてるの？」キアモ・コは死んだように静まりかえっていた。聞こえるのは、揺り椅子で居眠りしているばあやの苦しげな寝息だけ。キリージョイは主人が帰ってきたのがうれしくて、尾を激しく振っている。窓の外には、広く絶望的な空。エルファバも疲れきってはいたが、眠れなかった。時々、生簀の壁に水がひたひたと打ち寄せる音が聞こえるような気がしたのだ。まるで伝説の地下の湖が水かさを増して、すべてを飲みこもうとしているかのように。

第五部　殺人と死後の世界

1

その出来事ののち、世間ではあれこれと推測が飛び交った。空の四隅から同時に響いてきたように聞こえたあの轟音《ごうおん》は、いったい何だったのだろう？

記者たちは類語辞典と黙示録を隅から隅まで調べたが、お手上げだった。「攪乱《かくらん》されて暴れまわる大気が渦を巻いて溶解したもの」……「解釈しがたい、見えざる世界の火山」……云々《うんぬん》。

チクタクものに目がない快楽主義者いわく、「あれは、時計仕掛けの機械がぜんまいを巻き戻しながら、すさまじい速度で駆け下りてきた音さ。それによって、復讐《ふくしゅう》の念に満ちたエネルギーを解放したんだ」

本質主義者いわく、「世の中に生命が多くなりすぎたことに、この世界が突然気づいたのではないだろうか。細胞が何十億にも分裂し、分子が崩壊して無に帰し、原子が震えて自らの器の中で砕け散ったようだった」

迷信深い者いわく、「あれは時間が崩壊したのに決まっておる。世界中の害悪が染み出て、ほの暗いエネルギーのかたまりとなり、一撃のもとにこの世界の息の根をとめようとしたんじゃ」

もっとまっとうな宗教家いわく、「あれは復讐の天使の軍隊が進軍してきたのであり、名もなき神の畏《おそ》れ多き御名《みな》がようやくとどろいたのだ。当然の報いだがな。慈悲への希望は消え失せた」

こううそぶいた者も、一人か二人。「攻撃訓練中のドラゴンの群れがねぐらから飛び立ち、三つの翼をばたつかせて空を渡っていったのさ」

しかし、それがもたらした破壊のありさまを目にした者は、もはやその恐るべき正体について、でたらめを並べ立てたり、知ったかぶりをしたり、はたまた以前に経験したことがあると言ったりしなくなった。その正体は、渦を巻いて空へ立ちのぼる風だった。

そう、竜巻だったのだ。

多くのマンチキン人が命を落とした。何百年もの間、作物を育ててきた大地からは、何平方キロにも渡って表土が巻きあげられた。東の砂漠から運ばれてきた砂に呑《の》まれ、いくつかの村が跡形もなく消え失せた。生存者は一人もいなかったため、どんな状況だったのか聞き出すこともかなわなかった。竜巻は悪夢に出てくる化け物のように襲いかかり、ストーンスパー・エンドの五十キロ北の地点でオズに侵入したが、うまくコルウェン・グラウンドを避けて通ったため、ここではバラの花びら一枚、棘《とげ》一本飛ばされずにすんだ。それから竜巻は、反逆者の国マンチキンの経済基盤であるコーン・バスケットを突っきって壊滅的な打撃を与えたのち、まるで仕組まれていたかのように、寂れた黄色いレンガの道の東の端、センター・マンチの村のあるところにたどり着き、消え失せた。ちょうどその頃、ネッサローズが村の礼拝堂の外で、宗教教育の授業を受けた生徒たちに皆勤賞を与えていた。そして風に運ばれてきた家が、ネッサローズの頭を直撃した。

子供たちは全員助かり、ネッサローズの魂を弔うために葬式に出席した。一人も欠席しなかったという意味では、これ以上完璧な皆勤賞もなかっただろう。

この災厄について、さまざまな冗談が交わされたのも無理はない。「運命は避けられないね。あの方は家から逃げられない運命だったのさ」「宗教教育についてのネッサローズ様の演説があまりにもすばらしかったので、文字どおり家をも揺るがしたわけだ」「誰だって成長したら家を出なければならないが、家のほうで出ていってほしくないこともあるらしい」「流れ星と落ちてくる家の違いは？」「流れ星はみんなの願いをかなえてくれる。落ちてくる家は魔女をぺしゃんこにしてくれる」「大地を揺るがさんばかりに大きく太いモノで、きみを意のままにするのは？」「さあねえ。とにかく紹介してくれる？」

このような大混乱は、オズの歴史始まって以来のことだった。テロリストの集団はこぞって自分たちの犯行だと名乗りをあげた。東の悪い《ウィキッド》魔女、または政治的立場によってはスロップ総督と呼ばれる人物が殺されたという知らせが広まったとあれば、なおさらだ。当初、その家の中に人がいたことはあまり知られていなかった。風変わりな家が、来賓《らいひん》のために用意してあった演壇にほとんど無傷で落ちてきたというだけでも、かなり信じがたいことだ。そのうえ、落ちてきた家の中にいながら助かった者がいるとなれば、まったくの眉唾ものか、はたまた名もなき神の思《おぼ》し召《め》しか。ご多分に漏れず、目の見えなかった人が突然「目が見える！」と叫びだしたり、足の悪い〈豚〉が立ちあがってジグを踊りだしたあげくに連れ去られたりするなどということが起こった。よそから来た少女――ドロシーという名らしい――は、こうして助かったことで、生きた聖人に祭りあげられた。ドロシーの犬はといえば、ただうるさがられただけだったが。

2

伝書鳩《でんしょばと》がネッサローズの早すぎる死の知らせをキアモ・コに伝えに来たとき、魔女は手術をしている真っ最中だった。飼っている猿の群れの中から一匹を選び、白いとさかを持つ雄のロック鳥の翼を背中の筋肉に縫いつける作業だ。何年も試行錯誤を繰り返した結果、ようやくうまくできるようになっていた。ここに至るまでには、ひどい失敗に終わったために猿を安楽死させてやるしかなかったこともある。昔フィエロがニキディック教授の授業で使っていた生命科学の教科書がいくらか助けになってくれた。グリムリーの書も役に立った——正しく読めていればだが。中枢神経が木ではなく空に向くようにさせる呪文を見つけたのだ。やがて手術はうまくいくようになり、猿たちは翼を得て喜んでいるようだった。群れの中で翼のある子ザルが産まれるまでにはまだ至っていないが、魔女は望みを捨ててはいなかった。

猿たちは、言葉を学ぶより空を飛ぶのを覚えるほうがずっと早かった。チステリーは今では城の動物たちの長老的存在で、短い言葉ならはっきり言えるようになっていたが、自分が何を言っているのかは、いまだによくわかっていないようだ。

鳩が運んできた手紙を手術室のエルファバに渡したのは、このチステリーだった。手紙を開いて読む間、手術用のメスをチステリーに預ける。手紙はシェルからで、竜巻事件のあらましと、数週間後に行われる追悼式について簡単に書かれていた。この手紙が無事に届いて、姉さんも式に間に合うように来られるといいが、とのことだった。

魔女は手紙を置いて作業に戻り、悲しみと喪失感を振り払おうとした。翼をつけるのは難しい作業だし、この猿に与えてある鎮静剤は、昼まではもたないだろう。「チステリー、ばあやが下に行くのを手伝う時間だよ。あと、できればリアを捜して、昼ごはんの時に話したいことがあると伝えて」魔女は気持ちを押し殺すようにしてこう言うと、自分で書いた図面に目を戻し、筋肉が前から後ろに正しい順序で重なっているかどうかを確認した。

今や、ばあやは一日に一度食堂に行くだけで精一杯だった。毎日お昼時になると、えっちらおっちらと階段を下りてきて、お腹をすかせて食堂に現れては、「これがあたしの仕事ですよ、これと、眠ることがね。ばあやにとってはどっちも朝飯前ってもんですよ」と言った。リアがチーズとパン、そして時々は冷たい骨付き肉を用意してくれるので、三人はそれを切り分け、いつもは黙々と食べ終えて、さっさと午後の仕事に向かうのだった。

十四歳になっていたリアは、魔女と一緒にコルウェン・グラウンドに行くと言い張った。

「ぼく、兵隊さんたちのところはともかく、まだどこにも行ったことがないじゃないか。

いつだって、何もやらせてくれないんだから」リアは文句を言った。

「誰かが残って、ばあやの世話をしないといけない」と魔女。「反論したって無駄だよ」

「チステリーにやらせればいいじゃないか」

「チステリーには無理。忘れっぽくなってるし、チステリーとばあやだけに留守番させるなんて危なっかしいこと、できっこない。だめったらだめ。議論の余地なしだよ、リア。ここに残りなさい。それに、間に合うように行くには、ほうきに乗っていかなきゃならないんだから」

「何もやらせてくれないんだから」

「食器を洗わせてあげる」

「そういう意味じゃないってわかってるくせに」

「この子はいったい何を騒いでるんです？」ばあやが大声で言った。

「何でもないよ」と魔女は答えた。

「何ですって？」

「何でもない、いい」

「教えてあげないの？」とリアが言った。「ばあやはネッサローズおばさんの世話もしてたんでしょ？」

「もう年なんだから知らなくていい。八十五歳なんだよ。教えても、おろおろするだけ」

「ばあや、ネッサおばさんが亡くなったよ」リアは言った。

「お黙り、この役立たず。さもないと、きんたまを踏みつぶしてやるよ」

「ネッサ様がどうしたって？」ばあやが目やにだらけの目で二人を見つめた。

「シタ、シンダ、シンジャッタ」チステリーが歌うように言う。

「どうしたですって？」

「ネッサおばさんが死んだ」とリア。

ばあやはこれを聞いただけで泣きだしてしまい、しばらくしてからようやく尋ねた。

「本当なんですか、エルフィー様、ネッサローズ様が亡くなられたっていうのは？」

「リア、覚えてらっしゃい」と魔女。「ええ、そう、ばあやに嘘はつけない。嵐が来て、建物が崩れてきたんだって。とても安らかな最期だったそうだよ」

「ラーライン様の御許に行きなすったんですねえ」ばあやはすすり泣きながら言う。「ラーライン様の金の戦車が迎えに来たにちがいありませんよ」ばあやは皿の上のチーズのかけらを訳もなく叩いた。それからナプキンにバターを塗って噛《か》みついた。「で、いつお葬式に行くんです？」

「ばあやの年じゃ、もう旅は無理でしょ。二、三日したら出かけるつもり。リアが残って世話をしてくれるから」

「そんなのいやだよ」とリアが言った。

「リア坊ちゃんはいい方ですね、ネッサローズ様ほどじゃございませんけれども。ああ、悲しい日だこと！　リア坊ちゃん、お茶は自分の部屋でいただきますよ。何事もなかったみたいにこうして座って話しているなんて、とてもできそうにありませんからね」ばあやはチステリーの頭を支えにしてよろよろと立ちあがった（チステリーはばあやに献身的だった）。「でもねえ」と、魔女に向かって言う。「リア坊ちゃんはまだまだ子供ですし、あたしの役に立つとは思えませんがね。城がまた攻撃されたらどうなります？　この前あなた様がお出かけになったときにどうなったか、お忘れじゃないでしょうね」そう言って、ばあやはあてこするように顔をしかめた。

「ばあやったら。アージキ族の市民軍が、昼も夜もここを守ってくれてる。皇帝軍が駐留しているのは、ふもとのレッド・ウィンドミルの村だし。あんな安全な場所を離れて、こんな山道でみすみす命を落とすようなまねをするもんですか――あれだけのことをしたあとじゃね。あのときは確かに小競り合いや武力行使もあったけど。今じゃ、ただの番犬。基地にいるのは、山に住む部族に不穏な動きがあったら報告するため。知ってるくせに。怖がることなんかない」

「この年で、お気の毒なサリマ様やご家族の方みたいに鎖につながれて連れていかれるなんて、たまったもんじゃありませんよ。もしそんなことになったら、どうやって助けてくださるおつもりですか。あの方たちだって助け出せなかったのに」

「なんとか助け出そうとしてる」魔女はばあやの左耳に口を近づけて言った。「七年間ですよ。あきらめの悪い方なんだから、まったく。七年このかた、皆さん共同墓地で眠っていらっしゃるに決まってますよ。リア坊ちゃん、一緒にお墓に行かずにすんだこと、ラーライン様に感謝なさいな」

「ぼくだって助けようとしたんだ」とリアは言い張った。自分の頭の中では、あのときはもっと勇敢な行動をしたことになっているのだ。兵隊さんたちと一緒にいたかったからじゃない、みんなを助けるために勇気ある行動をしたんだ！　だが本当のところは、チェリーストーン司令官が親切心からリアを縛りあげてどこかの納屋の麻袋に隠し、一緒に捕まらないようにしてくれたのだ。司令官は、リアがフィエロの子だとは知らなかった。リア本人でさえ知らなかったのだから。

「そうですか、それはご立派ですねえ」ばあやは悲しい知らせも忘れ、より記憶に鮮やかなあの悲劇的な出来事を思い返していた。「もちろん、あたしだってできるかぎりのことはいたしましたよ。でも、ばあやはあの頃だってもうかなりの年寄りでしたからねえ。エルフィー様、あの方たちはやっぱりお亡くなりになったんでしょうか?」

「見当もつかないよ」こう答えるのは一万回目くらいになるような気がする。「エメラルド・シティに連れていかれたのか、殺されてしまったのかもわからない。ばあやだって知ってるでしょ。人を買収したり、自分で捜しまわったり、スパイを雇って手がかりを探させたりしたし、スクロウ族のナストーヤ姫に手紙を送って助言を求めたりもした。一年間手がかりを追い求めたけど、結局無駄だった。ばあやだってわかってるはず。わたしの失敗を持ち出してわたしを苦しめないで」

「いいえ、あたしが悪いんですよ」ばあやは屈託なさそうに言った。それが口先だけなのは皆知っていた。「あたしがもっと若くて元気でしたらねえ。あのチェリーストーン司令官をこっぴどく叱りつけてやりましたのに! サリマ様はもういなくなってしまわれた。妹さん方だってそうです。あたしたちのせいなんかじゃありませんよ、そうですとも」と、ばあやは魔女をにらみつけて心にもない言葉で締めくくった。「あなた様はどこかに用事があってお出かけになってただけですものねえ。誰がとやかく申せるでしょう?」

だが、鎖につながれたサリマの姿や、サリマの亡骸《なきがら》が朽ちていく様子を思い浮かべ、フィエロの死についてまだサリマから許しを得ていないことを考えると、魔女の心は水をかけられたかのように痛んだ。「やめてよ、このもうろくばあさん。どうして身内のおまえにそんなひどいこと言われなきゃならないのさ。さっさとお茶でも飲みに行ったら？」

魔女はようやく腰を下ろし、ネッサローズのことを考えた。いったい、これからどうなるのだろう。政治の世界にはなるべく関わらないようにしてきたけれど、マンチキンの指導者が変われば、今までのバランスが崩れて――もしかしたらよい結果になるかもしれない。後ろめたくはあるが、妹が死んで少しほっとしたのも確かだ。

追悼式に持っていくもののリストを作った。まずは、グリムリーの書の中の一ページ。自分の部屋で大きなかび臭い本をめくり、とうとう、特に謎めいたページを選んで破り取った。文字は相変わらず目の前で姿を変え、もつれてはほどけ、蟻《あり》の群れのように動きまわる。この本を見るたびに、前の日には単なる殴り書きとしか見えなかったものが新たな意味を持って浮かびあがってきたり、見つめているうちに意味が失われてしまったりする。父さんに聞いてみよう。信仰のまなざしで見れば、真実がもっとよく見えるかもしれない。

3

コルウェン・グラウンドの屋敷は黒い花綱と紫の旗で飾られていた。魔女を迎えたのはあごひげを生やしたニップというマンチキン人ただ一人で、歓迎とは程遠い。ニップは管理人兼門番といった風情《ふぜい》だが、自分では総理大臣を気取っていた。「おたくの一族は、マンチキンではもう特権階級ではありませんぞ。ネッサローズ様亡き今、総督の称号はついに廃止されました」称号など魔女にはどうでもよかったが、こんなふうに一方的に言われたことを素直に受け入れるつもりはなかった。

「その称号が廃止されるのは、わたしが廃止を認めたときだよ」と魔女は言った。もっとも、総督の称号は最近ではあまり使われなくなっていた。時々フレックスから届く長たらしい手紙によれば、ネッサローズは陰口として使われていた〝東の悪い魔女《ウィキッド》〟という呼び名が気に入り、道徳心の高い者にふさわしい公の受難と考えるようになったのだ。自らそう名乗ることすらあった。

ニップは魔女を部屋に案内した。「どうぞおかまいなく」と〝西の悪い魔女《ウィキッド》〟（少なくともマンチキンの成り上がり者からは、ネッサローズと並んでこう呼ばれてもかまわないと思った）は言った。「数日寝泊りするだけだから。父に会って、追悼式に出る予定だけど、必要なものがいくつかそろったらすぐに帰る。それで、弟のシェルもここに来てるの？」

「シェル様は、またどこかに行ってしまわれました。皆さんによろしくと言って。グリカスで重要な任務があり、行かざるを得ないとのことです。逃げたのではないかと考えている連中もおりますよ。独裁者亡き今、政治状況がどうなるかわかりませんので。まあ、逃げるのも当然でしょうな」ニップの口調は冷たかった。「タオルはご用意しますか？」

「いいえ、使わないから、結構。もうお行き」エルファバはどっと疲れを感じ、悲しみに打ちひしがれた。


フレックスは六十三歳になり、この前会ったときよりも、髪の毛はますます薄く、ひげはますます白くなっていた。背中は丸く曲がり、両肩がくっつきそうだ。背骨も首もすっかり弱ってしまったために、支えきれずに頭が体の中に埋もれている。父は毛布にくるまり、ベランダに置かれた椅子に腰掛けていた。「どなたかな」魔女が近づいて隣に座ると、フレックスは言った。目がほとんど見えなくなっていたのだ。

「もう一人の娘だよ、父さん」魔女は言った。「生き残ったほうの」

「ファバラか。かわいいネッサローズがいなくなってしまって、私はいったいどうしたらいいんだ？　かわいいあの子がいないのに、いったいどうやって生きていけというんだ？」

魔女はフレックスが眠るまで手を取り、涙を指でぬぐってやった。涙で肌が焼けるようだったけれど。

解放されたマンチキン人たちが、屋敷を打ち壊していた。魔女にとってはうわべの豪華さなどはどうでもよかったが、こんなふうに無駄になってしまうのは惜しいと思った。先のことを考えずにこんな野蛮なことをするなんて。これからどんな政治体制になるにせよ、この建物は議事堂として使えるかもしれないのに。

魔女は父親と一緒に時を過ごしたが、言葉はあまり交わさなかった。ある朝、フレックスは普段より元気で頭もはっきりしていたらしく、おまえが魔女だというのは本当かと聞いてきた。

「いったい、魔女って何? うちの家族で言葉を額面どおりにとる人なんていなかったでしょ?」と魔女は言う。「それはともかく、ちょっとこれを見てくれる? 何が見えるか教えて」こう言って内ポケットからグリムリーの書の一ページを取り出し、大きなナプキンのようにフレックスの膝の上に広げた。フレックスは指先で読み取ろうとするかのように、ページの上に手を走らせた。それから顔を寄せ、目を細めてのぞきこむ。

「何が見える?」魔女は聞いた。「これがどういうものか、教えてもらえる? 善いもの? 悪いもの?」

「くっきりした大きな文字だね。わかりそうなんだが」フレックスはページを逆さにしてみた。「だがファバラや、この文字は読めないよ。よその国の言葉だ。おまえは読めるのか？」

「時々は読めるような気がするんだけど、すぐわからなくなってしまう。それがわたしの目のせいなのか、この本のせいなのかわからないけど」

「おまえは昔から目が鋭かったからね。よちよち歩きの頃から、ほかの人間には見えないものを見ていた」

「どういうこと？」

「愛しいタートル・ハートがおまえのために作った鏡があってね、おまえはそれをのぞきこんでいた。別の世界を、別の時代をのぞくように」

「自分の顔を見てただけじゃない？」

だが、そうでないことは二人とも知っていた。フレックスはきっぱりと打ち消した。

「いや、違う。おまえは自分の顔を見るのが嫌いだったからね。肌の色や鋭い顔つき、変わった目つきを憎んでいた」

「どこで憎むことを覚えたのやら」

「生まれつき知っていたんだよ。呪いだったのさ。おまえは私の人生を呪うために生まれてきた」たいしたことじゃないとでも言わんばかりに、フレックスはいたわるように娘の手を軽く叩いた。「尖《とが》った乳歯が抜けて、普通の歯が生えてきたときは、みんな少しほっとしたよ。最初の数年間、ネッサローズが生まれるまでは手に負えなかった。聖者のようなネッサローズが、おまえより重い障害を背負って私たちのもとにやってきてから、おまえは普通の子のように落ち着いてきたんだ」

「どうしてわたしはこんなに人とは違う姿に生まれてくる羽目になったの？　父さんは聖職者だからわかるでしょ」

「私の過ちのせいだ」とフレックスは答えた。こう言いながらも、どういうわけか自分ではなく娘を責めている口ぶりだ。どうしてそう聞こえるのかは、いくら考えてもわからなかったけれど。「私が務めを果たせなかったので、私を苦しめるためにおまえが生まれたんだ。だが、そんなことを気に病む必要はないよ」そして、こう言葉を継いだ。「もうずっと昔の話だ」

「じゃあ、ネッサローズは？」魔女は聞いた。「あの子の場合、どんな罪と恥の重さが原因だっていうの？」

「あの子は、母さんのだらしなさの表れだ」フレックスは穏やかに言った。

「だから、父さんはネッサをあんなにかわいがってたんだね。あの子の人間的な弱さは、父さんのせいじゃなかったから」

「そうかっかとするんじゃない。おまえはいつも考えすぎるんだ。それに、ネッサローズは死んだ。今となってはどうでもいいことだ」

「わたしはまだ生きてる」

「だが、私の人生は終わろうとしている」と、フレックスは寂しそうに答えた。そこで、魔女は父の手を膝に戻してやり、優しくキスをすると、グリムリーの書から破り取ったページをたたんでポケットにしまった。そのとき、芝生を横切って近づいてくる人影に気づき、挨拶しようと顔を上げた。誰かがお茶を持ってきてくれたのだろう（フレックスは今でもある程度丁重に扱われていた。高齢なのと、性格が穏やかなのと、そしておそらくは職業のせいでもあっただろう）と思ったが、それが誰かわかると、魔女は立ちあがって手織りの黒いスカートの前をなでつけた。

「アーデュエンナ一族のミス・グリンダ」魔女の心は震えた。

「あら、来てたのね。きっと来るだろうと思ってたわ」グリンダが言った。「ミス・エルファバ、最後の真のスロップ総督。誰が何と言おうとね！」

近づいてくるグリンダの足取りはゆっくりだった。もう若くはないせいか、気おくれしているせいか、あるいは、ごてごてしたドレスが重すぎて歩くのが大変だったせいか。グリンダベリーの大きな茂みみたい。魔女はそんなことしか考えられなかった。あのスカートの中には、聖フロリクス教会の丸屋根くらい大きな腰当て《バッスル》が入っているにちがいない。ドレスにはスパンコールやひだ飾りがたくさんついており、スカートの部分には六、七枚の卵形のパネルが重ねられていて、オズの歴史をモチーフにしたらしいキルティング模様が施されている。でも、あの顔。白粉が塗られ、目尻や口元にはしわこそできているけれど、グリンダの顔はパーサ・ヒルズからやってきた内気な少女のままだ。

「全然変わってないわね」とグリンダ。「こちらがお父様？」

魔女はうなずいたが、フレックスがまたうとうとしはじめていたので、静かにするように合図した。「こっちに来て、庭を散歩しましょう。あの連中が不正を根絶やしにするついでに、バラの花を引き抜こうなんて愚かなまねを始めないうちにね」魔女はグリンダの腕をとった。「それにしても、ひどい格好だね、グリンダ。そろそろ分別がついてもいい頃だと思ってたのに」

「田舎ではね、ちょっと着飾ってみせる必要があるのよ。そんなにひどいとは思わないけど。それとも、この肩につけたサテンの飾り、ちょっとやりすぎかしら？」

「ちょっとなんてもんじゃない。誰かにはさみを持ってこさせなきゃね。日も当てられないよ」

二人は笑った。「あらあら、この由緒ある建物に、ずいぶんひどいことをしたものね」

とグリンダ。「あそこの破風《ペディメント》のところには、もともと彫刻された壺《つぼ》が飾ってあったはずなのに。それに、あの見事なバルコニー一面に革命のスローガンを書いてしまうなんて。エルフィー、なんとかしてちょうだい。首都以外には、あれほど立派なバルコニーなんてないのよ」

「わたしはあなたほど建築には興味がないの、グリンダ」魔女は言った。「今スローガンを読んでみたけど。〈あの女は我々みんなを踏みつけにした〉だって。バルコニーがあんなふうに落書きだらけにされるのも当然だね。ネッサローズが本当にみんなを踏みつけにしたのなら」

「独裁者はいずれ姿を消すけれど、バルコニーは永遠に残るわ。あなたにその気があるなら、修復できるように、すぐにでも最高の腕を持った職人を推薦してあげる」

「ネッサローズが死んだとき、あなたが真っ先に現場にかけつけたんだってね。どうしてそういうことに？」

「サー・チャフリー、つまりわたしの夫が、豚肉の先物取引をやっていてね。マンチキンは、ギリキンの銀行とエメラルド・シティの穀物取引所の言いなりにならないように、経済の多角化を目指してるのよ。マンチキンとオズの国のほかの地域の関係がどうなるか、わかったものじゃないでしょ。備えあれば憂いなしというわけよ。それで、サー・チャフリーがビジネスをして、わたしは善行を施す。理想的な協力関係よ。あのね、わたしはどんなに人にあげても有り余るくらい、お金を持ってるの」グリンダはくすくす笑って魔女の腕をぎゅっとつかんだ。「福祉事業がこんなに忙しいなんて思わなかったわ」

「じゃあ、マンチキンにいたの？」

「ええ、モス湖のほとりにある孤児院に行ったついでに、気晴らしに動物保護地区に寄っていこうと思ったの。ドラゴンがいるのよ。わたし、ドラゴンを見たことがなかったから、見てみたくて。だから、嵐が襲ってきたときには、ここから二十キロも離れていないところにいたの。そこでもかなりひどい風だったわ。どうしてセンター・マンチでは式典がそのまま続けられていたのかしら。モス湖では、木が倒れたり〈動物〉が逃げたりするといけないからって、保護地区がすっかり閉鎖されてしまって……」

「それじゃ、保護地区って、〈動物〉の？」魔女は聞いた。

「行ってみるといいわよ、おもしろいから。それで、話を戻すけど、あの家が突然落ちてきたでしょ。まさに晴天の霹靂《へきれき》ってわけ。大きな嵐が来るってわかっていたら、式典を中止して避難してたでしょうね。ともかく、マンチキンでは情報システムがかなり発達してるの。ネッサローズ自ら、のろしとチクタク式の信号からなるシステムを指揮していて、魔法使いや西からの侵略に備えてたわ。だから、あの知らせが四方に伝わるまで、それほど時間はかからなかった。それでわたしは〈不死鳥〉の成獣を呼んで、センター・マンチまで運んでもらったの。わたしがかけつけたとき、地元の人たちもいったい何が起きたのかまだちゃんと把握できてなかった」

「そのときのこと、教えて」

「幸い、血は流れてなかったわ。体の中はかなりひどいことになっていたかもしれないけど、とにかく血は出てなかった。最後までネッサローズを熱烈に信奉していたの僅かな人たちは、これは彼女の魂が清らかなまま天に召されたからだって考えたわ。ほんとんど苦しまなかっただろうってね。まあ、確かにそんなに苦しまなかったでしょうね、あんなものが頭の上にどさっと落ちてきたんじゃ。国民の中にはあの子に不満を抱いていた者のほうが多かったわけだけど、その人たちは、ネッサローズの偏った原理主義的な支配から人々を解放するために、ラーラインがいたずらを仕組んだのだと考えてる。わたしが到着したときはお祭り騒ぎで、落ちてきた家に住んでいたらしいおかしな女の子と犬を讃《たた》えてお祝いしてたわよ」

「それって誰？」魔女には、これは初耳だった。

「マンチキンの人たちって、口では民主主義を唱えておきながら、へつらうようなところがあるでしょ。わたしが現れたとたん、わたしを魔女だって言ってその子に紹介したのよ。

そうじゃないって言おうとしたんだけど。魔術師のほうがふさわしい呼び名だもの。でも、まあいいわ。たぶん、わたしの服のせいで、みんなちょっとびっくりしたんでしょうね。あの日はサーモンピンクのドレスを着てたの。わたしによく似合うのよ」

「それから、どうなったの？」服の話にはたいして興味がなかったので、魔女はこう言った。

「ええっと、その子が自己紹介してくれたわ。カンザスから来たドロシーですって。カンザスなんて知らないし、その子にもそう言ったのよ。その子も、ほかの人と同じくらい、何が起きたか知ってびっくりしてたわ。いやーな子犬がその子の足元をキャンキャン言いながら走りまわってた。タタとかトトとかいう名前だったわね。そうそう、トトだった。それで、このドロシーっていう子、かなりショックを受けてたわ。十人並みの器量の子で、服の趣味もあんまりよくなかったけど、まあ、そういうことにはまだ疎い子もいるものね」グリンダはこう言うと魔女のほうを横目でちらりと見た。「いつまでたってもなかなかよくならない人もいるみたいだけど」この言葉に、二人ともくすくす笑った。

「ドロシーは自分のふるさとに帰りたがったわ。でも、オズについて学校で習った覚えはないって言うし、わたしもカンザスなんていう場所は聞いたこともないから、ほかのところで助けを求めるしかない、っていうことになったの。気まぐれなマンチキンの人たちは、その子をネッサの後継者にしようとしてたみたい。そんなことしたら、ニップをはじめコルウェン・グラウンドのお役人たちはおかんむりだったでしょうね。ネッサローズが発作でも起こして死んだ場合に備えて、互いにしのぎを削ってたわけだから。それに、何かほかの計画が進行中なのかもしれない。ドロシーの存在は目障りだったはずよ」

「世の中の動きに目を配ってるんだね。まあ、べつに驚かないけど」魔女はこう言ったが、実際はうれしくてたまらなかった。「あなたがどこかで世の中に関わっているだろうって、ずっと思ってた」

「それでね、内戦が起こって今よりもっとひどい分裂状態になる前に、ドロシーをマンチキンの外に行かせたほうがいいって思ったの。ほら、マンチキンがオズに再併合されることを望んでる一派もいるでしょ。対立する派閥の争いに巻きこまれたんじゃ、あの子がかわいそうだもの」

「それじゃ、その子はここにはいないんだね。会ってみようと思ったのに」

「ドロシーに？　まさか、あの子を恨んでるわけじゃないでしょうね。まだ子供なのよ。マンチキン人と比べれば大きいけど、それでもまだ小さいことには変わりない。あの子は無関係よ、エルフィー。どうせまた昔の思いこみがぶり返したのね、目がギラギラしてるからすぐわかるわ。なにもドロシーがあの家を操ってたわけじゃないのよ。中に閉じこめられてただけ。あまり考えすぎないで、放っておきなさいよ」

魔女はため息をついた。「そのとおりかもしれない。そういえばこのところ、朝はいつも体がこわばるようになってきた。復讐心を抱くのも、癖になるものなんだって気がするときがある。体だけじゃなく、態度も頑《かたく》なになってるみたい。わたしが生きてるうちに魔法使いが倒されればいいって思い続けてるけど、その願いは幸せとは相容れないらしい。とにかく、あまり仲がよくなかった妹の敵《かたき》を取るなんて、できそうにないね」

「その死が事故によるものだったとすれば、なおさらね」

「ねえ、グリンダ」魔女は言った。「フィエロを覚えてるでしょ。彼が死んだことも知ってるはず。十五年前に」

「もちろんよ。確かに、死んだっていうことは聞いたわ。謎めいた死に方だったそうね」

「わたし、フィエロの奥さんと義理の妹たちに会ったの。フィエロはエメラルド・シティであなたとあいびきしてたんじゃないかって噂《うわさ》してた」

グリンダの顔は赤くなったり青くなったりした。「あのね、確かにフィエロのことは好きだったわよ。いい人だったし、一族の長としても立派だった。でも、何はさておき、あの人は肌の色が違ったでしょう。たとえ戯れにでも、そんなことしたところで誰の得にもならないじゃない。いくらなんでも、わたしとフィエロの仲を疑うなんてどうかしてるわ。

なんてこと考えるのよ!」

確かにグリンダの言うとおりだ。そう気づくと、魔女の心は沈んだ。中年になっても、グリンダの鼻持ちならない考え方は変わっていなかったのだ。

けれどもグリンダのほうは、魔女が自分こそフィエロの不義の相手だったとほのめかしているのだとは思いも寄らなかった。気がたかぶっていたせいで、あまり注意して聞いていなかったのだ。実は、魔女のことをちょっと警戒していた。久しぶりに会ったからというだけでなく、エルファバに不思議なカリスマ性が備わっていたからだ。グリンダはいつもその陰に隠れてしまうのだった。それに、どういうわけかなんとなくそわそわと落ち着かない気分になり、話すときもつい学生時代のような甲高い作り声で早口になってしまう。若い頃の心もとなさが、こんなにあっという間によみがえるものだなんて!

グリンダは若い頃のことを思い返してみたが、意を決して魔法使いに会ったときのことはほとんど思い出せなかった。それよりも、エメラルド・シティに行く途中でエルフィーと同じベッドで休んだことのほうがはっきりと記憶に残っている。あの夜、どんなに自分が勇ましく、そしてどんなに無防備に感じたことか。

二人はしばらく押し黙ったまま歩いた。

「事態は好転しはじめてるのかもしれない」しばらくして魔女が口を開いた。「マンチキンでは、しばらくは混乱が続くことになる。専制政治は許せないけど、少なくとも誰か秩序を与える人間はいる。圧政者がいなくなって無政府状態に陥ると、もっと血なまぐさいことも起こりかねない。それでも、結局うまくいくかもしれない。父はいつも言ってた、マンチキン人たちは、自分たちの手に任せられれば常識を働かせて生きられるって。それにネッサは、言ってみればよそ者みたいなものだった。カドリングで育ったし、それに、ほら、カドリングの血が流れてるらしいし。確かに正統な王位継承者だったけど、この地では異郷から来た女王にすぎなかった。そのネッサがいなくなった今、マンチキン人たちは自分たちの力でうまくやっていけるかもしれない」

「ネッサローズの魂が安らかでありますように」とグリンダが言った。「それとも、あなたはまだ魂の存在を信じてないの？」

「他人の魂については何も言えない」

二人はもうしばらく歩いた。時々、まじない用のわら人形が相変わらず使われているのが目に入る。上着にピンで留めてあったり、畑の隅に彫像のように立ててあったり。「あれを見ると、なぜかぞっとする」魔女はグリンダに言った。「それで、もうひとつ聞きたいことがあって。一度ネッサにも聞いたんだけど。わたしたち三人が、マダム・モリブルの応接室に閉じこめられて、〈三人の達人《アデプト》〉、オズの三大魔女になる気はないかって聞かれたときのこと、覚えてる？　各地に身分を隠して暮らす巫女《みこ》みたいに、誰だか知らないけど偉い人の命を受けながら、裏で政治を操り、オズの平和かはたまた動乱に力を尽くさないかって」

「ああ、あの茶番劇ね、安っぽいメロドラマみたいな。忘れるわけないじゃない」

「あのとき、魔法にかけられたんだと思う？　マダム・モリブルに、わたしたちがそのことについて話し合うことはできないって言われて、本当にそのとおりになったみたいだった」

「もしそうだったとしても、今こうやって話してるわけだから、もうとっくに効き目は切れてるみたいね」

「でも、わたしたちがどうなったか考えてみて。ネッサローズは東の悪い魔女になった。あの子がそう呼ばれてたのは知ってるでしょ、そんなに驚いたふりしないで。それで、わたしは西で要塞を構えていて、王族がいない今、アージキ族はわたしを中心に結集してる。あなたは北の国にぬくぬくと納まって、お金もたっぷりあって、偉大な魔法の力も持ってる」

「偉大だなんてとんでもない。しかるべき人たちの間で一目置かれるようにしているだけよ」グリンダは言った。「わたしが覚えてることも、あなたとたいして変わりないわ。マダム・モリブルは、確かにわたしに〈ギリキンの達人〉にならないかって言ってた。でも、あなたにはマンチキン、ネッサにはカドリングで〈達人〉になるようにって言ったでしょう。あの人、ヴィンカスなんて気にも留めてなかったんでしょうね。もし未来を予言してたとしても、間違ってたわけよ。あなたとネッサのことでは大間違いだわ」

「細かいことはいい」魔女はぴしゃりと言った。「わたしが言いたかったのは、大人になってからも、一生誰かに魔法をかけられたままだなんてことがありえるのかっていうこと。自分たちが誰かの邪悪なゲームの駒じゃないって、どうして言える？　ええ、わかってる。顔に書いてあるよ。『エルフィーったら、また陰謀を嗅ぎつけたつもりなのね』って。でも、あなたもその場にいた。わたしと同じことを聞いてた。あなたの人生が、誰かの悪意ある魔法に操られてきたんじゃないって、どうして言える？」

「わたしはね、よく祈りを捧《ささ》げてるの。心の底からとは言えないけど、でも努力はしてる。だから、名もなき神が慈悲の心をおかけくださって、ちょっとくらいのことは見逃して救ってくれるはず。わたしが運悪く魔法にかけられてしまったのだとしても、きっとそれを解いてくださるわ。あなたはどう？　今でも神なんていないと思ってるの？」

「わたしは、いつだって自分が駒のように操られてると思ってた。呪われた肌の色で生まれ、信心深い親のおかげでまじめで厳格に育ち、大学では〈動物〉たちに対する政治的犯罪に抵抗して闘うようになり、恋には破れて恋人を失ってしまった。わたしの人生に何か目的があるとしても、まだそんなものは見つかってない。動物たちの世話をするぐらいだね。そんなのが人生の目的だと言えるのなら」

「わたしはゲームの駒なんかじゃないわ」とグリンダ。「わたしは自分の愚かさのおかげでここまでやってこられたと思ってる。考えてもみて、どんな人生も魔法みたいなものよ。わかるでしょ。それでも、ある程度は自分で選べることだってあるものよ」

「本当にそうなのか……」

二人は歩き続けた。彫像が並んでいて、御影石《みかげいし》の台座に落書きがしてある。〈形勢逆転、今や靴は他人の足に〉。グリンダが舌打ちをした。「動物の世話ですって？」

二人は小さな橋を渡った。頭上では、青い鳥たちがほろりとするような歌を歌っている。「あのドロシーっていう女の子を、エメラルド・シティに行かせたの」とグリンダ。「あの子には、わたしは魔法使いに会ったことがないって言ったわ。だって、仕方なかったのよ、そんな目で見ないでちょうだい。もし本当のことを言っていたら、あの子はここから出ていこうとしなかったはずよ。それで、うちに帰してもらえるように魔法使いにお願いしてみなさいって言ったの。魔法使いは、オズ全土だけじゃなくてよその国にも偵察員を送りこんでるはずだから、カンザスのこともきっと知ってるはずよ。ほかの誰も知らなくてもね」

「なんてひどいことを」魔女は言った。

「ほんのいたいけな子供よ。あの子のことなんて、誰も気にも留めないわよ」グリンダはのんきに言う。「マンチキン人があの子をネッサの後継に担ぎ出したりしたら、再統一までに多くの血が流されることになってしまう。そんなことは誰も望まないはずよ」

「それじゃ、あなたは再統一を望んでるの？」魔女は愕然《がくぜん》としてつぶやいた。「再統一を支持してるの？」

「それにね」と、グリンダは快活に言葉を続けた。「わたしのこの寄せて上げてる胸のどこかから母性愛があふれてきたものだから、あの子にお守りとしてネッサの靴をあげたの」

「何だって？」魔女はグリンダのほうに向き直った。一瞬、怒りのあまり言葉が出てこなかったが、すぐに自分を取り戻した。「その子は空からわたしの妹の上に変てこな家を落としただけじゃなくって、あの靴も手に入れたっていうの？　グリンダ、あなたにそんなことをする権利はない！　父がネッサのために作った靴なのに！　それに、ネッサは自分が死んだらわたしにあの靴をくれるって約束してくれたんだよ！」

「あら、そう」グリンダは、魔女の姿を上から下までじろじろと見まわしながら、平静を装って言った。「あなたがあの靴を履いたら、流行最先端のその姿がいっそう映えるというわけね。エルフィーったら、いったいいつから靴のことなんか気にするようになったの？　今履いてるのなんて、軍人用のブーツじゃない！」

「わたしがあの靴を履くかどうかなんて、あなたには関係ない！　人のものを勝手にほかの人にあげてしまうなんて、そんな権利がどこにあるの？　父さんがタートル・ハートから教わった技を使ってつくり直した靴なのに！　なんであなたはよけいなところに魔法の杖《つえ》を突っこむようなまねをしたの！」

「言っておきますけどね、あれは、壊れかけていたのをわたしが直してあげたのよ。靴底も付け換えて、わたしの特別な魔法をかけて縫い合わせて。あなただってお父様だって、ネッサのためにそこまではしなかったでしょう。ねえ、エルフィー、あなたがシズにネッサを置き去りにしたとき、わたしがあの子のそばにいてあげたのよ。わたしのことも置き去りにしたわよね。そうでしょう？　否定しても無駄よ。そんな怖い目で見ないで。そんなこと、許さない。わたし、ネッサローズの姉代わりになったのよ。それで、昔なじみの友達として、ネッサがあの靴の力を使ってちゃんと自分の足で立てるようにしてあげたの。間違ったことをしたならごめんなさいね、それでも、やっぱりわたしにはあの靴を自由にする権利があると思うわ。あなたよりはね」

「でも、わたしは取り戻したい」魔女は言う。「忘れてしまいなさいよ、たかが靴じゃない。それなのに、まるで聖遺物みたいに騒いじゃって。ただの靴だし、正直言って、ちょっと流行遅れよ。あの女の子にあげてしまいなさいよ。ほかに何も持ってないんだから」

「ここの人たちがあの靴をどう考えてるか、見てごらんよ」魔女は厩舎《きゅうしゃ》の落書きを指さした。太くて赤い字で、のたくるようにこう書いてある。〈足蹴《あしげ》にされるのはおまえの番だ、老いぼれ魔女め〉

「いいかげんにしてほしいわ」とグリンダ。「頭痛がしてきちゃった」

「その子はどこ？」魔女は聞いた。「あなたが何もしてくれないなら、わたしが自分の手で取り戻してみせる」

「あなたがあれを欲しがってるってわかってたら、取っておいてあげたのに」グリンダはなんとかその場をまるく収めようとした。「でもね、エルフィー、わかってほしいんだけど、あの靴をここに残しておくわけにはいかなかった。無知で異教徒のマンチキン人たちは――ほら、みんな一皮むけばラーラインを信じてるでしょ――あのくだらない靴を高く信奉しすぎてるのよ。魔法の剣ならわかるけど、靴よ。冗談じゃない。なんとかしてマンチキンから持ち出す必要があったの」

「あなた、魔法使いと共謀してマンチキンを併合する準備を進めてるんだね」魔女は言った。「福祉事業なんて嘘なんでしょ、グリンダ。少なくとも自分をごまかすのはやめなさいよ。それとも、こんなに長い歳月が経っても、まだマダム・モリブルのくだらない魔法に操られてるわけ？」

「ずいぶんひどい言い方ね」とグリンダ。「ドロシーはもう出発したわ。一週間前になるけど、西へ向かった。ねえ、あの子はただのおどおどした子供で、悪気なんてまったくないのよ。あなたが欲しがってるものを自分が横取りしたってわかったら、心を痛めるでしょうね。それに、あの靴はあなたの役には立たないわよ、エルフィー」

「グリンダ、魔法使いがあの靴を手に入れたら、マンチキン再併合のために利用しようとするはず。今では、マンチキン人にとってあまりにも大きな意味を持つものになってしまった。魔法使いにあの靴を渡すわけにはいかない！」

グリンダは手を伸ばして魔女の肘に触れた。「あの靴があっても、お父様に今以上に愛してもらえるわけじゃないのよ」

魔女はグリンダの手を振り払った。二人はにらみ合ったまま立ち尽くした。一足の靴をめぐって仲違いするには、ともに過ごした時間があまりにも長すぎる。だが、二人の違いを象徴する不気味なしるしとして、この靴が二人の間に立ちはだかっている。どちらも、引き下がることも踏み出すこともできない。ばかばかしいと思いながらも、身動きがとれない。誰かがこの呪文を解かなければ。けれども、魔女はこう言い続けることしかできなかった。「あの靴を手に入れないと」

4

追悼式で、グリンダとサー・チャフリーは高官や大使のために用意されていた二階席に並んで座った。魔法使いがよこした使者の姿もあった。胸のところにエメラルド色の十字の徽章《きしょう》のついたきらびやかな赤い服を着て、直立不動の護衛たちに取り囲まれている。魔女はグリンダとは目を合わせぬまま、一階席に座った。フレックスが泣き続けて喘息《ぜんそく》の発作に襲われてしまったため、魔女は父親を脇のドアから連れ出し、発作が治まるまで付き添った。

式が終わると、魔法使いの使者が魔女に近づいてきた。「陛下があなた様に謁見《えっけん》をたまわれるとのことです。陛下は外交上の特別措置として〈不死鳥〉に乗ってこちらにお越しになり、ご家族に哀悼の意を表する予定であらせられます。今晩、コルウェン・グラウンドのお屋敷で陛下にご拝謁くださいますよう」

「ここに来るですって！　そんなの、もってのほかです！」魔女は言った。

「今、物事を決める立場にある方々はそう考えてはおりません。いずれにせよ、陛下は闇にまぎれてお越しになります。あなた様とご家族とお話しするためだけにですぞ」

「父は陛下にお会いできる状態ではありません。お受けできません」

「それならば、あなた様がお会いください。ぜひにとのことです。外交上の問題についてお尋ねしたい点があるとのこと。ですが、この訪問のことを公にしてはなりませんぞ。さもないと、お父上も弟君も、ひいてはあなた様も大変なことになりましょう」まるで、はっきりと言われなければわからないだろう、とでも思っている口ぶりだ。

この謁見の命をなんとか利用できないものか、と魔女は考えた。サリマのことや父の身の安全、フィエロの身に起きたことについて、うまく交渉できないだろうか。魔女は決心した。「承知いたしました。お会いいたします」そして、ネッサローズの魔法の靴が魔法使いの手の届かないところにあるのを、このときばかりはうれしく思った。

夕べの祈りの時刻を告げる鐘が鳴り、マンチキン人の小間使いが魔女を迎えにやってきた。「身体検査を受けていただきます」と、控えの間で待ち受けていた魔法使いの使者が言った。「こちらで決められた手続きですので、ご了承ください」

控えの間で役人たちに囲まれて体を探られたり小突かれたりする間、魔女は自分の怒りのことだけ考えてほかのことは気にしないように努めた。「これは何です？」ポケットからグリムリーの書の一ページを見つけた役人たちが尋ねる。

「ああ、それは」魔女はすばやく頭を働かせた。「陛下がごらんになりたいのではないかと思って」

「何であろうと持ちこむことは許されません」と役人たちは言い、紙片を取りあげた。

「一族の権利として、わたしは今夜にでもスロップ総督の座に復位して、あなた方の指導者を逮捕させることもできるんですよ」魔女は役人たちの後ろ姿に向かって声を張りあげた。「この家で、わたしにあれこれ指図しないで」

役人たちは気にも留めず、魔女を小部屋に連れていった。がらんとしていて、花模様の絨毯《じゅうたん》の上に布張りの椅子が数脚置いてあるばかり。隙間風を受けて、わたぼこりが壁に沿って転がっている。

「オズの魔法使い皇帝陛下のお越しです」お付きの者がこう言って部屋を出ていき、しばらくの間、魔女は一人で残された。やがて、魔法使いが部屋に入ってきた。

今回は変装してはいない。平凡な容貌の年配の男で、襟の高いシャツに厚ぼったい外套《がいとう》をまとい、チョッキのポケットからは鎖のついた懐中時計をぶら下げていた。頭はピンク色でしみがあり、耳の上には髪の房が突き出ている。魔法使いはハンカチで額《ひたい》をぬぐうと腰を下ろし、魔女にも座るよう合図した。魔女は座らなかった。

「元気かね」と魔法使いが言う。

「わたしに何の用です？」魔女は尋ねた。

「二つある」と魔法使い。「もともと話そうと思っていたことと、そなたがわしに見せようとして持ってきたものについてだ」

「どうぞお話しください。わたしから申しあげることはありません」

「持ってまわった話をしても仕方あるまい。最後の総督として、そなたが何を企んでいるのか知りたいのだ」

「わたしが何か企んでいるとしても、あなたには関係ないことです」

「ところが、関係あるのだよ。こうして話している間にも、再統一の動きが進んでいる。レディー・グリンダが気を利かせて、あの気の毒な小娘と権力の象徴たる靴をこの地から追いやってくれたそうだ。おせっかいさまさまだな。おかげで併合がやりやすくなった。だが、あの靴があると、そなたがよからぬことを考えるかも知れぬ。だから、わしのものにしたいと考えておる。そこで、この点に関するそなたの考えを知りたいのだ。思うに、そなたは妹が宗教を振りかざして独裁政治を行っていたのを快く思ってはいなかったはずだが、よもやここで権力の座に就くつもりではあるまいな。もしそのつもりであるのなら、ちょっとした取引をしようではないか。妹のほうとは取引など望めなかったからな」

「わたしにとって、この地は何の意味もない」魔女は言う。「それに、わたしは統治者には向いてません。自分自身すら持て余しているほどなので」

「それから、些《さ》細《さい》なことだが、軍事的な問題もある。レッド・ウィンドミルといったかな？　キアモ・コのふもとの村に、軍が駐在しておる」

「あの人たち、それで数年前からあそこにいるんですね」

「そなたを牽制《けんせい》するためにな」と魔法使い。「かなりの出費だが、仕方があるまい」

「あなたを困らせるために、総督の地位に就くべきなのでしょうね」魔女は言った。「ですが、愚かな民のことなどわたしは気にしません。マンチキン人が今さら何をしようと、わたしには関係ない。父が無事でいるかぎりは。もしお話がそれだけなら――」

「もうひとつある」魔法使いは次第に熱心になってきた。「ある本の一ページを持っていたそうだな。どこで手に入れた？」

「あれはわたしのもので、あなたの部下には手を出す権利はありません」

「わしが知りたいのは、そなたがどこであれを手に入れたか、そしてどこに行けば残りの部分が見つかるのかということだ」

「教えてさしあげたら、代わりに何をくださいます？」

「何が欲しいというのだ？」

これでこそ謁見に応じたかいがあったというものだ。魔女は大きく息を吸って言った。

「アージキ族の皇太后サリマがまだご存命かどうか、今どこにいらっしゃるのか、どうすれば自由にしてさしあげられるか教えてください」

魔法使いは笑みを浮かべた。「なんともうまく話が進むものだな。まったく、わしがそなたの望みを予測できたとは、おもしろいではないか」そして、手を振って合図した。外にいる姿の見えない従者が扉を開け、きれいな白いズボンと上着を身につけた小人を中に入れた。

いや、小人ではない。若い娘がしゃがみこんでいるのだ。上着の襟についた鎖が服の中を通って足首に結びつけられているので、背をかがめるしかないのだ。鎖の長さはせいぜい五、六十センチほどしかない。ノアではないだろうか。魔女は確かめるために顔をのぞきこもうとした。ノアは、今では十六歳か十七歳になっているはずだ。エルフィーがシズ大学のクレージ・ホールに入ったのとちょうど同じ年頃だ。

「ノア」魔女は言う。「ノア、あなたなの？」

ノアの膝は汚れ、指は鎖の輪をつかんでいる。髪の毛は短く刈られ、まばらな髪の毛の間にはみず腫れが見える。頭の中で聞こえる音楽に合わせるように頭を振っているが、顔を上げてエルファバを見ようとはしない。

「ノア、魔女おばさんだよ。あなたを自由にしてあげる。ようやくね」魔女は思いつくままに言った。

だが、魔法使いが姿の見えない従者に合図すると、ノアの姿は見えなくなった。「残念ながら、それはできない。あの子は、そなたからわしを守るために必要なのでね」

「ほかの人たちは？」魔女は聞いた。「教えてください」

「記録には何も残っていない。だが、サリマと妹たちは、皆、死んだようだ」

魔女は息が止まる思いだった。許しを得る最後の望みが消えてしまった！……だが、魔法使いは言葉を続ける。「おそらく、血に飢えた何の権限もない一兵卒のしわざだろう。軍隊で信頼できる人物を探すのは容易ではないのだよ」

「アージは？」魔女は腕を組んで自分の肘を握りしめた。

「あの子には死んでもらわねばならなかった」魔法使いは弁解するように答える。「なんといっても、王位を継ぐのはあの子だったのだからな」

「ひどい殺され方じゃなかったでしょうね。ああ、どうか！」

魔法使いはうなずいた。「パラフィンの首輪の刑だ。公務だったのでね、こちらも厳しい態度を表明しなければならなかったのだ。知らずにいたほうがいいと思ったが、そなたの知りたがっていたことには答えてやったぞ。さあ、次はそなたの番だ。これが含まれていた本はどこにある？」魔法使いは例のページをポケットから取り出し、膝の上に広げた。手が震えている。そしてページを眺め、「ドラゴンを操る呪文、か」と感に入ったように言った。

「そう書いてあるんですか？」魔女は驚いた。「わたしにはよくわからなかったけど」

「そうだろう。そなたが理解するには大変な労力が必要なはずだ」と魔法使い。「これはこの世界のものではない。わしの世界のものなのだ」

この人、頭がおかしいんだ。ほかの世界にとりつかれている。父さんみたいに。

「そんなこと、信じられない」魔女は言った。そんなの、きっと嘘だ。

「信じてもらわなくてもかまわぬが、あいにくわしは嘘をつかないのだよ」

「なぜそれをお望みなのです？」魔女は時間を稼ごうとして言った。どうすればノアの命を救えるだろうかと一生懸命考えながら。「わたしには、それが何かもわからない。あなたにだってわかるとは思えません」

「ところがわかるのだよ」と魔法使いは言った。「これは、いにしえの魔法の書で、この世界から遠く隔たった世界でしたためられた。長い間、単なる言い伝えだろうとか、北方の残虐な侵略者に攻撃された際に失われたなどと言われてきた。わしよりはるかに力のある魔法使いによって、わしの世界から安全な場所に持ち出されたのだ。そもそも、わしがオズにやってきたのも、そうした理由からだ」魔法使いは、年寄りにありがちなように、独り言のように話を続けた。「マダム・ブラバツキーが水晶玉を使って本のありかを突き止めたあと、わしはしかるべき犠牲を払い、手はずも整えたうえで、四十年前にこの地にやってきた。その頃のわしは若くて熱意にあふれていたが、欠点も山ほど抱えていた。国を治めるつもりなどなかったのだよ。本を見つけて自分の世界に持ち帰り、その秘密について解き明かしたいとだけ考えていた」

「どのような犠牲を払ったんです？　ここでは殺人もいとわないようですけれど」

「殺人など、聖人ぶったやつらの使う言葉だ。自分たちの理解の及ばない勇気ある行動を非難するのに都合がいいからな。わしがしたこと、なすことは、殺人にはなりえない。別世界から来た以上、こちらの幼稚な文明の愚かな因習に従ういわれはないのだ。ばかのひとつ覚えのように繰り返される子供じみた善悪の観念など、超越した存在なのだよ」こう語る魔法使いの目に輝きはなく、何の感情も見せずに冷たく青いヴェールの奥に沈みこんでいた。

「わたしがグリムリーの書をお渡ししたら、この世界から離れてくださいますか？」魔女は聞いた。「ノアを解放し、悪の烙印《らくいん》とともにこの地を去り、もうわたしたちに手出しをしないでいただけますか？」

「旅をするには年を取りすぎてしまった。この長い歳月の間に築きあげてきたものを、今さら捨てろというのか？」

「もしいやだとおっしゃるなら、あの本を使って、あなたの身を滅ぼします」

「そなたに読めるはずがない。そなたはオズの生まれなのだから、そんなことは無理だ」

「あなたが思っている以上に読めます。すべて理解できるわけではないけれど。物質が秘めたエネルギーを解き放つ方法や、時間の流れに手を加える方法。実際に使うにはあまりにも恐ろしい武器についての論考もありましたね。水に毒を入れる方法や、操りやすい民衆を育てる方法も。拷問具の図面もありました。図も言葉もぼんやりとしかわからないけど、これから学べばわかるはず。いい、わたしはまだそれほどの年ではありませんから」

「それは、この時代に非常に役立つ情報だな」魔法使いはこう言ったが、魔女がそんなにたくさんのことを読み解いていることを知って驚いたようだった。

「わたしには何の役にも立ちません」魔女は言った。「あなたがしてきたことだけで、もうたくさん。わたしが本をお渡ししたら、ノアを返していただけますか？」

「わしの約束など当てにしてはいけない」魔法使いはため息をついた。だが、そう言いながらも、その目はまだ魔女から手に入れた本のページを食い入るように見つめている。

「ドラゴンを使って自分の望みをかなえる方法を学ぶこともできよう」魔法使いは考えこむように言い、紙をひっくり返して裏面を読もうとした。

「どうかお願いです」魔女は言った。「わたしは生まれてからずっと、人にものを頼んだことなどありません。でも、これだけはお願いします。あなたはここにいるべきではありません。あなたも本当のことを言うことがあるのかもしれない。ひとまずそう仮定してお話ししますが、帝位を捨てて、元の世界なり、どこへなり、どうぞお帰りください。この世界のことはもう放っておいて。あの本を持っていって、どうにでも好きなようにすればいい。わたしの人生の中で、この願いだけはどうしてもかなえたいのです」

「そなたの愛するフィエロの一族の運命について教えてやる代わりに、本のありかを教えてくれる約束だろう」魔法使いは改めて魔女に言った。

「いいえ」魔女は答える。「条件を変更します。ノアを返して。そうしたら、グリムリーの書をさしあげます。巧妙に隠してあるから、絶対に捜し出せませんよ。あなたの力では無理です」本当らしく聞こえればいいのだけれど。

魔法使いは立ちあがり、紙片をポケットにしまった。「そなたを処刑するわけにはいかん。少なくともこの場ではな。あの本は、どこにあろうと必ず手に入れてみせる。わしに約束を守らせようとしても無駄だ。わしは言葉などには縛られぬ存在なのだから。そなたが言ったことは考えておこう。だが、あの奴隷の娘はわしの手元に置いておく。そなたの怒りからわが身を守る盾としてな」

「あの子を返して！　今すぐに、この場で。ペテン師のような振る舞いはやめて、人としての情けを示したらどうなの！　ノアを返してくだされば、あの本を送りますから！」

「取引は、ほかの者のすることだ」魔法使いは気を悪くした様子はなかったが、陰鬱に、半ば独り言のように言った。「わしは取引などせん。ただ、考えてはみよう。マンチキンの再併合がどうなるか、様子を見ようではないか。そなたが邪魔をしなければ、今言ったことを考えてやってもいい。だが、取引はせぬ」

　魔女は大きく息を吸った。「以前、あなたにお会いしたことがあります。わたしがシズの学生だった頃、玉座の間《ま》で謁見を許していただきました」

「そうだったかな。おお、そうだそうだ。マダム・モリブルのかわいい生徒の一人だったか。協力を惜しまず、頼りになる人物だったな、あの者は。今ではすっかり老いさらばえてしまったが、元気だった頃は、わがままな若い娘たちの鼻っ柱をくじいて手なずける方法を教えてくれたものだ！　ほかの娘たちと同じように、そなたもまんまと手なずけられたロかね？」

「ある人のもとで働かないかと持ちかけられました。あれは、あなたのことだったんですか？」

「それはなんとも言えん。我々は、常にいくつもの企てを抱えておったからな。マダム・モリブルはおもしろい人物だった。あの者なら、あんな風にがさつなやり方はしないであろう」そう言いながら、魔法使いは開いた扉の向こうを指さした。しゃがみこんで鼻歌を歌っているノアの姿がまだ見えている。「マダム・モリブルなら、もっと巧みに女生徒たちに言うことを聞かせられたはずだ」魔法使いは部屋を出ていこうとしたが、扉のところで振り向いた。「そうだ、今思い出した。そなたに気をつけるようにと忠告してくれたのは、あれだったのだよ。そなたに裏切られた、申し出を断られたと言っておった。そなたを見張るように勧めたのも、あの者だ。あれのおかげで、肌にダイヤをちらした男とそなたのロマンスを嗅ぎつけることができたのだ」

「そんな！」

「前に会ったことがあると言ったな。思い出せないのだが、そのとき、わしはどんな姿だった？」

魔女は自分を抱きしめて吐き気を抑えた。「嵐の中で舞う、光る骸骨」

「おお、そうだった。あれはなかなかの傑作だった。そうは思わなかったか？」

「あなたは本当にたちの悪い魔法使いですね」

「そう言うおまえは、出来そこないの魔女にすぎん」魔法使いはむっとして答えた。

「待って」魔女は、扉から出ていこうとする魔法使いを呼び止めた。「待ってください。どうやって答えをいただけるんですか？」

「年が明ける前に使者を送ろう」と言って魔法使いが出ていくと、扉はばたんと閉じられた。

魔女はくずおれて膝をつき、頭が床に届くほどうなだれた。両脇で握りしめたこぶしがぶるぶると震えている。グリムリーの書をあんな化け物などに渡してたまるものか。必要ならば、あの本を守ってわたしが死のう。でも、なんとか魔法使いを出し抜いて、まずノアを自由にしてもらうことはできないだろうか。

数日後、魔女はこの地を去ることにした。その前に、父がコルウェン・グラウンドの自分の部屋から追い出されることのないように手を尽くしておいた。フレックスは魔女と一緒にヴィンカスに行こうとはしなかった。旅をするには年を取りすぎているし、そのうちシェルが自分に会いに戻ってくるだろうから、と言って。父がネッサローズの死にすっかり打ちのめされているのを見て、もうそんなに先は長くはないだろう、と魔女は察した。

父への怒りは忘れるように努め、別れを告げた。きっと、これが最後の別れになるだろう。コルウェン・グラウンドの屋敷の前庭を門に向かって歩いていると、再びグリンダと行き会った。が、二人とも目をそらし、足早にすれ違う。魔女は、空が大きなかたまりとなってのしかかってくるような気がした。グリンダもまた、同じような気分だった。だが、グリンダは振り向いて叫んだ。「ああ、エルフィー!」

魔女は振り向かなかった。二人が再び会うことはなかった。

5

ドロシーを追うために人を集めている時間はない。グリンダが協力者を募って靴のあとを追っているだろう。グリンダの財産と人脈を使えば、少なくともそれくらいはできるはずだ。それでも、魔女は黄色いレンガの道のあちこちで立ち止まった。道端の酒場で昼間から一杯やっている人たちに、青と白のチェックの服を着て小さい犬を連れているよその国から来た女の子を見なかったかと聞いてみた。どうやらその少女には、初めて会う人に気に入られるような特別な魅力が備わっているらしく、酒場の常連客たちは、この緑の魔女が少女によからぬことを企んでいるのではないかと疑い、魔女とひとしきり言い争ったが、ようやくそんなことはなさそうだと納得して答えてくれた。ドロシーは数日前にやってきて、二、三キロ先で誰かの家に泊めてもらったあと、また出発したという。「黄色い丸屋根と高い煙突のある、こざっぱりとした家だよ。行けばわかる」

魔女がその家に着いてみると、庭の長椅子にはボックが腰掛け、膝の上で赤ん坊をあやしていた。

「きみか！」とボック。「どうしてここに来たか、察しがつくよ。ミラ、おいで、誰が来たか見てごらん！　クレージ・ホールのミス・エルファバだ！　ご本人だよ！」

ミラがやってきた。裸の子供が数人、エプロンのひもにしがみついている。ミラは洗濯の最中だったようで、顔をほてらせながら、目にかかる髪の毛をかきあげて言った。「あらまあ、わたしたちちったらこんな格好で。これじゃ、なんて田舎くさいんだろうって笑われてしまうわ」

「ほら、うちのやつ、たいしたもんだろう！」ボックが愛情のこもった声で言った。

ミラはまだほっそりしていたが、目に入るところだけでも四、五人の子供がいるし、見えないところにはもっといるにちがいない。ボックは胸板が厚くなり、細くて硬い髪の毛にはすでに白髪が混じり、学生の頃にはなかった威厳が備わっていた。「ネッサが亡くなったって聞いたよ、エルフィー。お父さんにお悔やみを送っておいた。きみがどこにいるかわからなかったからね。ネッサがマンチキンの統治者に就任した直後に来てたってっていう話は聞いたけど、それからどこに行ったかは知らなかったんだ。また会えてうれしいよ」

グリンダに裏切られたせいで感じていた重苦しい気分は、ボックの素朴な礼儀正しさと率直な話し方のおかげでいくらか和らいだ。昔から、愛情豊かで分別のあるボックのことは好きだった。「また会えて、わたしも本当にうれしいよ」魔女は言った。

「リクラ、その椅子から下りて、お客様に譲ってあげなさい」ミラが子供たちの一人に言いつける。「イエローゲージ、急いでおじさんのところに行って、お米と玉ねぎとヨーグルトを分けてもらってきて。早くしてね、食事の支度をしなくちゃならないから」

「長居はしないよ、ミラ。急ぎの用があるから」と魔女。「イエローゲージ、気にしないで。しばらくお邪魔していろいろと話を聞きたいのはやまやまだけど、よそから来た女の子を捜しててね。ここに立ち寄って、ひと晩か二晩泊まっていったって聞いたんだけど」

ボックは両手をポケットに突っこんだ。「ああ、そのとおりだよ、エルフィー。あの子に会ってどうするんだい？」

「妹の靴を取り戻したい。あれはわたしのものだから」

ボックも、グリンダと同じくらい驚いた。「よそゆきの靴みたいにちゃらちゃらしたものは嫌いじゃなかったっけ？」

「まあそうだけど、遅まきながらエメラルド・シティの社交界にデビューするかもしれない。舞踏会でお披露目しようかなって」だが、ボックを相手にこんな意地の悪い冗談を続けたくはなかった。「個人的なことなんだよ、ボック。あの靴が欲しい。父が作ったもので、今ではわたしのものなのに、グリンダがわたしに断りもしないでその子にあげてしまった。それに、あれが魔法使いの手に落ちようものなら、マンチキンは大変なことになる。そのドロシーって、どんな子？」

「実にいい子だよ」ボックは言う。「カラシ種のように飾り気なく、率直だ。エメラルド・シティにも問題なくたどり着けるだろう。子供にとっては長い道のりだろうけどね。だけど、あの子に会えば誰だって助けてあげたくなると思うよ。月が昇るまで、その子のふるさとやオズのことについておしゃべりしたんだ。都に着くまでにどんなことが待ち受けてるかってこともね。これまで、あまり旅をしたことがないんだそうだ」

「それはいいね」と魔女。「何もかも新しい体験というわけか」

「あなた、また何か企んでるの？」突然、ミラが鋭く言った。「あのね、エルフィー、あなたがグリンダとエメラルド・シティに行ったきり帰ってこなかったとき、みんな、あなたの頭がおかしくなったとか、暗殺者になったとか噂してたのよ」

「人間ってのは、昔から噂が好きだものね。だからわたし、今では魔女だと名乗ってる。

正確に言えば、西の悪い魔女《ウィキッド》ってね。とにかく、みんなから気が触れてるって思われてるんだったら、それを利用しない手はない。おかげで、世間のしがらみから自由になれるんだから」

「きみは悪い人じゃない」ボックが言った。

「どうしてわかる？　長いこと会ってなかったのに」こう言いながらも、魔女はボックに微笑みかけた。

ボックもにっこりと微笑み返した。「グリンダはその華やかさを、きみは変わった外見と生い立ちを生きる手段としていたけど、きみたち二人は同じことをしていたんじゃないかな。自分の望みをかなえるために、持ってるものを最大限に利用したのさ。自分は悪者だって言う人間はたいてい、僕たちより悪いわけじゃない」ボックはため息をついた。「気をつけなきゃいけないのは、自分は善良だとか、ほかの人たちよりまともだとか言う人間だよ」

「ネッサローズみたいにね」ミラの口調には棘《とげ》があったが、これは事実だったので、皆うなずいた。

魔女はボックの子供の一人を膝に抱きあげ、ぼんやり考え事をしながらあやしてやった。昔も今も子供はそれほど好きではないが、何年もの間、猿を相手にしてきたおかげで、昔に比べれば子供の心がだいぶわかるようになってきた。赤ん坊はクックッと笑い、喜びのあまりお漏らしをした。魔女はスカートの下までおしっこが染みこんでこないうちに、慌てて赤ん坊を返した。

「靴のことはともかく」魔女は言う。「そんな子を、何の武器もないまま魔法使いのもとに行かせるなんてことしていいと思う？　魔法使いがどんなにひどいやつか、誰か教えてあげた？」

ボックはそわそわしだした。「あのなあ、エルフィー、魔法使いの悪口は言いたくないんだ。このあたりは壁に耳ありでね、誰がどっちの側かわかったもんじゃない。ここだけの話、ネッサが死んだから政治もまともになるだろうと思ってはいる。だけど、もし二カ月もして軍が侵略してきたら？　侵略者の悪口を言ってたなんてことは知られたくないよ。再統一されるという噂もあることだし」

「まさか、あんたも再統一を望んでるなんて言わないでよ」魔女は言った。「あんたまで、そんな」

「べつに何も望んでいないよ、平和で静かに暮らせさえすればいい。ここみたいに石ころだらけの土地じゃ、作物を育てるだけでもひと苦労だ。そのためにシズで勉強したんだ。覚えてる？　農学だよ。ささやかな土地にできるかぎりの努力を注ぎこんだけど、それでもやっと暮らしていけるっていう程度さ」

だが、ボックもミラも、そのことを誇らしく思っているようだ。

「で、納屋には〈牝牛《めうし》〉も何頭かいるってわけだね」魔女は言った。

「おいおい、そんなにかりかりするなよ。いるわけないだろ。学生時代に僕らが何をしてたか、忘れるとでも思ってるの？　きみとクロープとティベットと僕で、一緒にがんばってたろ。あの頃が一番平穏な時代だったな」

「べつに、わざわざ平穏な生活を送らなくてもよかったのに、ボック」

「偉そうに言うなよ。悔やんでるなんて言ってないぞ。大義名分のためにはらはらするような活動をしたことも、家族や農場の安らぎを選んだこともね。あの頃、僕らが何かいいことをしたかい？」

「少なくとも、ディラモンド先生の手伝いをした。先生はほとんど一人きりで研究をしてたんだから。それに、抵抗運動の思想的な基盤は、先生の大胆な仮説に基づくものだった。先生は亡くなったけど、その業績は残ってる。今でもね」猿に翼をつける手術のことは黙っていた。今実践していることは、ディラモンド教授の理論から直接導き出したものなのだ。

「自分たちが黄金時代の終わりにいたなんて、あの頃は全然気づいてなかったよな」ボックがため息混じりに言った。「ちゃんとした職業に就いてる〈動物〉を最後に見たのはいつだろう？」

「ああ、そんな話はやめて」魔女は言い、思わず立ちあがった。

「そういえば、きみ、ディラモンド先生のノートを集めてただろ。何が書いてあるかは教えてくれなかったけど。あれ、何か役に立ったの？」

「先生の研究からは、常に疑問を抱くことをしっかりと教わった」こう言ったものの、大げさすぎる気がして、話を続けるのは気が進まなかった。あまりにも悲しく、あまりにも切なかったのだ。ミラがその様子に気づき、ぶっきらぼうながらも気を遣って口を挟んだ。

「あの時代はもう過ぎ去ってしまったけど、それでよかったのよ。あの頃は張り切りすぎてたんだわ。今じゃもうすっかり中年太りになって、背中に両親を背負いながら、子供たちの手を引いてる。それでも、誰にも指図されずに生きてるわ。わたしたちが尊敬してた世代は姿を消しつつあるけれどね」

「魔法使いはまだ消えてない」魔女は言う。

「でも、マダム・モリブルは消えつつあるわ」とミラ。「少なくとも、この前シェンシェンから来た手紙にはそう書いてあった」

「本当？」

「ああ、そうだよ」ボックが言った。「だけどマダム・モリブルは、教育に関する政策について、今でも病の床から魔法使い皇帝陛下に助言してるそうだ。どうしてグリンダは、ドロシーをシズに行かせてマダム・モリブルの授業を受けさせようとしなかったのかなあ。その代わりに、まっすぐエメラルド・シティに行かせるなんて」

魔女はドロシーの姿を思い浮かべることはできなかったが、その代わり、一瞬、うずくまったノアの姿が目に浮かんだ。それから、ノアのような娘たちが、鎖やくびきにつながれて、何年も前の学生たちのようにマダム・モリブルのまわりに群がっている姿が。

「エルフィー、座ったほうがいいよ。具合が悪そうじゃないか」ボックが言った。「いろいろとつらいだろうね。たしか、ネッサローズとはうまくいってなかったようだけど」

だが、魔女は妹のことなど考えたくなかった。「変な名前だね、ドロシーなんて。そう思わない？」こう言ってどさっと腰を下ろす。ボックは少し離れた椅子に座ってくつろいだ。

「そうかなあ。実は、そのことについてもちょっと話したんだ。ドロシーの話では、もといた国の王様の名前がセオドアというんだそうだ。〝神の贈り物〟という意味で、王や首相になるよう定められたしるしだと学校で教わったんだってさ。ドロシーが自分の名前は〝セオドア〟をひっくり返したみたいだって言ったら、先生が調べてくれて、そうじゃなくて、〝ドロシー〟は〝贈り物の女神〟という意味だと教えてくれたんだそうだよ」

「だったら、わたしへの贈り物にちょうどいいものがある。わたしの靴だよ」と魔女は言った。「その子が神から遣わされた存在だとか、女王や女神か何かだとでも言いたいの？　ボック、あんたはそんなに迷信深くなかったはず」

「そんなことは何も言ってないよ。言葉の由来について話してただけだ」ボックは穏やかに答えた。「人生の隠された意味を探り出すのは、もっと頭のいいほかの人たちに任せておけばいい。でも、あの子の名前が王の名前に似てるというのは興味深い話だと思うな」

ミラが言った。「確かにあの子は神聖な子かもしれないけれど、ほかの子と変わりないわ。子供なら誰だって神聖だもの。イエローゲージ、そのレモンタルトに触るんじゃありませんよ。ちゃんと見えてますよ。言うことを聞かないと、ムチでいつまでもお仕置きしますからね。あのドロシーっていう子を見てたら、オズマってああいう子だったんじゃないかって思ったわ。魔法で眠らされてるっていうけど、その深い眠りから目覚めて姿を現したら、あんな感じなんじゃないかしら」

「なんだかちょっとぞっとしないね」魔女は言った。「オズマにドロシー――世界を救う子供。その手の話は昔から大嫌いだった」

「そういえば」とボックが考えこみながら言った。「昔のことを話してたら、ふっと思い出したんだけど……覚えてるかなあ、スリー・クィーンズの図書館で、古い絵を見つけたことがあっただろ。獣をあやしている女の人の絵。あの絵には優しさと恐ろしさの両方があった。ドロシーには、あの誰だかわからない女性に似たところがあったよ。名もなき女神ってところか。そんなことを言ったら冒瀆《ぼうとく》になるかな？　ドロシーは自分の犬をとてもかわいがっていてね。ぞっとするようなけだものなのに。それに、あのにおいときたら。どんなに鼻がひんまがるようなにおいだったか、言っても信じてくれないだろうな。ドロシーが犬を抱きあげて、顔を近づけていろいろ話しかけている姿は、あの古い絵にそっくりだったよ。まだ子供なのに大人のような落ち着きがあって、あの年の子には珍しいくらいどっしりと構えてるんだ。それがまた板についていてね。エルフィー、実を言うと、僕はあの子がすっかり気に入ってしまったんだよ」ボックはクルミと東部マカランドの実をいくつか割って皆にまわした。「きっときみも気に入るよ」

「それを聞いたら、その子にはなんとしてでも会わないようにしないと」と魔女。「最近は、子供の純粋さに魅了されたいなんて少しも思わないんでね。でも、自分のものは必ず取り返してみせる」

「あれって、魔法の靴なの？」とミラが尋ねた。「それとも、何かの象徴ってだけ？」

「そんなこと知らない」魔女は答えた。「自分で履いたことはないんだから。でも、もしあの靴が手に入ってこの物騒な生活におさらばできるなら、悪くないじゃない」

「とにかく、ネッサが圧政を行うようになったのはあの靴のせいだって、みんな言ってるわ。グリンダがあれをマンチキンから運び出してくれてよかった。あのドロシーって子は自分でも知らないうちに、こっそり持ち出すことに成功したってわけね」

「グリンダは、その子をエメラルド・シティに行かせたんだよ」魔女は鋭く言った。「あの靴が魔法使いの手に渡ったら、マンチキン国に攻めこむ口実を与えることになる。それなのに、そんなことどうでもいいって言うみたいに、こんなところで様子をうかがってるなんて、あんたたちは大ばか者だね」

「もう少しここにいて、せめてお茶でも飲んでいったら?」ミラはなだめるように言った。「ほら、クラリンダにお茶を入れさせたのよ。サフラン・クリームもあるし。アマ・クラッチのお葬式のあとでサフラン・クリームの追悼会をしたの、覚えてる?」

魔女はちょっと深呼吸した。食道に痛みを感じる。あのつらい時代のことなど、思い出したくはない。グリンダは、アマ・クラッチの死にマダム・モリブルが深く関わっていたことを知っていた。それなのに、今やレディー・グリンダとなって、同じ支配者階級に属している。なんて忌まわしい。そして、ドロシーは、どこから来たにせよ、まだほんの子供にすぎない。それなのに、神聖視されているあのいまいましい靴をマンチキンから持ち出すために、もしくは、魔法使いのもとに届けるために、利用されている。マダム・モリブルが教え子を〈達人〉として利用しようとしたのと、ちっとも変わらないではないか。

「こんなところでばかみたいにおしゃべりなんかしてられない」魔女は突然叫び、皆をぎょっとさせた。木の実の入った器が地面にひっくり返る。「おしゃべりで時間を無駄にするのは、学生時代だけで十分だよ」魔女は自分のほうきと帽子に手を伸ばした。

ボックが驚いて椅子からころげ落ちそうになった。「エルフィー、何か気を悪く――」

魔女は答えようともせず、小さなつむじ風のように黒いスカートとスカーフを翻し、道へ走り出た。

黄色いレンガの道を急ぐ。頭の中で計画が形を成しつつあるのにもほとんど気づかない。あまりにも考え事に夢中になっていたため、ほうきを持っていることさえしばらく忘れていた。ひと休みしようと立ち止まってほうきによりかかったところで、ようやく思い出した。

ボックにも、グリンダにも、父のフレックスにも、今となっては幻滅させられるばかり。あの人たちは、若い頃のいいところをすっかり失ってしまったのか？　それとも、あの頃のわたしが単純で、みんなの本当の姿を知らなかっただけ？　人間なんて、もううんざり。早くうちに帰りたい。気持ちが沈んで、宿屋を探す気力も残っていなかった。かなり暖かいから、野宿しても大丈夫だろう。

大麦畑の端に横になったが、眠れなかった。月が昇る。地平線から顔を出したばかりの大きな月。その月を背に、横棒のついた杭《くい》が立っている。誰かが十字架にかけられるのを待っているのか、それとも、かかしがかけられるのを待っているのか。

どうしてネッサローズに協力して、魔法使いに対抗する軍を結成しなかったんだろう？　昔からあった家族の感情のもつれが妨げになったのだ。

ネッサローズはマンチキンを治めるのに手を貸してほしいと頼んできたのに、わたしはうんと言わなかった。そしてそのままキアモ・コに戻り、魔女として七年間過ごした。妹との連合軍を旗揚げする機会を逃してしまったのだ。

自分でやろうとしたことは、どれもこれも失敗に終わってしまった。

真夜中、魔女は月の光の中で身もだえし、ネッサローズの死のことを考えて苦しんだ。虫けらのように体をつぶされるなんて――魔女の頭の中で、その残酷な事実がようやく形をとって押し寄せてきたのだ。魔女は立ちあがり、進路を変えた。ドロシーはエメラルド・シティまで黄色いレンガの道を通っていくはずだし、風変わりな子だから、どこにいたってすぐに見つけられる。十五年前に果たせなかった務めを今度こそ果たそう。マダム・モリブルには、やはり死んでもらわなければ。

6

シズは、今では金を生み出す工場と化していた。大学の各校舎は歴史地区にあるので、昔とそれほど変わらず、ところどころに近代的な寮や派手な体育館などが見られるくらいだ。だが大学地区を一歩出ると、街は戦時経済の下で繁栄をきわめていた。かつての駅前広場跡には真鍮《しんちゅう》と大理石でできた巨大な記念碑〈帝国の精神〉が鎮座しており、あたりの空と光はそびえ立つ工場の建物にさえぎられ、空には黒く汚い煙が立ちのぼっている。ブルーストーンの壁もすっかり薄汚れていた。空気そのものに熱がこもっているようだ。なにしろ一万人の住民が毎秒のように息を吐き、そのたびに新たな富が生み出されるのだから。木々は灰色でしなびている。〈動物〉の姿はまったく見当たらない。

クレージ・ホールは、古さと新しさがごちゃ混ぜになっていた。魔女は守衛を煩わせまいと、塀を飛び越えて裏庭に降り立った。以前、隣の厩舎の屋根からボックがころげ落ちてきた場所だ。果樹園の向こうにあった芝生はなくなり、代わりに石造りの建物が建っていて、その輝くようなポクサイト製のドアには〈サー・チャフリー＆レディー・グリンダ記念音楽演劇学院〉と彫ってある。

道の向こうから、三人の女子学生が教科書をぎゅっと抱えてぺちゃくちゃしゃべりながら足早にやってきた。その姿を見て魔女ははっとした。ネッサローズとグリンダと自分の亡霊を目にしたような気がしたのだ。ほうきの柄を握りしめ、動揺が収まるまでしばらく待った。自分がどんなに遠くまで来たか、どんなに年を取ってしまったか、考えていなかったのだ。

「学長先生にお会いしたいのだけど」と魔女が話しかけると、三人は驚いた。

だが、一人が若者らしくすぐに落ち着きを取り戻し、道を指し示してくれた。学長室は今でも本館にあるという。「中にいらっしゃると思いますよ。午前中のこの時間は、いつもお茶を飲んでいらっしゃるんです。お一人のことも、後援者の方とご一緒のこともありますけど」

不審人物が裏庭にいても誰も怪しまないなんて、警備はかなりゆるいらしい。でも助かった。この分なら、邪魔されずに逃げられるかもしれない。

学長は、今では秘書を使っていた。山羊ひげを生やして丸々と太った年配の紳士だ。

「面会のお約束はないのですね？　お時間があるかどうか、聞いてまいります」そして戻ってくるとこう言った。「お会いになるそうです。そのほうきを傘立てにお入れになりますか？」

「どうもご親切に。でも結構です」と魔女は言って、学長の部屋に入った。

学長が革の肘掛け椅子から立ちあがった。マダム・モリブルではない。血色のいい白い肌と、あかがね色の巻き毛の小柄な女性で、動作はきびきびとしていた。「お名前をうかがっておりませんけど、卒業生の方ですね。私は新入りなんですのよ」女性は丁寧にこう言って笑った。自分では気の利いた表現のつもりだったらしいが、魔女は笑わなかった。

「申し訳ありませんが、まだ事情が飲みこめませんの。毎月たくさんの卒業生が、学生時代の楽しい思い出を振り返りたいと思ってやってくるんですよ。お名前をお聞かせくださいな。それから、お茶にいたしましょう」

魔女はまごつきながら言った。「ここにいた頃はミス・エルファバと呼ばれていました。もう思い出せないほど昔のことです。お茶は結構です、すぐ帰りますから。ちょっと行き違いがあったようです。マダム・モリブルにお会いしたかったんですが。今どうしていらっしゃるか、ご存じですか？」

「あら、それは幸いと申しますか、あいにくと申しますか」現学長は言った。「マダム・モリブルはつい最近まで、毎学期エメラルド・シティに少しの間滞在しては、オズ愛国党を通して皇帝陛下に教育方針について進言していらしたんです。でも、少し前に引退なさって、ご自分のお住まい〈老いぼれ館〉にお戻りになられました――あらあら、すみません、学生たちがふざけてそう呼んでいるもので、つい口がすべってしまいましたわ。本当は〈誉れの館〉というんです。クレージ・ホールの卒業生たちが寄贈してくれたお金で建てたものなんですのよ。マダムは体調を崩されまして、こんな悲しい知らせを申しあげるのは気が進みませんけれど、もうあまり長くないのではないかと思いますの」

「ちょっと立ち寄って、ご挨拶してまいります」と魔女は言った。演技をするのは昔から苦手だったが、今回は新しい学長がまだ若くて愚かだったおかげで、なんとか切り抜けることができた。「わたし、マダム・モリブルのお気に入りの生徒だったんです。きっと喜んでくださいますわ」

「グロメティックに案内させましょう。でもまず、マダム・モリブルの看護をしてくださっている方に、面会できるかどうか聞かなくてはなりませんね」

「グロメティックは呼ばなくて結構です。一人で行けますから。看護の方にはわたしのほうから直接おうかがいします。ほんの少しお顔を拝見してくるだけですので。そのあとで、またここに戻ってきますね。運営基金はもちろん、ほかに今何か資金が必要な事情がありましたら、喜んで寄付させていただきたいと思います」

覚えているかぎり、嘘をついたのはこれが生まれて初めてだった。

〈老いぼれ館〉はつぶれたサイロのような大きな丸い形の塔で、ディラモンド教授が葬られた礼拝堂の隣に建っていた。バケツとほうきを手にした用務員が、マダム・モリブルが住んでいる部屋はひとつ上の階で、ドアに魔法使いの旗がかかっていると教えてくれた。

一分後、魔女は魔法使いの旗を眺めていた。気球の図柄で、魔法使いがエメラルド・シティに華々しく現れたことを記念したものだ。気球のかごの下には、交差した二本の剣が描かれている。少し遠くから見ると、気球は大きな頭蓋骨で、かごは不気味に笑う口、交差させた剣はおどろおどろしい×印のようだ。ドアノブに手をかけてまわしてみる。ドアが開き、魔女は中に入りこんだ。

いくつか部屋があったが、どれも学校の思い出の品や、エメラルド・シティのさまざまな団体から敬意を表して送られた記念品が飾られていた。皇帝の宮廷から贈られた品もある。客間らしき部屋では、暖かい季節であるにもかかわらず暖炉の火が燃えていた。台所の流し場を通り過ぎ、さらに進んでいくと片側に洗面所のドアがあり、中で誰かがすすり泣いて鼻をかんでいるのが聞こえた。魔女は鏡台を動かして洗面所のドアをふさぎ、寝室へ向かった。

マダム・モリブルは半ば身を起こして、不死鳥をかたどった大きなベッドに横になっていた。ヘッドボードに不死鳥の金色の頭部と首が彫られており、ベッドの側面は翼の形をしていて、フットボードの部分が足になっている。尾羽はさすがに巧みな職人の手にも負えなかったようで、見当たらなかった。不死鳥の姿勢は不自然で、銃に撃たれて空中を吹き飛ばされたかのようだ。あるいは、腹と胸のところに巨大な生き物がどっかりと横たわってもたれかかっているのに耐えきれず、なんとか逃れようと人間さながらに必死にもがいているかのようだ。

床には金融関係の新聞が散らばり、古臭い眼鏡がその上にのっている。だが、読む時間は終わっていた。

マダム・モリブルは灰色の小山のように横たわっている。手は腹の上で組まれ、うつろな目は見開いたまま動かない。魚のにおいこそしなかったが、今でも巨大な〈鯉《こい》〉を思わせた。つい今しがたろうそくがともされたところらしく、マッチの硫黄のにおいがまだ部屋の中に漂っている。

魔女はほうきを引き寄せた。先ほどの洗面所から、ドアを叩く音が聞こえてくる。「学生たちの後ろに隠れていれば自分は安全だとでも思ってた？」魔女は我を忘れ、思わずほうきを振りかざした。だが、そこにあったのは、生気なく横たわったマダム・モリブルの亡骸《なきがら》にすぎなかった。

魔女はほうきの穂でマダム・モリブルの頭と横っ面を打ちのめした。跡は残らない。それから魔女は、炉棚《ろだな》の上にあった表彰トロフィーを手に取った。一番大きな大理石の台座のついたものだ。それをマダム・モリブルの脳天に叩きつける。薪を割るときのような音がした。

魔女はトロフィーをマダム・モリブルの腕に抱えさせ、そこに書かれた言葉が誰にでも読めるようにした。といっても、ベッドの上から逆さにのぞきこんでいる不死鳥の彫刻には無理だろうが。それは次のような言葉だった。〈あなたの行いすべてに感謝して〉。

7

十五年間待ったのに、五分だけ遅かった。それだけに、戻ってグロメティックをばらばらにしてやりたい気持ちに駆られた。だが、なんとか思いとどまった。マダム・モリブルの亡骸を叩きつぶしたために裁かれて処刑されるのはかまわないが、機械に復讐したために捕まるなんてごめんだ。

カフェで食事をとり、タブロイド紙に目を通した。それから繁華街をぶらついた。おしゃれなどに興味はないので退屈きわまりなかったが、マダム・モリブルの死が噂になっていないかと思ったのだ。言うなれば、自分がしたことへの批評を聞きたかった。シズにはもう戻らない。ほかのどの都市にも。オズ愛国党が行動するのを見届ける最後の機会だ。

だが、午後が過ぎるにつれて、魔女は不安になってきた。事件がもみ消されたら？　現学長が、スキャンダルを避けようとして襲撃のことを口止めしていたら？　皇帝にごく近しい側近に対する犯罪なのだから、なおさらだ。自分の偉業が世間に認められないのではないかと心配になった。誰か、打ち明けられる相手はいないだろうか？　すぐその筋の人に伝えてくれるような人は？　クロープか、シェンシェンか、ファニーは？　それとも、こういうことなら、テンメドウ一族の辺境伯、意地悪なアヴァリックがいいかもしれない。

辺境伯の町屋敷は、シズのはずれの鹿苑《ろくえん》にあった。今では〝皇帝の緑地〟と呼ばれているこの地区に魔女がたどり着いたのは、午後もかなり遅くなってからだった。個人の邸宅があちこちに散らばり、どの家も護衛や猛犬がいて、高い塀の上には割れたガラス瓶《びん》が並べられている。だが、魔女にとって犬のあしらいはお手の物だし、塀など問題ではない。塀を飛び越えてテラスに降り立つと、フロックスの花の手入れをしていた小間使いがヒステリーを起こし、その場で辞めていった。アヴァリックは書斎にいて、大きな羽ペンで書類にサインをしながら、クリスタルのグラスで蜂蜜色のウイスキーを味わっていた。「カクテルパーティーには行かないと言っただろう。一人で行きたまえ。聞こえないのか？」

ここまで言って、アヴァリックは相手に目を向けた。

「とりつぎもなく、どうやって入ってきた？」とアヴァリックは聞いた。「以前会ったことがあるな。そうだろう？」

「ええ、アヴァリック。ほら、クレージ・ホールの緑色の娘だよ」

「ああ、そうだった。名前は何だっけ？」

「あの頃はエルファバだった」

アヴァリックはランプをつけた。外は暗くなりはじめていた。雲が出て日が翳《かげ》ったのかもしれない。二人は見つめ合った。「では、座りたまえ。学友が勝手に書斎に入りこんできたとあらば、こちらとしては追い払うわけにもいくまい。飲み物は？」

「それじゃ、少しだけ」

アヴァリックだけは昔から信じられないほどハンサムだったが、年を重ねたことでさらに見栄えがよくなっていた。後ろになでつけた髪はふさふさで、磨いた白銅貨のような色をしている。程よく運動して休息も十分に取っているらしく、体は引き締まってたくましく、態度は堂々としていて、血色もいい。生まれながらにして特権を持つ者は、それをどう利用するか心得ているらしい、と魔女は飲み物をひと口すすりながら考えた。

「さて、こうしてわざわざご訪問いただいた理由は何かな？」アヴァリックは魔女と向かい合って腰掛け、改めてウイスキーを注いだグラスを手にしていた。「それとも、今日はどこもかしこも過去を再現しているんだろうか」

「どういうこと？」

「昼間、公園に散歩に出たんだ。いつものように、護衛つきでね。すると、カーニバルの一座が舞台をこしらえているのに出くわした。明日から公演が始まるらしい。利口な学生やら召使いやら工場の労働者やらで騒がしくなるだろう。リトル・グリカスからは薄汚れたやかましい家族連れも来そうだな。いつものことだが、サーカスの魅力のとりこになった子供たちが手伝いをしていた。ほとんどが十代の少年で、きっと家族や田舎の町がいやになって逃げてきたんだろう。だが、仕切っていたのは、どえらい小人だった」

「どえらいって、どうして？」魔女は聞いた。

「鼻持ちならないっていうことさ。失礼、俗っぽい言い方をしたな。小人を見るのは初めてではないから、それはべつに問題ではない。ただ、やつには見覚えがあった。何年も前に、会ったことがあるやつだったんだ」

「まさか」

「まあ、そのときはべつになんとも思わなかったんだ。だが午後になって、こうしてきみが現れた。あの小人とおおよそ同時代の記憶に刻みこまれている、きみがね。きみもいただろう？　あの晩、一緒に〈哲学クラブ〉に行かなかったか？　ほら、みんなすっかり酔っ払って、淫らな出し物に魅せられたようになってさ。それでやわなティベットのやつがすっかり参って、正気も何もかも失ってしまったじゃないか。ほら、あの〈虎〉が……きみもいたはずだ」

「いなかったと思う」

「そうだったかな。ボックはいたぞ。あのちびのボック。ファニーもいたし、たしか、フィエロもいた。あと数人いたんだが。覚えていないのか？　ヤックルとかいうばあさんと、あの小人が呼びこみをしていた。薄気味悪い二人組だったな。まあ、そんなのはどうでもいい。ただ――」

「ヤックルのはずない」魔女は飲み物を取り落とした。「そんなこと、ありえない。わたしの耳がおかしくなってるんだ。みんなの言うとおり、わたしの考えすぎだ。アヴァリック、二十年以上も前のことなのに、そうやって名前を覚えていられるわけがない」

「髪の薄い占い師の女で、かつらをかぶって、栗色《くりいろ》の目をしていて、小人のやっとつるんでた。小人の名前は知らないがね。どうして覚えていてはいけないんだ？」

「わたしの名前は忘れてたくせに」

「きみはあの半分も怖くなかったからね。いや、きみなんか全然怖くなかった」と言って、アヴァリックは笑った。「たぶん、きみにはひどいことをしただろうな。あの頃の私はばかなやつだった」

「今もね」

「それじゃ、磨きをかけたわけだな。大ばか野郎って言われたのは、なにも一度や二度じゃない」

「わたしがここに来たのは、今日マダム・モリブルを殺してきたことを教えたかったから」こう言えるのが誇らしかった。声に出すと本当らしく思えてくる。本当にわたしが殺したのかもしれない。「わたしが殺したんだ。そのことを誰かに信じてもらいたくてね」

「おやおや。いったいどうしてそんなことをした？」

「考えるたびに別の理由が浮かんでくるけど」魔女は背筋を伸ばした。「あの女は殺されて当然だったからだよ」

「怒れる正義の天使は今や緑色、か」

「なかなかいい変装だと思わない？」二人はにやりと笑った。

「それで、きみが殺したと主張しているマダム・モリブルだが、きみが大学を逃げ出したあと、きみの友人一同を呼び出したんだ。知ってたか？　私たちはお説教されたよ」

「あんたは友人なんかじゃなかった」

「しょっちゅう一緒にいたから、見逃されなかったんだ。よく覚えているよ。ネッサローズは、一連の出来事で面目を失ったらしく、すっかり打ちのめされていた。マダム・モリブルは、ほかの先生たちがきみの性格について書いた評価記録を取り出して、皆の前で読みあげたよ。短気だとか、過激派だとか、それから、何て言ったかな。ほかは思い出せない。あまり記憶に残る言葉でもなかったからな。だが、きみが若気の至りで学生の暴動か何かに我々を誘いこむかもしれないから気をつけろと言われたよ。決してきみと一緒に行動してはいけないとね」

「それでネッサローズはさらに面目を失ったってわけね。なるほど」魔女は険しい顔で言った。

「グリンダもだよ。また落ちこんでしまってね。ディラモンド先生が拡大鏡の上に倒れて死んだあとのように――」

「やめて。まだそんな作り話がまかり通ってるの?」

「わかったよ、先生は正体不明の悪漢に無残にも殺された。これでいいか。で、その悪漢というのがマダム・モリブルだと言いたいんだろう。それで、なぜ殺した?」

「マダム・モリブルは選ぶことができた。生徒が洗脳ではなく教育を受けられるように気を配るには、最も適した立場にあった。それなのに、エメラルド・シティの魅力にとりつかれて、自由教育とは自分の頭で考える方法を習うことだと信じていた生徒たちを売り飛ばしたんだよ。それに、あいつは本当に恐ろしい女で、ディラモンド先生殺害の首謀者でもあった。あんたは信じないかもしれないけど」

だが、魔女はふと口をつぐんだ。今自分が言ったことを思い返してみる。マダム・モリブルは選ぶことができたという言葉――以前、〈象〉のナストーヤ姫もそんなことを言っていた。誰もそなたの運命を操ってはいない。最悪のときでも、いつでも選択の自由は残されている、と。

アヴァリックは話を続けた。「それで、きみはマダム・モリブルを殺したわけだ。〝悪いことをされたからといって、やり返してもいいことにはならない〟子供の頃、遊びながらよくこのことわざを唱えたものだ。誰かに膝で股間を押さえつけられて地面に倒れてるときにね。一緒に食事でもしていかないか？　客が来るんだ。なかなかの顔ぶれだよ」

「それで、警察を呼ぶってわけ？　お断りだよ」

「警察なんか呼ばない。きみと私の間柄だ、そんなつまらない正義感はお呼びじゃないね」

魔女はその言葉を信じた。「わかった。ところで、誰と結婚したの？　ファニー？　シェンシェン？　それともほかの誰か？　思い出せないけど」

「誰だったかな」アヴァリックはもう一杯ウイスキーを注ぎながら言った。「細かいことは、覚えていられたためしがないんだ」

辺境伯の食料貯蔵庫は尽きることがなく、料理人の腕はすばらしく、ワインの蓄えも最高だった。客たちはニンニク風味のエスカルゴや、コリアンダーとオレンジ仕立てのチャツネを添えた若鶏のとさか焼きなどに思うぞんぶん舌鼓を打った。魔女は、サフラン・クリームつきのライムタルトをたっぷり腹に詰めこんだ。クリスタルのゴブレットには次から次へ酒が注がれる。会話は盛りあがってどんどんくだらないものになり、辺境伯夫人がお客を応接間に案内して安楽椅子に座らせる頃には、漆喰《しっくい》塗りの天井の模様がタバコの煙のようにぐるぐるまわって見えた。

「おや、顔が赤いぞ」とアヴァリックが言った。「エルファバ、これまでだって飲めばよかったんだ」

「赤ワインは体質に合わないみたい」と魔女。

「帰れる状態じゃないな。小間使いに角の部屋を用意させよう。いい部屋だよ、島につくられたパゴダがよく見える」

「あつらえたような景色なんて見たくない」

「朝刊が楽しみじゃないのか。ちゃんと事件として扱われているかどうか確かめなくていいのか？」

「あとで送って。もう行かないと。新鮮な空気を吸いたいし。アヴァリック、奥様、皆さん、思いがけずお会いできて楽しかったです、たぶん」魔女は嫌々ながらもそう挨拶した。

「楽しかった方もいらっしゃるでしょうけれど」と、辺境伯夫人が口を開いた。今晩の会話が気に入らなかったのだ。「食事の間ずっと悪についての話をするなんて、とんでもないことです。消化の妨げになりますわ」

「あら、それでも、あのようなまじめな話ができるのは若者だけの特権ではないと思いますけど」と魔女。

「私は自説を曲げないよ」とアヴァリックが言う。「悪とは、悪い行いをすることではなく、その行いをしたあとで、悪いことをしたという気持ちになることだ。行動そのものに絶対的な価値などない。何よりもまず――」

「行動力の欠如ってことね、お決まりのことだけど」魔女は言った。「でも、絶対的な権力に魅力を感じるのはなぜ？」

「だからこそ、悪とは精神の苦悩にすぎないと私は考えるのだ。虚栄や欲と同じさ」こう言ったのは、銅の取引で財を成した男だ。「虚栄も欲も、人間の活動において驚くべき結果をもたらす場合がある。そのすべてがけしからぬものとはかぎらない」

その愛人で、シズの『インフォーマー』誌で人生相談の回答をしている女が言った。「悪は善の不在。ただそれだけのことよ。世界は本質的に、穏やかであろう、生命を育て支えようとするものだわ。でも、悪は、平穏でいようとする傾向が欠けてるってことなのよ」

「ばかばかしい」とアヴァリック。「悪は、道徳観の発達の初期の段階だ。子供というものは生まれつき性悪《しょうわる》だ。巷《ちまた》の犯罪者は、そこから成長しなかった者で……」

「悪は存在であり、欠如や不在ではありません」と芸術家が言った。「悪は、夢魔のように擬人化された概念です。別の存在であって、我々ではありません」

「このわたし、でもないって言うの？」魔女は、自分で思っていたよりも熱心に自分の役割を演じていた。「人を殺したと自供したのに？」

「ああ、そんなでまかせを言っても無駄ですよ」と芸術家は答えた。「僕たちは皆、自分をよく見せようとするものです。ありふれた虚栄心ですね」

「悪は物ではないし、人でもない。美のような属性で……」

「力なのよ。ちょうど風のように……」

「伝染病のようなもので……」

「本質的には、形而上学的《けいじじょうがく》な存在だ。創造物は堕落しやすいゆえ――」

「それなら、名もなき神のせいということになる」

「だが、名もなき神は意図的に悪をつくったのだろうか、それとも、何かの手違いで悪が生まれてしまったのだろうか？」

「悪は、大気や永遠に属しているのではない。大地に属しているのです。実体を備えたもので、我々の体と魂の乖離《かいり》なのです。悪はどうしようもないほど肉体的であり、人間は多かれ少なかれ互いに痛みを与え合い――」

「痛みなら大歓迎だね。特に、子牛革の穴あきズボンをはいて後ろ手に縛られていたら――」

「いや、みんな間違っているよ。子供時代の信仰は正しくもこう言っている。悪は根本的に道徳上の問題だ。美徳より悪徳を選ぶのが悪なのさ。見て見ぬふりをしたり、もっともらしい理屈をつけて正当化したりすることもできるが、自分の良心ではちゃんとわかって――」

「悪は行動で、欲求ではない。ディナーのテーブルの向かいに座っている相手ののどをかき切ってやりたいと思ったことがない人なんているかい？　もちろん、ここにいる人たちのことじゃない。だが誰にだって、そういう欲求はある。その欲求に屈すれば、すなわちそれが悪となる。欲求があるのが普通なんだ」

「いや、その欲求を抑えこむのが悪だ。僕は欲求を抑えたりしない」

「わたくしの応接間でこのような話はおやめください」辺境伯夫人が泣きださんばかりになって言った。「皆さん、まるでその老婦人がベッドで殺されたことなどなかったかのようなお振る舞いですね。その方にもお母様はいたでしょう。魂だってあったはずです」

アヴァリックがあくびをして言った。「おまえは本当に優しくて世間知らずだね。人に気まずい思いをさせなければ、それも魅力的なんだが」

魔女はいったん立ちあがったがすぐに腰を下ろし、ほうきを杖がわりにしてまた立ちあがった。

「どうしてそんなことをなさったの?」夫人が問いただした。

魔女は肩をすくめた。「気晴らしに、ってとこでしょうか。悪は一種の芸術なのかも」

だが、ふらふらとドアへ向かいながら、魔女は客人たちに言った。「愚かな人ばかりですね、ひと晩中お付き合いくださるなんて。警察に突き出してくださればよかったのに」

「きみがいてくれたおかげで、こっちは楽しめたよ」アヴァリックが悠然と構えて答える。「今シーズン最高の晩餐会《ばんさんかい》だったと言えるだろうね。老いぼれの学長を殺したっていう話が真っ赤な嘘だったとしてもだ。実に楽しかったよ」客たちはそろって拍手した。

ドアのところに立って魔女は言った。「悪の本当の姿について、あなたたちの言ったことは全部間違ってる。あなたたちは片側しか見てない。人間の側、とでも言おうか。永遠の側は陰に隠れたまま。逆もまた同じ。古いなぞなぞに似てる。卵の中のドラゴンはどんな姿をしているか。それは誰にもわからない。卵を割って内側をのぞこうとすれば、その時点でドラゴンは卵の中にはいないことになってしまうから。こうして追求すること自体がそもそも無駄なんだよ。悪は本質的に知りえないものなのだから」

8

月がまた昇っていた。前の晩よりほんの少し欠けている。今の状態でほうきに乗るのは危ないと思ったので、魔女は芝生の上を千鳥足で歩いていった。あんな社交界に閉じこめられるなんて耐えられない。外で寝る場所を探さなければ。

目の前に、アヴァリックが話していた見世物台が現れた。かなり古ぼけた初期のチクタク仕掛けで、移動式の仏塔のようだ。さまざまな色や形の木の彫刻や人形がずらりと並んでいるが、いろんなものがたくさんありすぎて、今晩のところはすべてを理解するのは無理そうだ。ひょっとしたら、どこかに眠れるような踏み板がついているかもしれない、湿っぽい地面から十センチくらい高くなっているところが。魔女はのぞきこみ、前へ進もうとした。

「で、どこへ行くおつもりかな？」マンチキン人が、いや、小人が道に立ちはだかっている。片手に持った棍棒で、もう一方の分厚く硬い手のひらを叩いている。

「寝ようと思ってね。眠れればの話だけど」と魔女は言った。「それじゃ、あんたが例の小人で、これがアヴァリックの話してた見世物だね」

「時を刻むドラゴン時計だよ。上演は明日の晩から。それまでお待ちを」

「わたし、明日の晩には死んでるよ、きっと」

「死にゃしないよ」と小人。

「とにかく、ここにはいないから」魔女は見世物台に目をやり、背筋を伸ばしたが、ふと思い出して聞いてみた。「どうしてヤックルのことを知ってる？」

「ああ、ヤックルね。ヤックルのこと知らないやつなんているかい？ 驚くことでもないだろ」

「ひょっとして、今日殺されたってことはない？」と魔女。

「あるわけないね」

「あんた、誰？」悲しみに駆られて、やみくもに暴力的な行動に走ったが、魔女は今になって不意に恐ろしくなってきた。

「べつに。取るに足らないちび助さ」

「誰のために働いてる？」

「そんなの数え切れるかよ。悪魔ってのは、でかい天使のことだが、同時にちっこい人間でもあるのさ。だが、この世界じゃおいらに名前はない。だからおかまいなく」

「酔ってるせいで頭が働かない。これ以上謎かけはごめんだよ。今日一人殺してきたから、あんただって殺してしまうかも」と魔女。

「あんたは殺してない。あいつはもう死んでた」小人は動じずに言った。「それに、おいらは不死身だから、殺すことなんかできないね。だが、あんたは懸命に生きてるから教えてやるよ。おいらはあの本の番人だ。こんなぞっとするような寂れた国に連れてこられたのは、あの本がどうなるかを見守り、あれがもともとあった場所に戻されるのを防ぐためだ。おいらは善でも悪でもない。だが、ここに封じこめられ、あの本を守って永遠に生き続けなきゃならない運命なのさ。あんたやほかの連中がどうなろうとかまわんが、あの本は守る。それがおいらの仕事だからな」

「あの本？」魔女は一生懸命頭を働かせようとした。聞けば聞くほど酔いがまわってくるような気がする。

「あんたがグリムリーって呼んでるやつさ。ほかの呼び方もあるが——そんなのはどうでもいいことだ」

「だったら、あの本を取ってきて、手元に置いておけばいい」

「そんなのはおいらのやり方じゃない。黙って見守るだけなんだよ。出来事に対処し、傍観者として生き、原因や結果にちょっかいを出し、この世の出来そこないの生き物たちの生きざまを見届ける。手を出すのは、あの本を守る必要があるときだけだ。ある程度は先を予測できるから、それに応じて人間や獣たちの活動に首を突っこむのさ」そして小鬼のように飛び跳ねた。「こっちにいるかと思えば、あっちにもいる。護衛の仕事には、予知能力は大いに役に立つね」

「ヤックルと手を組んでるんだね」

「ヤックルとは、同じことをもくろんでいるときもあるし、そうでないときもある。あいつの関心はおいらとは別のところにあるらしい」

「ヤックルって何者？　目的は何？　あんたはどうして、わたしの人生につかず離れずうろちょろしてるわけ？」

「おいらがもといた世界には、守護天使ってのがいてね。おいらが知るかぎりじゃ、ヤックルもそれと同じようなもんで、あんたを守護してるってわけだ」

「どうしてそんなやつにつきまとわれなきゃならない？　どうしてわたしはこんなにひどい人生を送らなきゃいけない？　ヤックルは誰に言われてわたしの人生を操ってる？」

「おいらにだって、知らないことはある。知ってることもあるけどね。ヤックルが誰に命じられてるのか、そもそも本当に命じられてるのかなんて、そんなこと、おいらは知らないし、知りたいとも思わないね。だが、どうしてあんたなのか。それは自分でもわかってるはずだぜ」小人は、あっけらかんとした調子で続ける。「あんたは、こっちのものでもあっちのものでもない――というより、こっちとあっちの両方のものだと言ったほうがいいかな？　オズとあっちの世界の両方に属してるのさ。フレックスじいさんは間違ってたんだ。あんたは、親父さんの罪に対する罰なんかじゃない。新種であり、二つの世界を継ぎ足した、危険で異質な存在なんだ。あんたはいつだって寄せ集めの生き物に惹《ひ》かれてただろ。壊れたやつや組み立てられたやつに。自分がそうだからだ。そんなこともわからないほど、まぬけなのか？」

「何か見せて」魔女は言った。「あんたが何を言ってるのか、わからない。世界がまだわたしに見せてくれていないものを、何か見せて」

「あんたのためなら喜んで」小人は姿を消した。機械のねじが巻かれ、部品がぶつかり合い、油を差した歯車がきしり、革のベルトがピシッと鳴り、振り子がボンボン揺れ動く。

「〝時を刻むドラゴン〟の舞台を貸し切りで見せてやろう」

見世物台のてっぺんには獣の姿があり、踊るような動きで翼を伸ばした。相手を招くようでもあり、寄せつけまいとしているようでもある。魔女はじっと見つめた。

ちょうど真ん中あたりにある小さな舞台に明かりがついた。「三幕仕立ての劇のはじまり、はじまり」どこか奥のほうから小人の声が聞こえる。「第一幕、聖なるものの誕生」

あとで考えてみると、あんなものでどうして内容がわかったのか不思議なのだが、ともかく、上演されたのは聖アルファバの生涯を短くまとめた劇だった。祈るために滝の後ろに姿を消したという、神秘的で善良な世捨て人の物語。聖女が滝をくぐり抜けるのを見て、魔女は思わず身をすくめた（上に据えつけられた樋《とい》から本物の水が流れ、下に隠れているらしい受け皿に流れ落ちていた）。チクタク仕掛けの聖女がまた出てくるだろうと思っていたが、明かりはそのまま消えてしまった。

「第二幕、邪悪なるものの誕生」

「ちょっと待って。言い伝えと違う。聖アルファバはまた出てくることになってるはず」と魔女は言った。「お金は払うから、ちゃんとしたものを見せて。でなきゃ、見ないから」

「第二幕、邪悪なるものの誕生」

さっきとは別のところにある小さい舞台が明るくなった。背景の厚紙に描かれた絵は、コルウェン・グラウンドだとすぐにわかる。メリーナの人形が両親に別れのキスをして、フレックスの人形と出ていった。黒い短いひげを生やしたハンサムな若者で、弾むような足取りで歩いていく。粗末な小屋にたどり着くと、フレックスはメリーナにキスをし、説教をするために出かけていった。それ以降フレックスの人形はずっと舞台の端で農民相手にしゃべり散らしていたが、農民たちはといえば、フレックスのすぐ目の前で性行為にふけったり、互いをばらばらに切り刻んで相手の性器を食べたりしている。肉片からは本物の肉汁が滴《したた》り、ニンニクといためたマッシュルームのにおいがした。メリーナは家であくび混じりに夫を待ち、きれいな髪の毛をもてあそんでいる。そこへ一人の男が現れたが、魔女は最初、それが誰だかわからなかった。その男は、持っていた小さな黒いかばんから緑色のガラス瓶を取り出すと、メリーナに手渡した。中身を飲んだメリーナは、男の腕の中に倒れこむ。今夜の魔女のように酔いがまわったせいか、それともたががはずれたせいだろうか。旅人とメリーナは、フレックスの信者たちと同じく弾むようなリズムで愛し合った。フレックス自身も、そのリズムに合わせて踊りだす。愛の行為が終わると、旅人はメリーナから体を離し、パチンと指を鳴らした。かごのついた気球が舞台の上のほうから降りてくる。旅人はかごに乗りこんだ。その男は、オズの魔法使いだったのだ。

「ばかばかしい」魔女は言った。「こんなの、ただのでたらめじゃないか」

明かりが消え、装置の中から小人の声がした。「第三幕、聖と邪の結婚」

けれども、いくら待ってもどこにも明かりはつかず、人形も動かない。

「それで？」魔女は聞いた。

「それでって、何が？」と小人。

「劇の終わりは？」

小人は落とし戸から顔を出し、ウインクしてみせた。「終わりまでできてるなんて、誰が言った？」そして、ばたんと戸を閉める。魔女の手のすぐ近くで別の戸が開き、盆が出てきた。その上には、楕円形《だえんけい》の鏡がある。片方の端に沿ってひびが入り、表面には引っかき傷がついている。子供の頃にもらったガラス盤のようだ。あの頃はあの世《アザー・ランド》の存在を信じていて、ガラス盤をのぞくとそれが見えると思っていた。最後にこの楕円形のガラスを見たのは、たしかエメラルド・シティの隠れ家だった。あのときガラスには、若くて美しいフィエロと、若くて情熱的なフェイの姿が映っていた。魔女は鏡を取りあげてエプロンにくるむと、ふらふらと立ち去った。

朝刊を見ても、マダム・モリブルの死については何ひとつ載っていなかった。頭が割れそうなほど痛かったが、これ以上待ってはいられない。アヴァリックと鼻持ちならない仲間たちが噂を広めてくれるか、そうでないかだ。ほかに打つ手はない。

それでも、魔法使いにだけは知らせが伝わるといいのだけれど。ハエになって魔法使いの部屋の壁に止まり、その瞬間を見届けたい。魔法使いには、わたしがマダム・モリブルを殺したと思わせたい。そういう知らせが伝わりますように。

9

苦労の末にマンチキン国に戻った頃には、魔女はすっかり疲れ果てていた。ほとんど寝ていないし、頭がまだずきずきする。だが、自分のしたことには満足していた。ボックの家の前庭に着くと、みんなを呼んだ。

ボックは畑に出ていたので、子供の一人が呼びに行ってくれた。ボックは手斧《ておの》を片手に持ったまま走ってきた。「来るなんて思ってなかったから、待たせちゃったね」と息を切らしながら言う。

「斧を置いてきたら、もっと早く走れたのに」魔女は指摘した。

それでも、ボックは斧を手放さなかった。「エルフィー、どうして戻ってきたの？」

「わたしが何をしたか聞いてほしかったから。知りたいんじゃないかと思ってね。マダム・モリブルを殺してきた。もう誰もあの人に苦しめられずにすむ」

だが、ボックは喜んだようには見えなかった。「あのばあさんが嫌いだったのか？　今さら誰の害にもならないはずだろ」

「あんたもほかの人たちと同じ間違いをしてる」魔女はひどくがっかりした。「今さらだなんて、そういう考えが甘いってこと、わからない？」

「きみは〈動物〉を守るために活動してただろ。それなのに、〈動物〉たちを虐待する側と同じレベルまで堕ちるなんて、どういうつもりだ？」

「毒をもって毒を制したんだ。もっと早くやればよかった！　ボック、ばかなこと言ってごまかそうとするのはやめて」

「おまえたち、家に入って母さんと一緒にいなさい」ボックは子供たちに言った。

ボックは魔女におびえていた。

「どっちの味方につくか、様子を見ようってわけね」魔女は言った。「あんたの大事なマンチキンはそのうちオズに再併合されて、魔法使い皇帝陛下に支配される。それに、グリンダが何を企んでるかわかってるくせに、わたしの靴を履いた子をエメラルド・シティに向かわせた。若いときのあんたは、あんなに毅然《きぜん》としてたのに！　どうしてそんなにだめな人間になってしまった？」

「エルフィー」ボックは言う。「僕を見て。きみはどうかしてるよ。酔っ払ってるのか？ドロシーはただの子供だ。悪魔か何かみたいに言うのはやめてくれ！」

前庭のただならぬ雰囲気を察したミラが、家から出てきてボックの後ろに立った。包丁を手にしている。子供たちはひそひそがやがやと言葉を交わしながら窓からのぞいていた。

「包丁や斧なんかで武装しなくたっていいのに」魔女の口調は冷たかった。「マダム・モリブルについて知りたいだろうと思って、寄っただけだから」

「きみ、震えてるじゃないか」とボック。「ほら、斧は置くよ。気がたかぶってるみたいだね。ネッサの死がこたえたんだろう。でも、自分を抑えなくっちゃだめだよ、エルフィー。ドロシーに手出しするのはやめてくれ。無邪気な子で、独りぼっちなんだから。お願いだよ」

「お願いなんてしないで。よりによってあんたからお願いされるだなんて、我慢ならない！」魔女は歯ぎしりし、こぶしを握りしめた。「あんたのお願いなんて、知ったこっちゃないよ、ボック！」

そう言い捨てると、今回はほうきにまたがって飛び去った。やけくそになって気流に乗って舞いあがると、眼下の景色はぼやけていき、心の痛みも薄れていった。

考えてみれば、キアモ・コを留守にしてから、もうだいぶ時間が経ってしまった。リアはばかな子で、強情を張るかと思えば弱気になる。ばあやは時々、自分がどこにいるかもわからなくなる。魔女は、昨日起きたことについては考えたくなかった。マダム・モリブルの死や、人形劇の告げたことについては。これまでだって、魔法使いのことはこれ以上ないくらい毛嫌いしていた。あれが自分の父親だなんて考えるだけでもおぞましい。万が一事実だとしても、いっそう憎しみが増すだけだ。家に着いたら、ばあやに聞いてみよう。家に着いたら。三十八歳になった今、家とはどんなものか、ようやくわかりはじめてきた。そのことでは、サリマに感謝しなければ。家とは、決して許しを与えられない場所のことなのかもしれない。だから、罪悪感に縛りつけられて、常にそこにつなぎとめられていることになるのだ。そのためには代償も必要だけれど、それだけの価値はあるものなのかもしれない。

だがひとまず、黄色いレンガの道をたどって戻ることにした。もう一度だけ、靴を取り戻せるかどうか試してみよう。失うものなど何もない。魔法使いが靴を手に入れたら、それを利用してマンチキン国の領有権を主張するにちがいない。知らぬふりをして立ち去り、マンチキンを運命の手に任せてしまうことだって、できなくはない――けど、あの靴はわたしのものだ。

とうとう、ドロシーに会ったという行商人を見つけた。行商人は馬車の横に立ち止まり、ロバの耳をさすりながら話してくれた。「数時間前に、ここを通りましたよ」と言って、ニンジンをかじり、ロバにも分けてやる。「いや、一人じゃなかったです。妙ちきりんな仲間と一緒でした。護衛ってところでしょうかね」

「かわいそうに、独りぼっちで怖かったんだろうね」魔女は言った。「どんな連中だった？　筋骨隆々のマンチキン男たちとか？」

「いいや。わらの男と、ブリキの木こりと、それから、あっしが通りかかったときはやぶに大きな猫が隠れてました。ヒョウか、ピューマかもしれませんな」

「わらの男？　伝説の人物たちを呼び出して、自分の魅力を使って生き返らせてるってわけ？　きっとチャーミングな子にちがいないね。その子の靴に気づいた？」

「ああ、売ってもらおうかと思ったんですがね」

「それで？　買えた？」

「いや、売り物じゃねえそうで。ひどく気に入ってるようでしたね。善い魔女にもらったとかで」

「ふん、そうらしいね」

「どっちにしても、あっしには関係ないことで」と行商人。

「ほかに何かお役に立てますかな？」

「傘をちょうだい」と魔女は言った。「持ってきてなくてね。どうやら雨が降りそうだ」

「干魃《かんばつ》の頃が懐かしくなりますな」と行商人は言いながら、いささか使い古した傘を一本取り出した。「そら、こうもり傘です。銅貨一枚にしときますよ」

「ただにしてよ。困ってるかわいそうな中年女の頼みを断るなんて、そんなことはしないでしょ？」

「ええ、しませんとも。こちとら命が惜しいですからね」と行商人は答え、金をもらわずに立ち去った。

だが馬車が走り去るとき、別の声がこう言うのが聞こえた。「もちろん、荷物を運ぶ家畜になんか誰も尋ねやしないだろうけどね。おれの考えじゃ、あの女の子は眠りから目覚めたオズマで、王位に返り咲くためにオズに向かってるんじゃないのかな」

「王党派は気に食わん」と行商人が言い、ムチを鳴らす。「生意気な〈動物〉もいけ好かないね」だが、魔女は割って入る気にはなれなかった。まだノアすら助け出せていないのだ。魔法使いとの交渉もうまくいかなかった。マダム・モリブルを殺すのだって、ちょっとの差で間に合わなかった――それとも、ちょうど間に合ったのだろうか？　どちらにしても、自分の手に負えないことには、むやみに手を出さないほうがいい。

10

魔女は上昇気流のへりに乗って震えていた。ほうきでこんなに高く飛んだのは初めてだ。興奮し、すっかり取り乱していた。ドロシーのあとを追って、靴を奪い返すべきだろうか。どうしてそうしたいと思うのだろう。グリンダがあの靴を権力に飢えたマンチキン人の手に渡したくなかったのと同じで、魔法使いの手に渡さないようにするため？　それとも、父さんに少しでも気にかけてもらいたいから？　といっても、自分が父さんの愛情にふさわしいかどうかはわからないけれど。

見下ろすと、岩だらけの丘やメロン畑やとうもろこし畑が、雲にうっすらと覆われている。ゆらゆらと立ちのぼるもやは、水彩で描かれた風景画に小学生が消しゴムでつけた白い跡のようだ。このままどんどん高く昇り続けたらどうなるだろう？　天にぶつかって、ほうきが粉々に砕けてしまう？

いっそのこと、こんな努力はやめてしまおうか。ノアのことも忘れてしまおう。リアも解放してあげよう。ばあやも見捨ててしまおう。ドロシーのことも放っておこう。あの靴だって、あきらめてもいい。

だがそのとき、風が起こり、空気のかたまりが左手から押し寄せてきた。これ以上、風に逆らって進むのは無理だ。横に押し流されながらだんだん高度を下げていく。とうとう、森や野原を抜けて金の糸のように延びている黄色いレンガの道が再び姿を現した。地平線のあたりに嵐が来ているようだ。灰紫色《かいししょく》の雨雲と灰緑色の地表の間に、茶色がかった雨脚が見える。あまり時間がない。

ふと、眼下にドロシーたちの一行が見えたような気がした。確かめるために急降下する。黒柳の木陰で休むつもりだろうか？　それなら、今ここで片をつけてしまおう。

11

嵐が去った頃、魔女の頭はようやくはっきりしてきた。どうやらひどい二日酔いだったらしい。まだ同じ日なのだろうか。本当にドロシーたちのそばに行ったのかどうかさえ確信が持てない。あんなふうにみすみす逃してしまうなんて。けれど、あれが幻覚であったにしても、おぼろげな記憶であったにしても、これ以上エメラルド・シティまで追っていく気にはなれない。この国の腐敗政治にはマダム・モリブルの仲間が大勢関わっているし、今頃はあの女が死んだという知らせも広まっているだろう。捜索の手も伸びているかもしれない。それならそれでかまわないが。

それにしても、いまいましい。今のところは、ネッサの靴を取り戻すのはあきらめるしかない。その後キアモ・コに戻るまで、時々立ち止まって木の実や甘い根を食べて元気をつける以外は、ほとんど休まなかった。

城は焼け落ちてはいなかった。魔法使いの調査隊は、相変わらずレッド・ウィンドミル近くの駐留所で、暇を持てあましながら待機している。ばあやは自分の葬式のためにきれいな棺覆いをせっせと編み、参列者のリストをつくっていた。リストにある人のほとんどは、すでにあの世《アザー・ランド》の住人になっている。ばあやがあの世《アザー・ランド》の存在を本当に信じているとすればの話だが。「アマ・クラッチにまた会えるなんて、ほんとに素敵だね」魔女は声を張りあげ、ばあやの肩をぎゅっと抱いた。「あの人のことは好きだった。ちゃらちゃらしたグリンダなんかより、ずっと気骨があった」

「あなた様はグリンダ様に夢中でいらっしゃいましたねえ」とばあやは言った。「誰だって存じておりましたよ」

「今は違う。あんな裏切り者」

「血のにおいがいたしますよ。体を洗っていらっしゃいな。あの日ですか？」

「体なんか洗わない。知ってるくせに。リアはどこ？」

「誰ですって？」

「、、リア」

「ああ、どこかその辺においででしょう。生簀《いけす》でものぞいてみたらいかがです？」ばあやはにっこり笑った。

今ではもう、例の生簀事件は内輪の冗談になっていた。

「今度はいったい何のつもり？」音楽室でリアを見つけた魔女は言った。

「あの子たちの言ったとおりだったよ」とリア。「やっと捕まえたんだ。ほら」

生簀に長い間住みついていた金の鯉だ。「あ、でも本当のこと言うと、もう死んでたのをバケツで引き揚げたんだけどね。釣り針とか網を使ったわけじゃなくて。それでも、捕まえたことには変わりないよ。この鯉をついに捕まえたこと、あの子たちに教えてあげられるかなあ」

ここ数カ月というもの、リアはまるで、サリマとその家族が亡霊になってうろついていると言わんばかりの口ぶりで話すのだった。塔の螺旋《らせん》階段の先で、果てしなく続くかくれんぼをしながらくすくす笑いをかみ殺しているとでも思っているかのように。

「そうだといいね」と魔女は答えたが、子供に無駄に希望を持たせるような育て方をしていいものだろうか、とふと思った。世の道理という現実に向き合うのがいっそう難しくなってしまうだけかもしれない。「わたしの留守中、ほかに何かあった？」

「べつに」とリア。「でも、帰ってきてくれてよかった」

魔女は何やらぶつぶつ言うと、チステリーとやかましい猿たちに会いに行った。

部屋に戻ると、ひもと釘《くぎ》を使って例の古いガラスの鏡を壁にかけた。中をのぞきこまないように気をつけないと。ドロシーの姿が見えそうな恐ろしい予感がする。あの子にはもう二度と会いたくない。あの子は誰かに似ている。疑いを知らない無邪気さや、恥でたじろぐことのないまなざし。アライグマのように、羊歯《しだ》のように、彗星《すいせい》のように、自然で飾り気がない。ノアだろうか？　同じくらいの年齢だった頃のノアに似ているのだろうか？

でも、あの頃の魔女はノアのことなどそんなに気にかけてはいなかった。ノアの顔はフィエロそっくりだったのに。ただ、もっと小さくてすべすべしていたけれど。ネッサローズとシェルを除いて、子供の成長を見守って心が温かくなることなど一度もなかった。この点では、肌の色以上に疎外感を覚えたものだった。

いけない――だがそのとき、思わず視線が古びたガラスの鏡に落ちてしまった。鏡を持った魔女。自分の姿以外に、何も見えるはずがない。それこそが呪いなのだ。ドロシーはわたしに似ている。そう、あの頃のわたしに……。

……オッベルズにいた頃。内気で不器用で蔑《さげす》まれている緑色の少女。足が濡《ぬ》れて痛まないように、沼の子牛の革でできたべとつく脚絆《きゃはん》をつけ、防水ブーツを履き、パシャパシャ歩く。ママはシェルを身ごもっていて、荷船のように大きなお腹。何カ月もの間、今度こそ健康な子が生まれますようにと祈っている。ママは何本もの酒瓶とピンロブルの葉を泥の中に捨てる。

ばあやが幼いネッサをおぶってあやしながら、いつものようにイワナを捕まえたり、ニードルフラワーを集めたり、そら豆を摘み取ったりしている。ネッサはものを見ることはできるけれど、触ることはできない。子供にとって、なんて残酷なことだろう！（ネッサが見えないものを信じていたのも無理はない。手で触れて何かを確かめることができないのだから。）パパは自分の罪を償おうと、緑の娘を連れてタートル・ハートの親戚のもとを訪れる。分家の多い大家族で、腐りかけた大きなサプルツリーの森の中、小屋や橋を木の間から吊《つ》り下げて暮らしている。カドリング人はしゃがみこんでいたほうが落ち着くらしく、頭をぺこりぺこりと下げている。家も体も生魚臭い。自分たちのみすぼらしい集落までわざわざやってきたユニオン教の牧師を怖がっている。一人一人がどうだったかは覚えていないけれど、堂々としたよぼよぼの女の長老だけは忘れられない。

最初はおずおずしていたカドリング人が、だんだん近づいてくる。牧師ではなく、このわたし、緑色の少女に向かって。あの子は、もうわたしではない。あれはずっと昔のこと。あの子はあの子にすぎない。謎めいて、何を考えているのかわからない、不可解な娘。ドロシーのように立ち、生まれながらの勇気で背筋をまっすぐに伸ばし、まばたきもしない。胸を張って気をつけの姿勢をしている。指で顔を触られてもおとなしくしている。これも布教活動の一環、たじろいではいけないのだ。

パパは、五年ほど前のタートル・ハートの死について謝罪する。私のせいです。私と妻は、ガラス吹きのタートル・ハートと恋に落ちたのです。この償いをするにはいったいどうすればよいのでしょう。少女エルファバは、パパは頭がおかしくなってしまったのだと思う。この人たち、パパの話なんか聞いていない。物珍しげにわたしに見とれてるんだもの。どうか許してください、とパパは言う。

長老だけがこの言葉に答える。実際にタートル・ハートを覚えているのはこの人だけなのかもしれない。なんだか、隠れていた岩の後ろから思いきって飛び出してきたところを見つかってしまった人のような顔をしている。道徳観に縛られない人たちの間では、過ちなどほとんどない。長老にとって、この出会いは不可解で手の込んだ取引の機会なのだ。

長老はこんなことを言う。我々は謝罪など聞き入れない、聞き入れるものか、タートル・ハートの件は許さない。そして葦《あし》でパパの顔をぶち、パパの顔には細い切り傷がつく。わたしはただ見ていただけ。あのときのわたしはちゃんと生きていたとはいえない。でも、ちゃんと見てはいた。このときから、パパはだんだん道を見失うようになったのだ。葦でぶたれたこの日から。

パパは愕然としている。パパの道徳観では、許すことのできない罪があるという考えなどなかったのだ。パパの顔は真っ青になり、ぶたれたところから血がだらだらと滴り落ちている。長老があのように振る舞うのも当然だったかもしれないけれど、パパにとっては、あの人はカンブリシアの魔女のような存在となった。

長老は強情で誇り高かった。あの人の道徳観では、許しなどありえないのだ。パパと同じように囚われているのに、自分では気づいていない。歯と悪意をむき出しにしてにやりと笑い、葦を首のまわりにかけると、葦の穂先が首飾りのように鎖骨の上に垂れ下がる。

パパはわたしを指さして言う――わたしにではなく、あの人たち全員に向かって――これだけ罰を受けているというのに、まだ十分ではないのですか？

少女エルファバは、打ちひしがれた父親の姿をどうとらえていいのかわからない。わかっていたのは、父が自分の不幸をエルファバのせいにしているということだけ。来る日も来る日も、人を憎み、自らを憎む父のせいで、エルファバの心はゆがんでいく。来る日も来る日も、エルファバは父に愛を注いだ。それしかできなかったから。

ここに映っているのは、わたし。ドロシーのように目を見開き、すべてを見ていた少女。理解するには恐ろしすぎる世界を見つめ、無知と無邪気さゆえにこう信じている――罪に対して容赦なく罰を与えるのではなく、もっと別のやり方があるにちがいない。拘束してから、優しく諭《さと》して解放してくれるような、昔ながらのやり方が。償いは必要でも、こんなに恥や苦しみを味わわなくてもいい方法が、もっと昔にはあったはず。はっきりと言葉にすることはできないけれど、ドロシーの顔にも幼いエルファバの顔にも、その思いが秘められている……。

魔女は例の緑色のガラス瓶を取り出し、ベッド脇のテーブルに置いた。ラベルには、まだ〈奇跡の霊…〉という文字が読める。眠る前に、この古い霊薬をひとさじ飲んでみた。何か奇跡が起きないだろうか。ドロシーが砂漠の向こうに実在する国から来たのではなく、地理的にまったく別の世界、概念的にもまったく別の世界から来たという証拠が得られるかもしれない。魔法使いもそんなことを言っていたし、もしあの小人の言うとおりなら、魔女自身も別世界とつながっていることになる。夜の間、夢の隅々まで目を配り、どんな細かいことも見逃すまいとした。鏡の一番端に映るものを探ろうとするのにも似ていたが、それよりも収穫はあった。

だが、見えたものは？　すべてが消えかけのろうそくの火のようにちらちらと、だが鮮やかに、強烈に、映っては消えた。小刻みにぎくしゃくと動いている人たち。血色の悪い人、活気のない人、ぼんやりしている人、興奮している人。背の高い威圧的な建物。強い風。こうした映像の中に、魔法使いが現れては消えた。まわりと比べて、かなりみすぼらしい様子に見える。ある店から、魔法使いがかなり落ちこんだ様子で出てきた。店の窓に書いてある文字が読み取れたような気がして、忘れないうちに書き留めようと、魔女は必死で目を覚ましました。けれども、どういう意味かはまったくわからなかった。〈アイルランド人の応募お断り〉。

またある晩は、悪夢にうなされた。今度も、最初に現れたのは魔法使いだ。砂でできた丘を歩いている。あたりには丈の高い菅《すげ》が茂り、強い風に吹かれてなびいている。カドリングの長老がフレックスをぶつのに使ったような、何千万本もの尖った草。魔法使いは、平らに広がっている砂地の途中で足を止めた。服を脱ぎ、決定的な瞬間を覚えておこうとでもするかのように時計を見る。それから、裸のまま打ちひしがれた様子で前に歩きだした。魔法使いの進む先に何があるかに気づいた魔女は、叫び声をあげて目を覚まそうとしたが、どうしても夢から覚めることができない。これが、伝説の海なのだ。魔法使いはそのまま歩き続けた。膝まで、ももまで、腰まで水が届く。いったん立ち止まって身震いすると、みそぎをするように海水を体中にかける。それからさらに歩き続け、海の中にすっかり姿を消してしまった。滝の聖人アルファバが水のとばりの後ろに姿を消したように。海は地震のように揺れ、砂浜に水を吐き、太鼓のようにとどろいた。海には向こう側などない。海は、魔法使いを投げ返す。何度潜っても、海はそのたびに押し返す。魔法使いはだんだんと憔悴《しょうすい》していく。この精神の強さ、意志の固さ。一国を乗っ取ることができたのも当然だ。魔法使いがまた岸に押し戻され、悔しさのあまり泣いているところで夢は終わった。

息が詰まりそうになりながら、魔女は目を覚ました。口もきけないほど恐ろしく、鼻に塩水が残っているような気がする。それ以来、奇跡の霊薬には手を触れないことにした。その代わり、ばあやの覚え書きやグリムリーの注釈を参考にして、眠らずにいられるような薬を調合した。もしまた眠ってしまったら、世界の破滅を表すあの恐ろしい夢の餌食となってしまう。それくらいなら死んだほうがましだ。

ばあやは悪夢のことなどなんとも思っていないようだった。「お母様も、うなされておいでしたよ」ついにはそう言った。「怒りに満ちた見知らぬ都市を見たってよくおっしゃってましたっけ。あなた様のことを、そりゃあ腹立たしく思っておいででしたからね。外見のことで、という意味ですよ、そんな目で見ないでくださいな。緑色の娘なんて、どんな母親だってそうそう受け入れられるものじゃありませんからね。ですから、ネッサローズ様を身ごもったときに、あの薬を飴《あめ》みたいにたくさんお飲みになったんです。ネッサローズ様がまだ生きていらしたら、自分の体がこんなになったのはエルファバ様のせいだと文句をおっしゃるかもしれませんねえ」

「でも、ばあやはどこでこの緑色の瓶を手に入れたの？」魔女は、ばあやの聞こえるほうの耳に向かって言った。「これを見て、ばあや、思い出して」

「骨董市《こっとういち》ででも買ってきたんじゃないかと思いますけれどもねえ。ばあやだって、それくらいなら出し惜しみしやしませんよ」

本当のことぐらい、出し惜しみせずに教えてくれればいいのに。緑色の瓶を粉々にしてやりたかったが、思いとどまった。わたしたちみんな、家族の怒りというしがらみに、なんて強く縛られているんだろう。誰もそこから逃れられないなんて。

12

数週間後のある日の午後のこと。どこかにぶらりと出かけていたリアが、興奮したような、困ったような様子で帰ってきた。またレッド・ウィンドミルの魔法使いの兵士たちのところに行ってきたと聞いて、魔女は腹を立てた。

「エメラルド・シティから知らせが届いたんだって」とリア。「おかしな一行が、魔法使いに会いたいって言ってきたそうだよ。しかも、女の子がいたんだ！　ドロシーっていう子で、あっちの世界《アザー・ランド》から来たんだって。仲間もいるんだ。魔法使いはもう長いことみんなの前に姿を現したことはなくって、何かあれば大臣たちを通じて指示を出しているだけだったらしいよ。兵隊さんたちは、魔法使いはとっくに死んでしまっていて、平和を保つために宮廷がそう仕組んでるんだろうなんて言ってたけど。でも、ドロシーと仲間たちは中に入って魔法使い本人に会って、どんな様子だったかみんなに話してくれたんだって！」

「やれやれ」と魔女は言った。「なんてこと。愛国党であろうとなかろうと、誰もかれもこのドロシーとかいう子のことで大騒ぎじゃないか。で、そのばかどもは、それからなんて言ったって？」

「伝令の話だと、ドロシーたちは魔法使いに、願いをかなえてほしいって頼んだらしいよ。かかしは脳みそ、ブリキの木こりのニック・チョッパーは心臓、臆病ライオンは勇気を欲しがったんだって」

「で、ドロシーは靴べらでも頼んだ？」

「ドロシーは、家に帰れるようにしてほしいって頼んだんだ」

「その願いがかなってほしいもんだね、まったく。それで？」

だが、リアは口ごもった。

「あのね、わたしはもう、噂話のために食事を遅らせてもいいって思う年じゃないんだよ」

リアは後ろめたそうに顔を赤らめた。「兵隊さんたちが言うには、魔法使いは最初、そんな無茶な願いははねつけたって」

「べつに、驚くことでもないね」

「それから、魔法使いはドロシーに言ったんだ。願いをかなえてやってもいいが、その代わり……その代わりに……」

「どもるのなんて、もう何年も前に治ったと思ってたのに。今さらよして。でないと、ぶつよ」

「ドロシーと仲間たちは、ここに来て魔女を殺せって言われたんだ」リアはようやく最後まで言った。「兵隊さんたちの話ではね、魔法使いがそう言ったのは、シズで女の人が殺されたからなんだって。有名なおばあさんだったらしいよ。西の悪い魔女《ウィキッド》が殺したんだって言ってた。それと、魔女は頭がいかれてるって」

「あんなどこへ行く当てもない無能なやつらが、人殺しなんてできるわけないじゃないか。わたしのほうがよっぽど適任だよ」と魔女。「魔法使いは、あの子たちを厄介払いしようとしてるだけ。どうせ、みんながドロシーに対する興味を失った頃に、手下の疾風部隊を送って、あの子ののどをかき切らせるつもりなんでしょうよ」それに、あの靴は魔法使いに取りあげられてしまったにちがいない。そう思うと実に腹立たしい。でも、マダム・モリブルを襲ったことがちゃんと伝わったようでよかった。今では、自分が本当にマダム・モリブルを殺したのだと思うようになっていた。そう考えれば納得できる。

だが、リアは首を横に振った。「それがね、おもしろいんだけど、ドロシーの名前はドロシー・ゲイルっていうんだ。だから疾風《ゲイル》部隊はその子に手を出さないだろう、ってレッド・ウィンドミルの兵隊さんたちは言ってたよ。迷信深いやつらだからって」

「こんな僻地《へきち》にいるくせに、あの兵隊たちに陰謀の何がわかるっていうのかね」

リアは肩をすくめた。「オズの魔法使いが自分のことを知ってるって聞いても驚かないの？　人を殺したってほんと？」

「それはね、リア、もっと大人になればわかるよ。まあ、大人になっても相変わらず物分りが悪いようだったら、同じことだけどね。もしわたしがおまえに手を出すかって心配してるんなら、そんなつもりはこれっぽっちもないよ。だけど、わたしがエメラルド・シティで有名だって聞いてびっくりしてるみたいだね。おまえがわたしを蔑《さげす》んで反抗してるからって、世界中がそうだっていうわけじゃないんだよ」そう言いながらも、悪い気はしなかった。「いい、リア、こうした噂でも、ほんの少しは真実が含まれてるかもしれないから、しばらくはレッド・ウィンドミルには近づかないほうが身のためだよ。誘拐されて、人質にとられるかもしれないからね。わたしがあの小娘と物ほしげな仲間たちに降参するまで」

「ドロシーに会ってみたいなあ」

「まだ色気づく年でもないでしょうに。やめな。思春期に入る前に塩漬けにしてやればよかった」

「ぼくは誘拐なんてされないから、心配しなくていいよ。それに、ドロシーたちが来たとき、ここにいたいし」

「誘拐されたって、心配なんかしないよ。自業自得だし、こっちは養い口がひとつ減って大助かりなぐらい」

「あ、そう。でも、そうしたら誰が冬にたきぎを上に運ぶのさ?」

「そのブリキのニック・チョッパーとかいうやつにやらせるよ。あいつの斧はよく切れそ

んでしょ。ど
うだったしね」

「会ったことあるの？」リアは口をあんぐり開けた。「まさか！」

「ところがあるんだ。わたしだって、お偉方と付き合ったりするんだから」

「どんな子だった？」リアは好奇心で顔を輝かせた。「ドロシーにも会ったんでしょ。どんな子だった、魔女おばさん？」

「わたしに向かっておばさんなんて言うのはやめて。ぞっとする」

だがリアがしつこく聞き続けるので、魔女はついに叫んだ。「かわいらしい甘ったれた小娘で、言われたことは何だって信じてしまう子だよ！　ここに来たときに『愛してるよ』って言ってやれば、きっとそれだって信じるだろうね！　さあ、もう邪魔しないで。まだやることがあるんだから！」

リアはドアのところで立ち止まって言った。「ライオンは勇気、ブリキの木こりは心臓、かかしは脳みそ。ドロシーは家へ帰ること。おばさんは何が欲しいの？」

「平穏で静かな暮らし」

「ほんとは違うよね」

許しが欲しいなんて、リアに向かっては言えなかった。リアが軍服姿の男たちに漠然とした憧れを抱いているのをからかうつもりで、魔女は「兵隊《ソルジャー》」と言おうとした。だが、言いかけながらもそんなことをしたらリアが傷ついてしまうだろうと思ってためらい、そのあげくに口をついて出た言葉を聞いて、二人とも驚いた。「魂《ソウル》――」リアは目をぱちくりさせた。

「で、おまえは？」魔女は少し口調を和らげた。「魔法使いに願いをかなえてもらえるとしたら、何が欲しいの？」

「お父さん」とリアは答えた。

13

わたしは正気を失いつつあるのかもしれない。その晩、椅子に座ってさっき言ったことについて考えをめぐらせながら、魔女はちょっとの間そう思った。

名もなき神も、ほかのどんなものも信じていない者が、魂の存在を信じることなどありえない。

人間を貫いていて、ことあるごとに意識せざるをえない宗教という串を引き抜いたら？思考や道徳観念から宗教という刀を抜き取ってしまったら？立っていることすらできなくなるのだろうか。それとも、平原のカバが草や果物を消化しやすくするために毒のある小さな寄生虫を宿すように、宗教を自分の中に宿す必要があるのだろうか。宗教を捨てた人についての話はあるけれど、だからといって宗教なしで生きられるという十分な証拠にはならない。宗教自体が——使い古された皮肉な言葉だけれど——必要悪なのだろうか？

宗教という考えは、ネッサローズにとっては役に立ったし、フレックスにも役に立った。雲の上に天国などないかもしれないけれど、天国を夢見ることで精神は活気づく。

もしかしたら、この時代に人々がこぞってユニオン教に走り、名もなき神の名のもとにあらゆる信仰心を受け入れてきたせいで、わたしたちは自らの破滅を運命づけてしまったのではないだろうか。そろそろ名もなき神に名前を与えるときが来たのかもしれない。どんなに弱々しい名前でも、たとえ人間の性悪な姿に基づく名前でも。そうすれば、少なくとも、わたしたちのことをちゃんと案じてくれる至高の存在がいる、という幻想に浸って生きていくことができる。

だって、名もなき神から特徴らしきものをすべてはぎ取っていったら何が残る？　大きいけれどうつろな風だけ。疾風のような力はあっても、道徳的な力はないかもしれない。つむじ風の中から聞こえる声なんて、カーニバルの客引きがよくする子供だましの客寄せ術のようなものではないか。

それよりも昔の人たちの異教の考えのほうが——このときばかりは——魅力的に思えた。

妖精の戦車に乗ったラーラインが雲のすぐ上に姿を隠していて、千年紀だか何かのときに降りてきて、わたしたちのことを思い出してくれる。名もなき神は、名前も個性も何もないのだから、不意にやってくるなんて、想像もできない。

それに、名もなき神が自分の家の戸口に現れたとしても、誰が神だとわかるだろう。

14

眠りたくないと思っても、時々つい居眠りしてしまう。あごが胸にぶつかるほど舟を漕《こ》ぎ、時にはテーブルに歯とあごをぶつけ、びっくりして目を覚ますこともあった。

窓辺に立って谷間を見下ろすことが増えた。ドロシーと仲間たちがやってくるまで、あと数週間かかるだろう。殺されて死体が焼かれてしまったのでなければ。おそらくサリマがそうされてしまったように。

ある晩リアが、涙ぐんで口もきけないありさまで兵士たちのバラックから戻ってきた。

魔女は気にしないようにしようと努めたものの、何があったか知りたくて仕方なかった。

とうとうリアが話してくれた。一人の兵士が、ドロシーたちがやってきたら、仲間たちのほうは皆殺しにして、ドロシーは縛りあげて人肌恋しい好色な男たちの慰みものにしてやろうと、ほかの兵士たちに持ちかけていたというのだ。

「男って、くだらないことを考えるね」と魔女は言ったが、心が騒いだ。兵士リアが泣いたのは、ほかの兵士たちがその兵士の言葉を上官に告げたためだった。兵士は服をはぎ取られて去勢され、風車に釘づけにされた。風車とともにその男もまわり、ハゲタカどもが内臓をついばもうとした。それも生きたままで。

「世の中で邪悪なものを見つけるには苦労しないね」魔女は言った。「どういうわけか、いいことより悪いことのほうが、ずっと想像しやすいんだ」だが、司令官が部下の言葉に対してこんなに激しく反応したとは驚きだった。つまり、ドロシーはまだ生きていて、どうやらオズで最高の軍にまで保護されているらしい。

リアはチステリーを膝に抱きあげ、その頭に顔をうずめてすすり泣いた。チステリーは「ナコウ、ナカヨク　ナケバ、ナガク　ナキタク　ナル」と言い、リアと一緒に泣いた。

「かわいらしい二人組ですねえ」ばあやがこの様子を見て言った。「本当に、一幅の絵のようじゃございませんか」

魔女は闇にまぎれてほうきに乗って抜け出し、苦しんでいる兵士がすぐ死ねるようにしてやった。

　ある日の午後、ふと思い出した。そういえばシズにいた頃、ニキディック先生の授業で、母親から引き離されて実験台にされていたライオンの子がいた。あの子はひどくおびえていて、そのことでわたしは大騒ぎしたっけ。それとも、自分に都合のいいように記憶をつくり変えてしまっているだけなのだろうか？

　もしドロシーの連れているのが、百獣の王らしからず臆病に育ってしまったあの〈ライオン〉だとしたら、わたしに対して何も文句は言えないはずだ。幼い頃に助けてあげたのだから。

　黄色いレンガの道をやってくる奇妙な顔ぶれ。いったいどういう連中なんだろう。ブリキの木こりは、空《から》っぽの胴体にチクタク仕掛けを組み合わせたものか、内臓を抜かれて魔法にかけられた人間だろう。〈ライオン〉ときたら生来の本能が反転してしまっている。それでもチクタク仕掛けの機械ならなんとか扱えるし、〈動物〉だって手なずけられる。でも、かかしの正体は何だろう。魔法のしわざ？　仮面をかぶった人間？　中に器用な踊り子でも隠れているのか？　とにかく、三人ともドロシーの純真さのとりこになっているらしく、いろんな意味で骨抜きにされてしまっている。

〈ライオン〉の過去なら想像できないこともない。シズ大学の科学の授業で痛めつけられていた、あの子供の〈ライオン〉だと考えてみてもいい。ニック・チョッパーは、意地の悪いネッサローズが魔法をかけたあの斧のせいであんな体になってしまったのだろう。でも、かかしは？　どう説明づけたらいいか、見当もつかない。

次第に、こんな考えが浮かんできた。かかしの顔が描いてあるあの引き割りトウモロコシの袋の下には、わたしが知っている顔、ずっと待ち続けてきたあの人の顔があるのではないか？

ろうそくに火をともし、その考えを声に出して言ってみる。魔法の呪文を唱えるように。言葉を発したときに漏れた息が、ろうそくから立ちあがる灰色の煙の先っぽをかき乱す。発した言葉がそれ以上の力を持っていたとしても、今のところはわからない。「フィエロは死ななかった。牢屋《ろうや》に入れられたけれど逃げ出した。そしてキアモ・コに帰ってくる。わたしのもとに帰ってくる。かかしに変装しているのは、帰った先で何が待ち受けているかまだわからないから」

並みの脳みそでは、そのような計画は思いつかないはずだ。

魔女はフィエロの古い上着を取り出した。すっかり年老いたキリージョイを呼んでそのにおいを嗅がせ、毎日谷に送り出した。旅人たちが姿を見せたら、キリージョイがすぐに見つけて、大喜びで連れてくるだろう。

眠らないようにしてはいたが、眠気に負けてしまうこともあった。そんなときに見る夢の中では、フィエロが次第に家に近づいてくるのだった。

15

ある日のこと、その年最初の秋風が吹き抜ける中、谷間の野営地ののぼりや旗がうごめき、ラッパの音が山の斜面を上って城にまで届いてきた。どうやら、例の一行がレッド・ウィンドミルに到着し、大歓迎されているようだ。「とうとう来たね、もうすぐだ」と魔女は言った。「キリージョイ、あいつらを迎えに行って、一番の近道を教えてあげな」そう言って老犬を解き放つ。キリージョイはやる気満々で、群れの仲間たちも大喜びで一緒に吠《ほ》えたり跳ねたりしながら、務めを果たそうとあとに続いた。

「ばあや」魔女は叫んだ。「きれいなペチコートをはいて、エプロンを替えてきて。日が暮れる前にお客様が来るからね！」

だが、犬たちは午後になっても夕方になっても戻ってこなかった。理由はすぐにわかった。円筒形のケースにはめた望遠レンズ――ディラモンド先生が発見したレンズの組み合わせを応用して、自分で発明したものだ――をのぞいてみて、あまりのことに愕然とした。ドロシーと〈ライオン〉とかかしが震えあがって立ち尽くす一方で、ブリキの木こりが斧で獣たちの頭を次々に叩き割っている。キリージョイと仲間の狼たちは、退却後の戦場に残された兵士の死骸のように倒れていた。

魔女は怒りのあまり地団駄を踏み、リアを呼びつけた。「おまえの犬は死んだ。あいつらが何をしたか、自分の目で見てごらん！　わたしの見間違いじゃないはずだよ！」

「まあ、あの犬はもうそんなに好きじゃなかったし。十分長生きしたと思うな」リアもその光景を見て震えたが、望遠鏡をまた山の中腹に向けた。

「ばかな子。ドロシーなんか放っておきな！」と魔女は叫んで、リアの手から望遠鏡をひったくった。

「これからお客さんが来るっていうのに、そんなにいらついてどうするのさ」リアはむっとして言った。

「あいつらはわたしを殺しに来るんだよ、忘れたの？」といっても、自分でもそんなことは忘れていた。靴への思い入れも、望遠鏡で見てやっと思い出した。じゃあ、魔法使いはあれをドロシーから取りあげなかったのだ！　どうしてだろう？　新しい陰謀か何か？

魔女は部屋の中を歩きまわりながら、グリムリーの書のページをあちこちめくった。呪文を唱えてみたが、間違えてしまい、またやり直す。それから振り向いて、その呪文をカラスにかけようとした。最初に連れてきた三羽はとっくの昔に冷たくなって扉の枠から落っこちていたが、まだほかのカラスがたくさん残っている。近親交配を繰り返したので少々頭が弱くなっているが、まさに烏合《うごう》の衆並みには言うことを聞く。

「行きな」魔女は言った。「その目で、もっとよく見ておいで。かかしの仮面をはがして、正体を確かめるんだ。そして、やつらをやっつけてしまいなさい。ドロシーと〈ライオン〉の目をつつき出してやって。それから、おまえたち三羽は千年平原のナストーヤ姫のもとへ行って、わたしたちみんなが再会するときが近づいたと知らせてほしい。グリムリーの助けを借りて、いよいよ魔法使いを倒してやる！」

「何言ってるのかよくわかんないけど」とリア。「あの子たちの目をつぶすなんて、だめだよ！」

「ふん、見てらっしゃい」魔女は吐き捨てるように言った。カラスたちは黒雲のように飛び立つと散弾のように急降下し、ごつごつした崖を下って旅人たちのもとへ向かった。

「きれいな夕日ですねえ」ばあやが、珍しく魔女の部屋まではるばるとやってきた。いつものようにチステリーが付き従っている。

「カラスを送って、食事に来るお客さんたちの目玉をくり抜こうとしてるんだよ！」

「何ですって？」

「食事に来るお客さんたちの目をつぶすつもりなんだ！」

「そうですか。それじゃ掃除の手間は省けそうですねえ」

「二人とも、ばかなこと言ってないで、黙ってて」魔女は、何かの発作でも起こしたように体を痙攣《けいれん》させていた。腕をばたばた動かしている様子はカラスのようだ。望遠鏡をのぞいてカラスたちを見つけると、長いうめき声をあげた。

「何、どうしたの？　ぼくにも見せてよ」リアが望遠鏡を奪い取り、何が見えるかばあやに説明してやる。魔女が口もきけないほど打ちのめされていたからだ。「へえ、それじゃ、かかしって本当にカラスを追い払えるんだ」

「おやまあ、かかしがどうしたですって？」

「カラスはもう戻ってこない。それしか言えないや」リアは魔女をちらりと見て言った。

「それでも、あの人かもしれない」荒い息をしながら、ようやく魔女は言った。「おまえの願い、かなうかもしれないよ、リア」

「ぼくの願い？」父親が欲しいと言ったことなどもう忘れているようだったが、わざわざ思い出させてやることもないだろう。あのかかしが変装した人間ではないと、まだ決まったわけではない。フィエロが死んでいないなら、許しを請う必要もないのだ！

日の光が薄らぐ中、奇妙な取り合わせの仲間が思ったより早く山を登ってくる。護衛をしている兵士はいない。おそらく兵士たちは、キアモ・コにいるのは悪い魔女《ウィキッド》だと思いこんでいるのだろう。

「おいで、蜂たち」と魔女は言う。「わたしのために、ちょっと仕事をしてちょうだい。さあ、みんな集まって。ちょっとチクッと刺して、困らせてやるんだ。注射をしてやって。ばか、わたしたちを刺してどうするのさ、最後まで聞きなさい。山を登ってくるあの女の子、おまえたちの女王蜂を狙ってるよ！　おまえたちが仕事を終えたら、わたしがあの靴を取ってくる」

「あの老いぼれ魔女、今度は何をほざいているんでしょうねえ？」ばあやがリアに尋ねる。

蜂たちは魔女の緊迫した様子を感じ取り、群れをなして窓から飛び立った。

「代わりに見て。自分じゃ、とても見ていられない」と魔女は言った。

「山の上に昇った月が、美味しそうな桃みたいですよ」ばあやが、にごった目で望遠鏡をのぞいて言う。「裏に生えてるまずいりんごの代わりに桃を植えたらどうでしょう？」

「蜂の様子を見て。リア、ばあやからそれを取りあげて、どうなってるか教えて」

リアは実況中継を始めた。「蜂たちはいっせいに舞い降りてくよ。みんなでかたまりになって飛んでて、先っぽが二つに分かれた尻尾を持つ魔神みたいに見える。あの子たち、蜂に気づいたぞ。よし！　いいぞ！　かかしが胸や脚からわらを抜き出して、〈ライオン〉とドロシーにかぶせてる。小さな犬もいるよ。ああすれば、蜂はわらを通して刺すことはできないもんな。かかしのやつ、ばらばらになって地面に横たわってるよ」

そんなはずはない。「お黙り、リア、この大嘘つき」と魔女は叫び、望遠鏡を奪い取った。心の中で嵐が荒れ狂っているようだ。

だが、リアの言ったとおりだった。かかしの服の中には、わらと空気しか入っていなかった。恋人が変装して戻ってきたのではなかったのだ。最後の救いの望みも消え失せた。

蜂たちは残っているブリキの木こりに襲いかかったが、ブリキにかなうはずがない。針の折れた蜂たちは地面に落ち、焼け焦げた影のような黒い山となった。

「お客さんたちもなかなかやり手だってこと、認めてあげなくちゃ」リアが言った。

「お黙り、でないと舌を結んでやるよ」と魔女。

「下に行って、オードブルでも用意しておいたほうがよさそうですねえ。あなた様にあんな目にあわされたあとですから、きっとお腹をすかせておいででしょう」とばあや。「チーズとクラッカーにいたしますか、それとも、ペッパーソースをかけたサラダのほうがよろしいですか？」

「ぼくはチーズがいいな」とリア。

「エルファバ様は？　ご希望はおありですか？」

だが、魔女はグリムリーを調べるのに必死で、それどころではない。「それじゃ、あたしが決めることになるんですか、まあ、いつものことですがね」とばあやは言う。「結局、何から何までやる羽目になるんですからねえ。この年にもなって、ありがたくて涙が出るってもんですよ。そろそろ休めるだろうと考えるのが普通ですが、いいえ、とんでもない。本当に、あたしのことなんかいつでも後まわしなんだから。花嫁の付き添いになるばっかりで、花嫁にはいつまでたってもなれないとは、よく言ったものですよ」

「名づけ親《ゴッドファーザー》にはなれても、神《ゴッド》にはなれないしね」とリア。

「二人とも、いいかげんにして！　ほら、ばあや、行くならさっさと行って！」ばあやは老いた体で精一杯急いで部屋を出ていった。魔女は言った。「チステリー、ばあやなんか、一人で行かせればいい。それよりわたしの頼みを聞いて」

「ええ、このままころげ落ちて死んだって、ばあやはかまいませんよ。お役に立てて本望ってもんです」とばあや。「こんな扱いを受けるんだったら、オードブルはチーズにしちまいますからね」

魔女は、チステリーに何をしてほしいか説明した。「本当にばかばかしい話だけどね。すぐに暗くなるから、あいつらは崖からころげ落ちて死んでしまう。それじゃ、あまりにかわいそうだ。まあ、ブリキの木こりとかかしは、どれだけ落ちたってたいしたことはないから、放っておけばいい。木こりは、腕のいいブリキ屋に頼めば直してもらえる。でも、ドロシーと〈ライオン〉は連れてきておくれ。ドロシーはわたしの靴を履いてるし、〈ライオン〉には会ってみたい。古い知り合いだからね。やってくれる？」

チステリーは目を細め、うなずき、首を横に振り、肩をすくめ、つばを吐いた。

「とにかくやってみて。やらないなら、おまえは役立たずだよ。さあ、行って。仲間も一緒にね」

それからリアに向かって言う。「ほら、これで満足した？　殺すためにご招待したわけじゃない。お客様としてお迎えして、靴を手に入れたら帰らせてやる。それからわたしはグリムリーを持って山に入って、洞窟で暮らす。おまえはもう自分の面倒くらい自分でみられるはずでしょ。いい厄介払いができてせいせいするよ。今さら、誰が許しなんているもんか。どう？」

「でも、あの子たち、おばさんを殺しに来たんだよ」

「そうだよ。それを今か今かと待ってるくせに！」

「守ってあげるよ」リアは落ち着かない様子で言ったが、こう付け加えた。「といっても、ドロシーを痛い目にあわせるつもりなんかないからね」

「さあ、食事の支度に行きなさい。ばあやには、チーズとクラッカーはやめてサラダにしろって言って」魔女はほうきを振りかざした。「行けと言ったんだよ。言うことを聞いて、さっさと行きな！」

一人になると、魔女はがっくりと床にへたりこんだ。あの連中、よっぽど運に恵まれているのか、さもなければ、身を守るだけの勇気、脳みそ、心臓をすでに持っているにちがいない。やり方をすっかり間違えてしまった。ドロシーを歓迎して、事情を丁寧に説明して、可能なうちに靴を手に入れればよかったのだ。靴の力とナストーヤ姫の助けがあれば、まだ魔法使いに復讐できるかもしれない。とにかく、グリムリーの書はなんとかして隠さなければ。それに、靴も魔法使いの手の届かないところにやってしまわないと。

だが、使いの動物たちの死は大打撃で、血も凍りつく思いだった。自分の考えたこと、やろうとしたことは、次から次へ失敗していく。ドロシーと顔を合わせたら、いったいどうすればいいのだろう。

16

リアとばあやが戸口の両脇に立ってにこやかに待っているところへ、チステリーと仲間の猿たちが帰ってきた。猿たちは着地に失敗してしまい、連れてこられた客が中庭の石畳の上にどさりと投げ出される。〈ライオン〉は痛そうにうめき、目をまわして涙を流した。

ドロシーは体を起こし、小さな犬を抱きしめて言った。「ここはいったいどこなの？」

「よくお越しくださいました」とばあやが言って、ひざまずく。

「ようこそ」リアはお辞儀をしようとして足を交差させたが、バランスを崩し、水の入ったバケツに倒れこんでしまった。

「長旅でお疲れでしょう」とばあや。「お食事の前に、汗をお流しになりませんか？　なにしろ人里離れたところですから、たいしたおもてなしはできませんけどねえ」

「ここは、キアモ・コっていうんだ」リアが真っ赤になって立ちあがりながら言った。

「アージキ族の要塞だよ」

「ここも、まだウィンキーの国なの？」少女は不安そうだった。

「この娘さんは何とおっしゃったんです？　もう少しはっきりしゃべってほしいって伝えてくださいな」ばあやが言った。

「本当はヴィンカスっていうんだ」とリア。「ウ、ウ、ウィンキーっていうのは、ばかにした言葉なんだよ」

「そんな、大変。気を悪くさせるようなこと言うつもりなんてなかったの。本当です」と少女は言った。

「かわいいお嬢さんじゃありませんか。腕も足もちゃんとしたところに全部ついてますし、お肌もいたって普通で、すべすべしていてきめ細やかですねえ」ばあやが満面の笑みを浮かべて言った。

「ぼくはリア。ここに住んでるんだ。ここは、ぼくの城なんだよ」

「あたしはドロシー。お友達の木こりさんとかかしさんのことが心配なの。お願い、あの人たちのこと、助けてくれない？　もう暗いから、迷子になっちゃう！」

「怪我《けが》をするはずはないよ。明日、明るくなったら捜しに行ってあげる。約束するよ。きみのためなら何でもしてあげる。本当に、何でも」

「ご親切に、ありがとう。ここでは皆さんとっても親切ね。ああ、ライオンさん、大丈夫？　怖くなかった？」

「もし名もなき神が〈ライオン〉に空の旅をお望みだったなら、きっと熱気球を与えただろうな」とライオン。「谷を越えたときに、お昼ごはんを戻しちゃった」

「いらっしゃいませ」ばあやが甲高い声で言った。「お待ちしておりましたんですよ。ささやかなおもてなしをするために、身を粉にして支度したんです。たいしたものはありませんが、こちらにあるものはすべてあなた方のものですよ。それが山岳地帯の掟《おきて》ですからね。旅のお方はいつでも歓迎いたします。さ、洗い場にご案内しましょう。お湯と石鹸《せっけん》をご用意いたしますからね。さあ、中へどうぞ」

「ご親切にありがとうございます。でも、あたし、西の悪い魔女《ウィキッド》に会いに行くところなんです」とドロシー。「西の悪い魔女って言ったんです。ご迷惑をおかけしてごめんなさい。このお城、本当に素敵なところですね。帰りにでも、ここを通ることになったらお邪魔したいと思います」

「ええっと、その、ウィキッドっていう魔女もここに住んでるんだ」とリア。「ぼくと一緒にね。でも、心配いらないよ」

ドロシーはちょっと青ざめた。「ウィキッドがここにいるの？」

そのとき魔女が戸口に姿を現した。「もちろん。ほら、このとおり」そして、スカートの裾を翻して階段を駆け下りると、ほうきもあとからいそいそとついてくる。「チステリー、よくやったね！　わたしの苦労が全部水の泡にならなくてよかった。さて、ドロシー、ドロシー・ゲイル、おまえの家が、あつかましくもわたしの妹の上に落ちてきたというわけだね！」

「あの、厳密に言えば、あれはあたしの家じゃないんです。法律的には、ということですけど。それに、エムおばさんとヘンリーおじさんの家ってわけでもないんです。窓とか煙突はともかく。つまり、ウィチタ農・機械業第一州立銀行の抵当に入っているから、責任があるのは銀行なんです。だから、誰かと連絡を取りたいんでしたら、銀行にお願いします。あちらでちゃんと対応してくれるはずですから」とドロシーは説明した。

魔女は突然、奇妙なほど冷静になった。「あれが誰の家かなんて、わたしにはどうでもいい。妹はおまえが来るまでは生きていたのに、今では死んでしまった。この事実には変わりはない」

「ああ、本当にごめんなさい」ドロシーは落ち着かない様子で言った。「本当にごめんなさい。なんとかできればよかったんですけど。もしエムおばさんの上に家が落ちてきたらどんな気持ちになるか、あたしにもわかります。一度、ベランダの屋根の板がおばさんの上に落ちたことがあって。頭に大きなこぶができちゃって、おばさんは午後の間ずっと賛美歌を歌ってました。でも、夕方には前みたいにぶつくさ言えるほど元気になったけど」

ドロシーは子犬を抱えて階段を上り、魔女の手を取った。「本当にごめんなさい」ともう一度言った。「誰かを失うって、悲しいことですよね。あたし、小さい頃に両親を亡くしたんです。だから、お気持ちわかります」

「手を放しなさい。わざとらしい同情なんかやめて。反吐《へど》が出る」

それでもドロシーは手を放さず、若さゆえの熱心さで、何も言わずにただ待っていた。

「放しなさい、手を放して」と魔女は言う。

「妹さんと仲がよかったんですか？」

「そんなことは問題じゃない」

「だって、あたしはママが大好きだったから、ママとパパが海で遭難したとき、耐えられなかった」

「海で遭難したって、どういうこと？」魔女はドロシーを振り払おうとしながら言った。

「母国のおばあちゃんが死にかけてたから、会いに行くところだったんです。途中で嵐にあって、船がひっくり返って真っ二つに割れて、海の底に沈んでしまって。乗っていた人たちは一人残らず溺れて、魂はみんな天国に行ったんです」

「へえ、それじゃ、みんな魂を持ってたってわけ？」水中に沈んでいく船の姿を思い浮かべ、魔女はぞくりとした。

「ええ、今でも。遺されたものは、魂だけなんですから」

「そんなふうにしがみつかないで。中に入って、何か食べなさい」

「一緒にお邪魔しましょう」ドロシーが〈ライオン〉に呼びかけると、〈ライオン〉はしぶしぶ大きな足で立ちあがり、あとに続いた。

　やれやれ、ここはレストランになってしまったみたいだね、と考えて魔女は憂鬱《ゆううつ》になった。お次は、空飛ぶ猿たちをレッド・ウィンドミルに送って、バイオリン弾きでも連れてきて演奏させようか？　こんなことまでする人殺しがどこにいるっていうのか。

さて、あの子をどうやって油断させたらいいだろう？　どんな手を使ってくるか、見当もつかない。武器といえるものは、あのやたら分別くさいところとか、自分の感情に素直なところぐらいか。

夕食の席で、ドロシーは泣きだした。

「あれまあ、チーズよりサラダのほうがよろしかったかね？」ばあやが言った。

だが、ドロシーは答えない。磨いた樫《かし》のテーブルに両手を乗せて、悲しみで肩を震わせている。リアが立ちあがってドロシーを抱きしめようとしたが、魔女は顔をしかめ、じっとしているよう合図した。リアはむっとして、ミルクの入ったコップをテーブルに叩きつけた。

「ここは素敵なところです」すすり泣きながら、ドロシーがようやく口を開いた。「でも、ヘンリーおじさんとエムおばさんのことが心配でたまらないの。ヘンリーおじさんは、あたしが学校から帰るのがほんの少し遅くなっただけでもやきもきするし、エムおばさんときたら、何か気がかりなことがあると、たちまち不機嫌になるんだもの！」

「おばさんなんて、誰だって不機嫌だと思うけどな」とリア。

「黙って食べな。次にいつ食事にありつけるか、わからないんだから」と魔女。

ドロシーは食べようとしたが、涙が止まらない。とうとうリアも泣きだした。犬のトトが食べ残しをねだって吠えている。その声を聞いて、魔女は自分が失ったものを思い出した。八年間をともに過ごしたキリージョイは、今では山の斜面で子孫に囲まれて冷たくなり、ハエにたかられている。蜂やカラスのことはあまり気にならなかったが、キリージョイは別だった。

「やれやれ、たいしたパーティーだこと」とばあやが言った。「景気づけに、ろうそくでもつけるとしましょうかね」

「ロウソク、サッソク、モウロク」とチステリー。

ばあやはろうそくに火をつけ、ドロシーを慰めようとして「ハッピーバースデー・トゥー・ユー」と歌ったが、誰も一緒に歌おうとしない。

みんな黙りこんでしまった。ばあやだけは食べ続け、チーズがなくなると次はろうそくをかじりはじめた。リアは青くなったり赤くなったりし、ドロシーは磨かれたテーブルの節穴をぼんやりと眺めている。魔女はナイフで指を引っかいていた。それから刃を人差し指に沿ってそっとすべらせる。不死鳥の羽根を扱うように。

「あたし、これからどうなるのかしら」と、ドロシーがうつろな声で言った。「こんなところに来なければよかった」

「ばあや、リア」魔女は言った。「調理室に行きなさい。〈ライオン〉も連れていって」

「あの鬼婆は、あたしに向かって言ってるのかね?」ばあやがリアに尋ねた。「あの娘さんはどうして泣いてるんでしょ。食べ物が美味しくなかったのかねえ」

「ぼくはドロシーさんのそばを離れないぞ!」と〈ライオン〉。

「わたしたち、昔会ってない?」魔女は低く落ち着いた声で言った。「小さかった頃、おまえはシズ大学の授業で実験台にされて、怖がってた。あのとき、なんとかしてあげようと思って声をあげたのはわたしなんだよ。おとなしくしてれば、今度も助けてやる」

「助けてほしくなんかないね」〈ライオン〉はむっとして答えた。

「その気持ちはわかる。でも、自然の中で暮らす〈動物〉について教えてほしいんだよ。昔の状態に戻るのか、戻るとしたらどの程度か。おまえは自然の中で育ったんだろう? 手を貸してちょうだい。グリムリーの書や魔法の本、『魔女に与える鉄槌』、揺籃期本《インキュナブラ》、スカラべや卍《まんじ》や逆卍の古写本、魔術文書なんかを持って、わたしがここを去るときに、守ってよ」

〈ライオン〉が突然吠えたので、ドロシーも含めて全員が席から飛びあがった。「夜に雷、悪魔も大喜びってね」ばあやが窓の外をのぞきながら、ひとりごちた。「こりゃ洗濯物を取りこんだほうがよさそうですねえ」

「ぼくのほうが大きいんだぞ」〈ライオン〉が魔女に向かって言った。「ドロシーさんと二人きりになんかさせるもんか」

魔女はかがんで小さな犬を抱きあげた。「チステリー、こいつを生簀《いけす》に放りこんでしまいな」チステリーはけげんそうだったが、キャンキャンわめくトトを、毛むくじゃらのパンのかたまりのように抱えて走り去った。

「ああ、やめて。誰かトトを助けて！」ドロシーが言った。魔女は手を伸ばしてドロシーを座席に押さえつけたが、〈ライオン〉がチステリーとトトを追って調理室に駆けこんだ。

「リア、調理室の鍵を閉めて」と魔女は怒鳴った。「かんぬきをかけてしまえば、出てこられないから」

「いや、やめて」ドロシーが叫んだ。「言うとおりにするから、トトを助けて。あの子は何も悪くない！」それからリアに向かって言った。「あの猿がトトをいじめないようにして。ライオンさんは頼りにならないんだもの。トトを助けるのはきっと無理！」

「それじゃ、暖炉のそばでデザートでも召しあがりましょうか？」ばあやが顔を上げ、明るく言った。「カ、カ、カ、カスタードプリンですよ」

魔女はドロシーの手をつかみ、引っぱっていった。突然リアが飛び出し、ドロシーのもう片方の手を取った。「くそばばあめ、手を放せ」と叫ぶ。

「リア、どうしてよりによってこんなときに急に勇敢ぶるの?」魔女はうんざりしたように静かに言った。「勇気のあるふりをしたって、わたしもおまえも恥ずかしい思いをするだけだよ。やめな」

「あたしは大丈夫。ただ、トトをお願い」とドロシーが言う。「リア、トトをお願いね。何があっても——お願い。あの子にはおうちが必要なの」

リアは身を乗り出してドロシーにキスした。ドロシーはびっくりして、よろよろと壁にもたれかかる。

「勘弁してよ」魔女はつぶやいた。「わたしが何をしたのか知らないけど、こんな目にあうなんてひどすぎる」

17

魔女はドロシーを後ろから小突いて塔の部屋まで連れていき、中に入ってから鍵をかけた。長い間眠っていないせいで頭がくらくらする。「何をしに来た?」魔女は少女に尋ねた。「どうしてエメラルド・シティからはるばるやってきたかはわかってる。それでも、わたしに向かって言ってごらん! 噂どおり、わたしを殺しに来た? それとも、もしかして魔法使いから何か伝言でもあるの？　本と交換でノアを返すつもりにでもなったと？　あの子と魔法の本を交換すると？　教えなさい！　それとも――そうか――あの本を盗み出すように言われたんだね！　そうだろう！」

だが、ドロシーは後ずさり、逃げ場はないかときょろきょろするばかりだった。逃げ道は窓しかないし、窓から出れば落ちて死んでしまう。

「白状しなさい」魔女は言った。

「あたし、知らない土地で独りぼっちなんです。どうか、こんなことはやめて」とドロシー。

「わたしを殺して、グリムリーを盗むつもりだね！」

「何のことかわからない！」

「まず、その靴をよこしなさい。それはわたしのものだよ。それから話し合おう」

「できないの。脱げないんです。グリンダが魔法をかけたんだと思う。もう何日も、脱ごうとしていろいろやってるんだけど。靴下がすっかりじめじめしてきちゃって。信じられないくらいなの」

「よこして！」魔女はわめいた。「それを履いたまま戻ったら、魔法使いの思う壺だよ！」

「だめなの、ほら、くっついてるんだもの！」ドロシーは叫び、片方のつま先で反対のかかとを蹴《け》った。「ほら、見て、脱ごうとしてるでしょ、脱ごうとしてるんだけど、脱げないの。本当なんだから、信じて！　魔法使いに靴をよこせって言われたときも、一生懸命脱ごうとしたんだけど、どうしてもだめだった！　何かがおかしいの。きつすぎるのかもしれない！　それとも、あたしが大きくなったのかも」

「おまえには、その靴を持つ資格なんてないんだよ」魔女は部屋の中をぐるぐる歩きまわった。ドロシーは後ずさりしたが、家具につまずいて蜂の巣箱を倒し、その破片の中から現れた女王蜂を踏みつぶしてしまった。

「わたしが持ってたものは何から何まで、どんなに小さなものでも、おまえが来たせいで死んでしまう」魔女は言った。「リアはたった一回のキスのためならわたしを捨ててもかまわないと思ってる。動物たちも死んでしまったし、妹も死んだ。おまえは行く先々で死をまき散らしてる。ただの小娘にすぎないのに！　ノアにそっくりだ！　あの子は、この世が魔法みたいにすばらしいって思ってた。そのあげくに、どんな目にあったか！」

「どんな目にあったの？」ドロシーは懸命に時間を稼ごうとして尋ねた。

「この世がどんなにすばらしいか、身をもって知ったんだ。誘拐されて、政治犯としてみじめな生活を送ってるよ！」

「でも、あなただってあたしを誘拐したじゃない。あたしだって好きでこんな目にあってるわけじゃないんだから。こんなこと、これっぽっちも望んでない。お願い、助けて」

魔女はドロシーに近づいて手首をつかんだ。「なぜわたしを殺したい？　魔法使いが本当に約束を守ってくれると？　あいつは真実って言葉の意味さえ知らない。だから、自分が嘘をついてるかどうかもわかっちゃいないんだ！　それに、わたしはおまえを誘拐してなんかいないよ、ばかな子だね！　自分から来たんだろう、わたしを殺すために！」

「誰かを殺そうと思って来たんじゃない」ドロシーはおびえて後ずさりした。

「おまえは〈達人《アデプト》〉なのか？」魔女は突然ひらめいた。「そうだ！　おまえが三人目の〈達人〉にちがいない。ネッサローズ、グリンダ、そしておまえ！　マダム・モリブルが、例の誰だかわからないお偉方のために、おまえを任命したんだね？　三人で結託してるんだろう。妹の靴、グリンダの魔法、そしておまえの無邪気な力。白状しなさい。おまえが〈達人〉なんだ！　白状しな！」

「あたし、達人《アデプト》なんかじゃない。ただの養女《アダプト》よ。達人って言われても、何もうまくできないもの。わからない？」

「おまえはわたしの魂で、わたしをむさぼりに来たんだ。感じるよ。いやだ、そんなものいらない。魂なんていらない。魂があったら、永遠に生き続けなきゃならない。これまでの人生で、もう十分に苦しんできたのに」

魔女はドロシーを廊下に引きずり出し、たいまつの代わりにほうきの先に火をつけた。ばあやがチステリーに寄りかかって、えっちらおっちら階段を上ってきた。チステリーが手にしたお盆には、プリンのお皿がのっている。「調理室には鍵をかけてまいりましたよ、皆さんが少し静かになるまでね」ばあやがぶつぶつ言っている。「あんなやかましい大騒ぎ、ばあやはごめんこうむりますよ。もう年を取りすぎました。どいつもこいつも、けだものみたいで」

階下にあるキアモ・コの奥のほこりっぽい部屋では、犬がキャンキャン鳴き、〈ライオン〉が吠えて扉に体当たりし、リアが「ドロシー、今行くよ！」と叫んでいる。魔女はくるりと振り返ると足を突き出し、ばあやをつまずかせた。ばあやは、わあわあぎゃあぎゃあ悲鳴をあげながら階段をころげ落ち、チステリーが慌てふためいてそのあとを追いかけた。調理室の扉の蝶番《ちょうつがい》がはじけ飛んで〈ライオン〉とリアが飛び出してきたが、階段の下にどっしりと横たわっているばあやにつまずいた。「さあ、さっさと起きあがりなさい！」魔女は叫ぶ。「やられる前に、やってやる！」

ドロシーは身をよじって魔女を振りほどき、魔女を追い越して塔の螺旋階段を駆け上った。魔女がそのあとを追う。出口はただ一箇所、胸壁だけだ。魔女は全速力で追いかけた。

〈ライオン〉とリアが来る前に、ことを済ませなければならない。靴を手に入れたら、グリムリーを持って、リアとノアを見捨てて、荒野に姿を消そう。本と靴を燃やし、そのあとで自分を葬るのだ。

薄暗がりの中、ドロシーはうずくまり、床の上に吐いていた。

「まだわたしの質問に答えてないね」魔女は胸壁の影に巣くっている亡霊を追い払おうとでもするように、たいまつを高く掲げた。「わたしを退治しに来たんだろう。教えなさい。どうしてわたしを殺したい？」

魔女は後ろの扉をばたんと閉めて鍵をかけた。これでさらに安心だ。

ドロシーはあえぐばかりだった。

「オズのあちこちで、皆がおまえの噂をしてる。魔法使いがおまえをここに送りこんで、わたしが死んだ証拠を持ち帰ってこさせようとしているのを、わたしが知らないとでも思う？」

「それはそのとおりだけど、でも、あたしはそんなことをしに来たんじゃない！」

「嘘をつくのが下手くそだね。顔を見ればわかるよ！」魔女は、ほうきを傾けて高く掲げた。「本当のことを言いなさい。言い終わったら、殺してやる。こういうときはね、お嬢さん、やられる前にやらなきゃいけないんだよ！」

「あなたを殺すなんてできない」ドロシーは泣きじゃくった。「妹さんを殺してしまっただけでも恐ろしくて仕方ないのに。あなたまで殺すなんて、できるわけないじゃない！」

「かわいいね。素敵だこと。感動的だね。だったら、どうしてここに来た？」

「確かに、魔法使いはあなたを殺せって言った。でも、あたしはそんなつもりは全然なかった。そのために来たんじゃない！」

魔女は燃えるほうきをさらに高く掲げ、少女に近づけてその顔をよく見ようとした。

「亡くなったのが妹さんだって聞いて……それからここに来ることになったとき……刑の宣告をされたような気がした。あなたを殺すなんて、そんなこと……でも、こう思ったの、行ってみよう、お友達も手伝ってくれるだろうし……それで、ここに来て……こう言おうと思って……」

「何、言ってみなさい！」魔女はいらいらして叫んだ。

「こう言いたかったの」ドロシーは背筋を伸ばし、歯を食いしばって言った。「こう言おうと思ったんです。あの事故のこと、許してくださいますか。妹さんを死なせてしまったこと、どうか、どうか許してください。だって、あたしは決して自分を許せないから！」

魔女はうろたえ、悲鳴をあげた。信じられない。こんなときにまで、世界はわたしに牙をむき、懲《こ》りずにわたしを傷つけるのか。サリマに許しを拒まれ続けてきたエルファバが、今このおしゃべりな少女から、自分には与えてもらえなかった許しを求められるなんて！　自分がこんなに虚しいのに、どうして人にそんなものを与えられる？

魔女は立ちすくみ、身をよじらせ、あがき、意志の力を振り絞った。だが、いったい何を求めて？　ほうきの穂から火の粉が飛んで裾に落ち、膝のあたりに炎が立ちのぼった。ヴィンカスで最も乾燥した火口《ほくち》を、炎はなめるようにして覆っていく。「ああ、この悪夢、いつまで続くの？」とドロシーが金切り声をあげ、突然燃えあがった炎を前に、目についた雨水用のバケツに手を伸ばした。「助けてあげる！」そして、ドロシーは魔女に水を浴びせかけた。

一瞬鋭い痛みが走り、それから感覚が消え失せた。世界の上半分はあふれる水、下半分は燃え盛る炎。もし魂などというものがあるならば、魂がいちかばちかで一種の洗礼に賭けて、勝ったのだろうか？

肉体は自らの過ちを魂に詫《わ》び、魂は勝手に居座ったことに対して肉体に許しを請う。

消えゆく光を背に、いくつもの待ちわびたような顔が輪になって浮かび、暗がりの中で悪霊のようにうごめいている。髪の毛をもてあそんでいるママ。風雨にさらされた樹木のように蒼白《そうはく》で厳格なネッサローズ。瞑想《めいそう》にふけり、疑い深い異教徒の姿の中に自らを捜し求めるパパ。何も欠けたところがないように見えるのに、まだ自分を見出せていないシェル。

代わってほかの顔が現れる。元気だった頃の、口やかましくておせっかいなばあや。アマ・クラッチ、アマ・ヴィンプ、そのほかの世話係たち。皆重なり合って、母親のようなぼんやりしたひとつの影になる。そしてそれがまた別の顔に変わっていく。優しくしなやかでまじめで、まだ世の中に屈していないボック。人に好かれようと、こっけいで大げさな振る舞いを繰り返しているクロープとティベット。いつも偉そうなアヴァリック。ドレスをまとい、自分が得たものにふさわしいよう、いい子になろうとしているグリンダ。

それから、すでにその物語を終えた人たち。マネク、マダム・モリブル、ディラモンド先生、そして誰よりも、フィエロ。その体の青いダイヤモンドが持つ、水の青さと、燃え盛る硫黄の炎の青さ。それから、まだ語られるべき物語の残っている人たち――彼らの物語も、こんなふうに終わってしまうのだろうか？　結局その救いの手が間に合わなかったスクロウ族のナストーヤ姫。豆のさやから飛び出したような、謎めいた捨て子リア。姉妹のように温かく迎えてくれたけれど、許してくれようとはしなかったサリマ。サリマの妹たちと子供たち、未来と過去……。

そして、キリージョイやともに暮らしたほかの生き物たちをはじめ、魔法使いの犠牲となったものたち。その背後には、自分の世界から逃げ出すまでは落伍者《らくごしゃ》だった魔法使いその人。さらにその後ろには、何者なのか知らないけれど、老婆ヤックルの姿。それから、実在したとしても結局は正体不明のままの〈達人〉たち。それに、あの名なしの小人。それから、一時しのぎの人生を送る者たち。足かせをはめられた者、権利を奪われた者、ひどい仕打ちを受けた者。〈ライオン〉、かかし、体が不自由なブリキの木こり。これらの姿がほんの一瞬、陰から出てきて光の中に浮かびあがったかと思うと、すぐにまた陰に隠れてしまう。

最後に現れたのは、贈り物の女神。炎と水の中に手を伸ばし、魔女をあやすように抱きあげて何か口ずさんだが、その言葉は聞き取れなかった。

18

オズは、キアモ・コから西と北に向かってはるか数百キロにもわたって広がっている。東と南にはそれ以上だ。西の悪い魔女《ウィキッド》が死んだ晩、オズ全土を見渡せるほど目がきく者なら、城の胸壁から次のような光景を見ることができただろう。西では月が千年平原を照らしていた。アージキ族とスクロウ族が会合を開き、皇帝軍がカンブリシア山道に結集した場合に備え、同盟協定を結ぶことについて話し合っていた。ちなみに温厚なユナマタ族は参加を拒んだ。アージキ族の族長とナストーヤ姫は、西の魔女に使いを送って助言と指示を求めることにした。魔女とその健康を祝して乾杯が行われた頃、エルファバが助けを求めて送り出したカラスは、夜行性のロック鳥の餌食となっていた。魔女の死から、まだ一時間も経っていなかった。

月は銀色の光で大ケルズ山脈の山腹を上から下まで照らし出し、小ケルズの丘に銀色の影を落とした。不毛砂丘ではサソリたちが獲物に針を突き立てようと這《は》い出し、サースク砂漠ではスカークが巣穴で交尾していた。クヴォン・オルターでは、名もない謎の教団が、死者の魂のために夜の儀式を執り行っていた。この教団員たちもまた例に漏れず、死者に魂があると考えていたのだ。

カエルのすむ湿地帯が広がる不毛の地カドリングでは、何事もなく夜がふけていった。ただ、ちょっとした事件がクホイエで起きた。〈ワニ〉が子供部屋に忍びこみ、小さな赤ん坊を食べてしまったのだ。この〈動物〉は殺され、赤ん坊とともに、嘆きと怒りの声に包まれながら火葬にされた。

ギリキンでは、銀行が資金活性化のために金を動かし、工場は商品を、商人たちは妻たちを流通させ、シズの学生たちは学問上の命題について考えをめぐらせ、チクタク仕掛けの労働者たちはかつて〈哲学クラブ〉だった場所にこっそりと集まり、自由の身となった嘆きのグロメティックが階級革命について語るのに耳を傾けた。レディー・グリンダは寝苦しい夜を過ごしていた。震えと後悔と痛みの夜だった。美味しいものを食べすぎたせいで早々に痛風になってしまったのかもしれない。夜半過ぎまで眠れずに、なんとはなしに窓辺にろうそくをともした。ヴィンカスの方角から昇ってきた月が夜空に浮かんでいる。けれどもグリンダには、その光が自分を責めているように感じられ、いたたまれなくなって丈の高い窓から離れた。

月は、マドレーヌ山脈として知られている低い山々を越え、コーン・バスケットを照らし、コルウェン・グラウンドの屋敷の窓をのぞきながら、その歩みを続けた。フレックスは眠り、タートル・ハートの、そしてもちろんメリーナの夢を見ていた。美しいメリーナ。邪悪な時計を糾弾するために説教に出かけたあの日の朝、食事を作ってくれたメリーナ。シャボン玉のように美しく、世界と同じくらい大きく、勇気と大胆さと愛を与えてくれたメリーナ。フレックスがぐっすり眠っているところへ、秘密のあいびきから戻ったシェルが足音を忍ばせて入ってきて、ベッドの脇に腰を下ろした。父親が自分に気づいているのか、本当は目覚めているのか、シェルにはよくわからなかった。「どうしても解《げ》せなかったのは、あの歯だ」とフレックスはつぶやいた。「どうしてあんな歯だったんだろう？」

「それは誰にもわからないんだよ」シェルは愛情をこめて答えたが、父親の寝言の意味はわかってなどいなかった。

エメラルド・シティの月は？　月など見えるはずがない。光が明るすぎ、エネルギーが使われすぎ、人々の心はゆがみすぎていた。誰も月なんか見ようともしない。最高権力者の住まいとは思えないほどがらんとして殺風景な部屋の中では、オズの魔法使いが眠れずに額をぬぐい、自分の幸運がいつまで続くのかと不安にさいなまれていた。四十年間ずっと同じことが気がかりだった。運がいいのは当然で、自分はそれにふさわしい者だと思えるようになればいいのだが。けれども、邪魔者たちがネズミのように宮廷に忍び寄り、権力の土台をカリカリとかじり取っていく音が聞こえる。カンザスからドロシー・ゲイルがやってきたとき、これは自分に対する召喚命令にちがいないと思った。ドロシーの顔を見てわかったのだ。もはや、これ以上グリムリーの書を捜す意味はない。復讐の天使が自分をふるさとに呼んでいるのだ。もとの世界に戻れば自殺するしかないだろうが、あれからいろいろな経験を積んだ今なら、うまくやり遂げられるはずだ。

あの娘の足から靴を脱がせることができないまま、とにかく魔女を殺しに行かせた。大の男がするような任務を、ただの小娘に与えたのだ。魔女が勝利を収めた場合は——そのときは、あの小娘のいい厄介払いができるというものだ。しかし奇妙にも、父親めいた気持ちで、ドロシーが無事に試練を乗り越えられるといいが、とも思っていた。

西の悪い魔女《ウィキッド》の死は、政治的暗殺として、あるいは正義の殺人としてはやし立てられた。ドロシーは実際に何があったかを語ったが、それはよくても思い違い、さもなければ白々しい嘘だとされてしまった。ただの殺人であろうと、慈悲による殺人であろうと、不慮の事故であろうと、魔女の死は、間接的ではあるが、オズの国から独裁者を追い払うのに一役買うことになった。

ドロシーはこれ以上ないほど呆然《ぼうぜん》としたまま、ライオン、ブリキの木こり、かかし、それにリアと連れ立ってエメラルド・シティに戻ってきた。そして、オズの魔法使いとのあの有名な二度目の謁見を行った。魔法使いは再び何らかの手を使って靴を奪い取ろうとしたのかもしれない。それでも、ドロシーは魔女が魔法使いの企みについて言っていたことを思い出し、なんとか切り抜けたのだろう。ともかく、ドロシーは本当に魔女のところに行ってきたという証拠の品を見せた。ほうきは形も残らないほど燃えてしまっており、グリムリーの書は持ち運ぶにはちょっと厄介そうな代物だったので、〈奇跡の霊…〉というラベルのついた緑色のガラス瓶を持ち帰ってきたのだった。

魔法使いはそのガラス瓶を見てあえぎ、苦しそうに胸を押さえたとも言われているが、それは単なる噂にすぎないかもしれない。この話は実にさまざまな形で伝えられていて、誰が語るかによって、また、その時代にどんな話が必要とされているかによって異なってくる。だが、この出来事から間もなく、魔法使いが宮廷から逃げ出したのは歴史的事実である。最初にオズにやってきたときと同じ方法、つまり熱気球で抜け出したのだ。奇しくも、反体制派の大臣たちが宮廷で反乱を決起し、魔法使いを裁判抜きで処刑しようとするほんの数時間前のことだった。

ドロシーがどうやってオズを去ったかについては、根も葉もない作り話が多く広まっている。ドロシーはオズの国を去ってなどいないと言う者。以前、オズマについても同じようなことを言っていた連中だ。ドロシーは姿を変えて、乙女のように辛抱強くじっと身を隠し、時期が来たら再び姿を現そうとしているのだそうだ。また、ドロシーは聖者のように空に舞いあがってあの世《アザー・ランド》へ戻っていったのだと言う者もいる。エプロンをひらひらと振りまわし、あの愚かな犬を抱いて。

リアはエメラルド・シティの人波にまぎれて姿を消し、腹違いの姉のノアを捜しに行った。リアの消息はしばらく途絶えることになる。

あの靴がどうなったにせよ、息をのむほど美しかったことは誰もが覚えている。精巧につくられたイミテーションが出まわり、かなり長い間流行した。本物にしても複製にしても、魔法の力が残っているとされ、さまざまな公式の行事で用いられたため、まるで聖遺物のように必要に応じて次第にその数を増やしていった。

さて、魔女はどうなったのだろう？　魔女の人生には、それからとかいつまでもとか幸せにとかいう言葉はない。魔女の物語には、あとがきなどない。だから、魔女の生涯についての物語が終わったあとのことは、残念ながらと言うべきか、ありがたいことにと言うべきか、語ることはできない。魔女は死んだ。死んで消えてしまった。あとには、悪いやつだったという評判がいつまでも残っているだけ。

「そうして、年を取った悪い魔女は、ずうっとそこに閉じこめられてしまいましたとさ」

「魔女はそこから出てきたの？」

「まだですよ」

解説〔下〕

『ウィキッド』の善と悪

児童文学研究家
ちばかおり

グレゴリー・マグワイアについて

アメリカの古典児童文学『オズの魔法使い』とMGMの映画『オズの魔法使』を題材に、西の悪い魔女の人生に焦点を当てて再構築した『ウィキッド』。この作品で重要なテーマとなるのが、悪とは何か、そして悪の根源です。

『ウィキッド』の原作者グレゴリー・マグワイア（一九五四〜）は、ニューヨーク州オールバニーで、四人きょうだいの末っ子として生まれました。母親はマグワイアを出産する際に合併症で亡くなり、彼は生後すぐに叔母の家に預けられ、その後二歳まで孤児院で育ちました。「白雪姫やシンデレラがそうであったように、私は母なき世界で（中略）自分の道を切り開かなければならなかった」と、彼が振り返るように、自分の誕生と結びついた母の死は、その後の彼の作品に大きな影響を与えたといいます。

アイルランド系の敬虔《けいけん》なカトリック教徒として育ったマグワイアは、家庭の方針で映画やテレビの視聴を制限された少年時代を送りますが、映画『オズの魔法使』だけは観ることを許されていました。裏庭できょうだいや近所の子を集めて『オズの魔法使』ごっこに興じていたマグワイアにとって、この映画は聖書のように馴染《なじ》み深く、クリスマスやイースターのような特別な存在となったのです。

マグワイアは高校までカトリックの教育機関で学び、三つの大学で英語と美術の学士号および児童文学の修士号、英語とアメリカ文学の博士号を取得しました。シモンズ大学児童文学研究センターの教授兼共同ディレクター、一九八七年に児童文学ニューイングランド社を共同設立し、二十五年間ディレクターを務めました。また、一九七八年にデビュー作『稲妻の時間』（未邦訳）を皮切りに、児童書の作家としても活動を開始しています。

『オズの魔法使い』から百年後のアメリカ

マグワイアが大人向けの小説『ウィキッド』を書く直接のきっかけになったのは、一九九一年に勃発した湾岸戦争でした。イラクがクウェートに侵攻したことを機に、イラクとアメリカが主導する多国籍軍との間で行われた戦争で、多国籍軍側が勝利しました。当時の新聞に「サダム・フセインが次のヒトラーか」と書かれているのを見たマグワイアは、ヒトラーが世界に与える被害を知っていたら誰もが彼に対しては武器を取っただろう――いつの間にかそう考えていた自分に愕然《がくぜん》としたと言います。

「敵を殺すために必要なのは、彼らが自分たちよりも人間的ではないと信じることなのだ。私はその時、〝何が人を邪悪にするのか。我々はそれを社会的、文化的にどのように使っているのか？〟と本気で考え始めた」。それ以来彼にとって悪とは何なのかが重要なテーマとなったといいます。『ウィキッド』では民族や性差、人種間の緊張、偏見、社会問題が扱われます。マグワイアは色で表現されていたオズの各地域を、踏み込んで彼なりに解釈を加えました。具体的なモデルは言及されていないものの、ウィンキーやカドリング、ギリキン、マンチキンの特徴はアメリカの人種問題の比喩として見ることもできます。

一九〇〇年に『オズの魔法使い』が描かれてから百年後、ソ連が崩壊し、唯一の超大国となったアメリカは、強大な軍事力を背景に、他国の主権に踏み込んでいました。しかしそのようなアメリカの軍事行動は、イスラム原理主義などの反感を呼び、9・11同時多発テロやアフガニスタン戦争やイラク戦争などに繋《つな》がっていきました。「正義」というアメリカのアイデンティティが揺るぎはじめた時代に、マグワイアは悪とはなにか、正義とはなにかを問うたのです。そしてアメリカ人なら誰もが知る童話『オズ』とその物語こそ、自分が書こうとしているテーマを表現する器にふさわしいと考えました。

マグワイアが投げかけた問いは、ウクライナやガザ地区で起きている悲劇をはじめ、世界中のあらゆる場所に、そして身近な私たちの社会に、今も提示されている問題かもしれません。「世界はより危険になり（中略）この物語が二十五年前よりも緊急性を増していると思うことは、私にとってショックであり、悲しいことです」とマグワイアは《ブロードウェイ・ワールド》による二〇二〇年のインタビューで憂いを表明しています。

社会不安と「魔女」の誕生

マグワイア自身カトリック教徒として、作品の中にカトリック的なビジョンを多くちりばめました。

エルファバは全身緑色という身体を持って生まれたがために、世間から孤立した存在になります。その上サメのような鋭い歯を持ち他者を寄せ付けないエルファバは、まるで愛されることを自ら拒絶するような子供でした。

エルファバはなぜ水に触れることができない身体だったのでしょうか。その理由については物語で触れられませんが、水こそは命の源であり、キリスト教社会においては洗礼に用いるなど再生と清めの意味を持ちます。また、魔女裁判がヨーロッパを席巻していた十六〜十七世紀、魔女かどうかを見分けるために水に沈めるという拷問が行われました。悪魔の手下である魔女は水を嫌うので、水に浮かべば魔女として処刑され、溺れれば魔女の嫌疑は晴れましたが、いずれも待っていたのは死です。水を嫌う魔女は涙も流さないと言われました。水を忌み、涙が頬《ほお》を焼く故に泣くことも出来ないエルファバは、清めを拒む悪＝魔女として生きることを宿命づけられているかのようです。

そもそも魔女とはどのような存在だったのでしょうか。ヨーロッパには古くから薬草などで病気を治すような女性が多く存在していました。近代になり、中世からの封建的な社会の構造が変化し、宗教改革によって既成の価値が揺らぎ始めると、社会不安を反映して「魔女」という概念が現れます。教会が主体となってアウトサイダーである寡婦や貧しい老女などを魔女として断罪することで民衆の不安の矛先がそらされたのです。ことに女性が対象となったのは、キリスト教社会における女性蔑視構造がありました。聖書の創世記に、人類の祖であるアダムを誘惑したのがイブで、男を堕落させた罪のために女は一生を男に付き従うべきであり産みの苦しみを与えられたとあります。全女性は罪深い、つまり魔女になりうる存在で、教会においても〝女性には魂はあるか〟〝女性は動物か人間か〟が真面目に議論されてきた歴史がありました。社会から疎外された女性をスケープゴート

キリスト教では山羊は生贄の動物であるほか、悪魔を表すアイコンとして描かれることが多い。図は飛ぶ魔女の木版画（1689)。典型的な姿で描かれた魔女の背後に牡山羊の頭を持つ悪魔がいる。

（生贄の山羊）とすることで本質的な問題から目をそらす。その時代に権力者側が魔女の存在を民衆に信じさせるためにさまざまな試みを行ったことは、注目すべきです。

『ウィキッド』には、まさに一七世紀のヨーロッパに吹き荒れた魔女裁判の構図が描かれています。とがった黒い帽子、とがった顎、そしてほうきに乗って空を飛ぶといったエルファバの造形は、典型的な魔女のアイコンとして表現されていますが、社会の需要があれば「魔女」という存在は姿を変えていつでも出現するのでしょう。

エルファバとグリンダ――聖女と魔女の境界

シズ大学でエルファバはようやく自分の人生を歩み始めますが、エルファバがガリンダと同室になったことから、二人の運命は大きく動き出します。うぶで虚栄心が強く、社交的で自分に魅力があることを知っているガリンダは、生まれも考え方も異なる、奇妙で孤立して自分の世界に没頭しているエルファバとは距離を取り続けます。しかしあるとき、笑いのネタほしさにエルファバに派手な帽子を被らせたことで、ふいにエルファバの魅力に気づきます。彼女に関心を持つようになったガリンダは、エルファバの生い立ちや考え方に接するうちに気持ちを改め、彼女の信念を持った生き方に感化されていきました。ディラモンド教授とアマ・クラッチの事件を機に、ガリンダはグリンダと名前を改めるほどに変わるのです。

同じくエルファバもグリンダが見かけほど軽薄でないことに気づき、次第にグリンダに友情を感じるようになります。その思いは様々な出来事を通してエルファバの中で大きくなっていき、ついにはエメラルド・シティにグリンダと一緒に行こう、二人で同じ道を進もうと熱望するほどに友情を感じるようになっていたのです。

エルファバはディラモンド教授の手伝いをするうちに、暴力的に〈動物〉から知性や言葉が奪われる事件を通してオズの本質に気がついてしまいます。オズの魔法使いと対峙《たいじ》することで、はっきりと自分の生きる道を悟ったエルファバは、ようやく得た友情も、そして家族も捨てて闘う道を選ぶのです。やがて政治的な立場から二人の進む道は決定的に分かれていきました。

魔女と言われながら、なぜ彼女たちは善い魔女と悪い魔女とに評価が分かれたのでしょうか。キリスト教社会において女性は罪深い存在として蔑視されてきたと述べましたが、不思議なことに同じ時代に聖マリア信仰や聖女を祀《まつ》ることも盛んに行われていたのです。なかでもマリアはキリストの母として処女懐妊をした無垢《むく》の聖女として称えられました。しかし生身のごく普通の人間にとって善と悪は別個のものではあり得ず、第三者が右か左を判断するに過ぎません。罪をもたらしたイブも聖女と称えられたマリアも、実のところは同じ女性観の上に立った表裏一体のものです。

同じように魔術自体に善悪はなくても、体制側についたグリンダが「善い魔女」とされたように、賛美とバッシングは微妙なバランスの上にあります。人は社会や経済、自然災害などで不安な心理状態に陥ると、超越的な存在を求めやすくなります。その結果、過剰な賛美、あるいは批判の対象が生みだされます。どちらも本質に違いはなく、聖か悪かはその時代の差別の構造が反映され、不安や問題をそらすために用いられる評価に過ぎません。

しかし差別との闘いに身を投じていたエルファバは、その信念がゆえに愛を失い、叩《たた》き潰されてしまいます。生ける屍《しかばね》となったエルファバが保護された先が修道院というのが、彼女の死と再生を表しているかのようです。キリスト教社会においては、修道院こそ女性が外界から守られ、特に男性からの自由が得られる場でした。数年後、再び外界に出たエルファバは自らを魔女であると宣言することで、オズの為政者との対立構造をより明確にしていくのです。

『ウィキッド』――答えのない物語

真実を求め、不正を正すためにアウトサイダーであることを選んだエルファバは何のために闘い苦しんだのでしょうか。彼女は魔女とされながら、自分を救う魔法を何一つ持ちませんでした。生きることに不器用なエルファバの力は、ただ自然と共鳴しそれらと一体となる場面にのみ、無自覚に発揮されるのです。雨や風、水を操り、昆虫や動物と心をシンクロさせること――エルファバの身体の緑が大自然そのものを表しているかのようです。だとすれば彼女が対峙するオズこそは、巨大に膨らみつつある歪《ゆが》んだ人間社会なのかもしれません。

唯一エルファバが意識的に獲得した魔法は、ほうきで空を飛ぶことでした。それこそが彼女の願いを体現した力と言えるでしょう。重力から解き放たれ、愛する生き物たちと心を通わせ、風となって大空高く舞い上がる。「最悪のときでも、いつでも選択の自由は残されている」とエルファバが気づいたように、使命も家族も愛も失ったエルファバが最後に手にしたもの。それが〝自由〟だったのかもしれません。

エルファバが人に請われて歌う場面があります。

エルファバは即興で短い歌を作って歌った。まだ見ぬものへの憧れの歌、時空を越えたはるかかなたの世界の歌。

（『ウィキッド』上巻より）

マグワイアは、「エルファバが歌った歌が、著作権の問題はさておき、映画『オズの魔法使』でジュディ・ガーランドが歌った「虹の彼方に」（Over the Rainbow）だと気づく読者もいるだろう」と、二〇二〇年刊行の『ウィキッド　二十五周年版』のあとがきで書いています。ドロシーが見知らぬ国を夢見たように、エルファバにとっての居場所は、オズではないどこかでした。

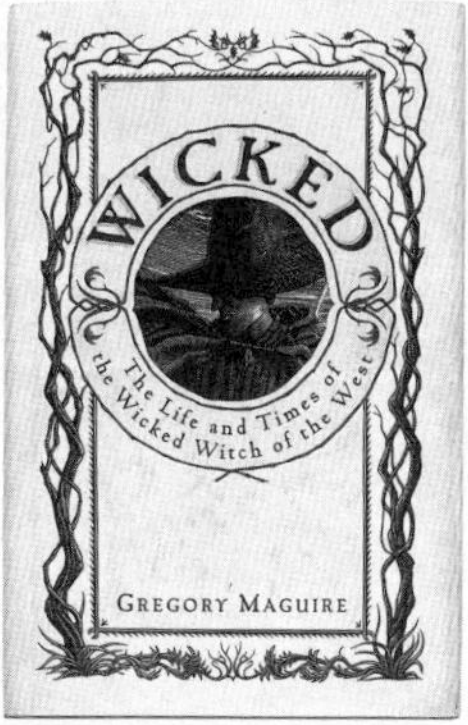

1995年に刊行されたアメリカ版の *WICKED*。続篇として現在まで7冊刊行されている。

傷つきやすく痛々しく、理解されることを拒み、そして強くて賢く、同時に愚かだったエルファバ。善と悪の概念を揺さぶり続ける存在として、悪い魔女と呼ばれることを恐れないエルファバの強烈な個性。果たして『ウィキッド』はエルファバの悲劇を描いた作品でしょうか、それとも自分の意思を貫いた彼女の勝利の物語だったのでしょうか。

ミュージカル版には描かれなかった暗く重い問いをどう受け止めるのか、我々は心してページをめくらなければなりません。

『ウィキッド』に続く物語として、エルファバの息子の物語 *Son of a Witch*（2005）、臆病ライオンを主役にした *A Lion Among Men*（2008）、そしてエルファバの孫娘レインの物語 *Out of Oz*（2011）が〝ウィキッド・イヤーズ〟として刊行されました。また、その続篇三部作として *The Brides of Maracoor*（2021）、*The Oracle of Maracoor*（2022）、*The Witch of Maracoor*（2023）が刊行、さらに『ウィキッド』の前日譚《ぜんじつたん》としてエルファバの少女時代を描いた *Elphie: A Wicked Childhood*（2024）（いずれも未邦訳）も発表されて、『ウィキッド』の世界は広がり続けています。

また二〇〇三年にブロードウェイで上演されて以来、大ヒットを続けているミュージカルも、映画として制作中で、二〇二四年には前篇が公開される予定です。

『ウィキッド』の幕はまだ降ろされていません。我々の心にさまざまな波紋を残したエルファバ。彼女の答えを探す旅はまだ続くようです。

参考文献

Gregory Maguire , "The World at Hand, the World Next Door", in *Wicked: The Life and Times of the Wicked Witch of the West*, 25th anniversary edition, HarperCollins, 2020

" 'Wicked' author Gregory Maguire returns to Oz", CNN, November 4, 2008. https://edition.cnn.com/2008/SHOWBIZ/books/11/04/gregory.maguire/index.html

"Interview: Gregory Maguire Talks 25th Anniversary Edition of the WICKED Novel, Dream Casts

the WICKED Movie and More", Broadway World, October 10, 2020. https://www.broadwayworld.com/article/BWW-Interview-Gregory-Maguire-Talks-25th-Anniversary-Edition-of-the-WICKED-Novel-Dream-Casts-the-WICKED-Movie-and-More-20201010
池上俊一『魔女と聖女　ヨーロッパ中・近世の女たち』講談社現代新書、一九九二年
大和岩雄『魔女はなぜ空を飛ぶか』大和書房、一九九五年
森島恒雄『魔女狩り』岩波新書、一九七〇年

本書は、二〇〇七年十月にソフトバンククリエイティブより単行本として刊行された作品を改訳、文庫化したものです。改訳は、単行本の訳者である服部千佳子氏・藤村奈緒美氏の了解のもと、市ノ瀬美麗氏が行いました。翻訳協力：株式会社トランネット

アルジャーノンに花束を〔新版〕

Flowers for Algernon

ダニエル・キイス
小尾芙佐訳

32歳だが幼児なみの知能しかないチャーリイ。頭をよくしてあげようと声をかけられた彼は、実験ネズミのアルジャーノンとおなじ検査と手術を受ける。彼の知能は向上していくが……天才に変貌した青年が愛や憎しみ、喜びや孤独を通して知る人の心の真実とは？　不朽の名作に著者追悼の訳者あとがきを付した新版

ハヤカワ文庫

ザリガニの鳴くところ

Where the Crawdads Sing

ディーリア・オーエンズ

友廣 純訳

〔二〇二一年本屋大賞翻訳小説部門第一位〕ノース・カロライナの湿地で青年の遺体が発見された。村の人々は〝湿地の少女〟カイアに疑いの目を向ける。六歳で家族に見捨てられ、人々に蔑まれながら、たったひとり湿地で生き抜いてきたカイアは果たして犯人なのか。世界的ベストセラーを文庫化。解説／山崎まどか

ハヤカワ文庫

書店主フィクリーのものがたり

The Storied Life of A. J. Fikry

ガブリエル・ゼヴィン

小尾芙佐訳

〔二〇一六年本屋大賞翻訳小説部門第一位〕島に一軒だけある小さな書店。偏屈な店主フィクリーは妻を亡くして以来、ひとりで店を営んでいた。ある夜、稀覯本が盗まれてしまい、傷心の日々を過ごすなかで、彼は書店に小さな子どもが捨てられているのを発見する。すべての本を愛する人に贈る物語。解説／吉田伸子

訳者略歴　翻訳家　訳書『クィア・ヒーローズ』シカルディ，『Find Me』アシマン，『あなたの笑顔が眩しくて』バンクス他多数

HM=Hayakawa Mystery
SF=Science Fiction
JA=Japanese Author
NV=Novel
NF=Nonfiction
FT=Fantasy

ウィキッド
誰も知らない、もう一つのオズの物語
〔下〕

〈NV1524〉

二〇二四年五月十五日　発行
二〇二四年七月十五日　二刷

（定価はカバーに表示してあります）

著　者　グレゴリー・マグワイア
訳　者　市《いち》ノ《の》瀬《せ》美《み》麗《れい》
発行者　早　川　　浩
発行所　株式会社　早　川　書　房
郵便番号　一〇一 - 〇〇四六
東京都千代田区神田多町二ノ二
電話　〇三 - 三二五二 - 三一一一
振替　〇〇一六〇 - 三 - 四七七九九
https://www.hayakawa-online.co.jp

乱丁・落丁本は小社制作部宛お送り下さい。
送料小社負担にてお取りかえいたします。

印刷・株式会社精興社　製本・株式会社明光社
Printed and bound in Japan
ISBN978-4-15-041524-2 C0197

本書は活字が大きく読みやすい〈トールサイズ〉です。